Das Buch

Günther Natschke wünscht sich vor allem eins: Ruhe und Frieden. Als ungeliebter Sohn einer strengen und gefühlskalten Mutter ist er nicht in der Lage, Bindungen zu echten Menschen aufzubauen. Da er, wie jeder andere Mann auch, ein Bedürfnis nach Liebe hat, beschließt er, sich eine lebensechte Silikonfrau zuzulegen und mit ihr sein Leben zu teilen. Leider währt das Glück nicht lange...

Die Autorin

Bettina Stein, 1961 geboren und studierte Sozialarbeiterin, Musikerin und Gärtnerin aus Leidenschaft schreibt vor allem Kurzgeschichten und Songtexte. Dieses ist ihr erster Roman.

Bettina Stein

# Die Wandlung des Günther N.

Roman

Herstellung und Verlag:
BoD - Books on Demand, Norderstedt
ISBN 978-3-7412-6617-1
© 2016 Bettina Stein

# 1

Ich arbeitete in der Buchhaltung. Ich hatte mit meiner Mutter zusammengelebt, bis sie starb. Meine Mutter war eine strenge Frau, sie trug Zeit ihres Lebens einen Knoten und ein Kostüm. Sie war Finanzbuchhalterin in einer großen Firma und ihr einziger Ausrutscher war eine kurze Liaison mit dem Abteilungsleiter. Daraus war ich entstanden. Sie hatte mir das nie verziehen und war entsprechend kühl. Ich hatte nicht viel zu lachen in meiner Kindheit, alles ging immer nach Plan und es gab niemals die geringste Abweichung. Unsere Wohnung war klein, ich schlief in der Küche. Viel lieber hätte ich bei meiner Mutter geschlafen, doch das ließ sie nicht zu. Nie. Ihr Schlafzimmer war ungeheizt und roch muffig. Dennoch, immer wenn ich diesen muffigen Schlafzimmergeruch irgendwo rieche, durchströmt mich eine große Sehnsucht nach meiner Mutter. Sie schickte mich im Anzug in die Schule, braune Stoffhose, Hemd, Krawatte. Andere Kinder trugen Jeans, ich war schon damals alt.

Als auf meiner Oberlippe ein Flaum zu sprießen begann und die Akne blühte, band sie mir nachts die Hände fest. Aus mir solle ein anständiger Mann werden, der seine Triebe unter

Kontrolle habe, sagte sie. Wenn morgens meine Schlafanzughose doch einen klebrigen Fleck hatte, schlug sie mir mit einem Lineal auf den nackten Hintern.

Kurz nach dem Tod meiner Mutter zog eine Dame in die Nachbarwohnung. Sie sah sehr streng aus, trug ihr Haar zum Knoten gebunden und hatte immer ein schwarzes Kostüm an. Ihre Pumps waren ein kleines bisschen zu hoch, um seriös zu wirken, aber sonst war alles tipptopp. Sie bekam Herrenbesuch. Einmal klingelte ein Herr bei mir an der Tür und schaute, als ich ihm öffnete, sehr verwirrt, stammelte etwas und verschwand ganz schnell.

Manchmal konnte ich Wispern auf der Treppe hören und manchmal auch Schreie aus der Wohnung, aber es waren tiefe Schreie, Schreie von Männern.

Mir machte diese Dame Angst und wenn ich sie auf der Treppe traf, schaute ich schnell weg. Nachts allerdings träumte ich von ihr. Ich träumte, von ihr gefesselt und bestraft zu werden und wachte in klebrigen Laken auf. Schuldbewusst wartete ich innerlich auf die Schläge mit dem Lineal, bis mir klar wurde, diese Schläge würden niemals wieder kommen. Meine Mutter war tot. Punkt.

Seit ihrem Tod schlief ich in Mutters Schlafzimmer. Ich hatte alles unverändert gelassen, nur das Schlafsofa aus der Küche hatte ich dem Sperrmüll übereignet. Einen Teil ihrer Kleidung gab ich an das Rote Kreuz. Die Unterwäsche behielt ich und manchmal zog ich sie an. Es war erregend und abgrundtief peinlich zugleich. Einmal klingelte es an der Tür, als ich in ihrer Wäsche vor dem Spiegel stand. Ich stellte mir vor, es wäre die Dame aus der Nachbarwohnung und starb fast vor Angst. Ich fühlte mich erwischt und bloßgestellt und musste mir immer wieder sagen, dass mich ja in Wirklichkeit niemand gesehen hatte.
Danach putzte ich die Wohnung auf den Knien mit der Zahnbürste, um zu büßen.

Meine Arbeitskollegen hielt ich auf Abstand. Sie wunderten sich nicht, denn sie kannten mich nicht anders. Ich habe meine Mutter mit ihrer Stelle beerbt und alle anderen Kollegen kamen nach mir. Ich galt als korrekt, humorlos und langweilig, eben ein typischer Buchhalter. Mir machte es nichts, diesem Klischee zu entsprechen. Ich wollte nichts von anderen Menschen, sie waren mir suspekt, ich hatte Angst. Meine Mutter hatte schon ganz Recht, sie hat mir diese Angst vor anderen Menschen schließlich meine ganze Kindheit und Jugend lang eingeimpft. Nähe konnte ich nicht empfinden. Es war und ist für mich ein abstrakter Begriff.

Und doch, manchmal, ganz im Geheimen hatte ich Wünsche, die ich mir selbst nicht erfüllen konnte.

Eines Tages klingelte es an meiner Tür. Die Post war schon lange durch und sonst klingelte nie jemand an meiner Tür. Mein Herz schlug mir bis zum Hals. Ich ging trotzdem öffnen und vor mir stand meine strenge Nachbarin.

„Ich bitte vielmals um Entschuldigung, würden Sie so freundlich sein und mir den Keller aufschließen?", fragte sie mich.

„Ja natürlich, Moment." Ich nahm den Schlüssel vom Haken und ging voraus die Treppe hinunter in den Keller. Sie folgte mir.

„Ich habe mich ausgeschlossen. Aber ich habe einen Reserveschlüssel im Keller und den Schlüssel zu meinem Kellerabteil trage ich immer an einer Kette im Ausschnitt." Das „Aus" von Ausschnitt hauchte sie mehr, als dass sie sprach.

Ich schloss die Kellertür auf und wandte mich zum Gehen.

„Vielen Dank", sagte sie. „Ich werde mich revanchieren."

Dabei strich sie zart mit ihrer Hand über meinen Arm. Ich

erstarrte innerlich. So hatte mich noch niemand berührt.

Ich hatte Angst. Ich wollte mehr. Die Angst überwog. Schnell ging ich die Treppe hinauf in meine Wohnung und machte die Tür hinter mir zu.

Ausgerechnet diese Frau. Diese abgrundtief verwerfliche Frau. Oh, ich wusste, was sie tat. Sie ließ sich bezahlen von Männern, die gequält werden wollten. Ich hatte von diesen jämmerlichen Kreaturen gehört. Und ich hörte sie schreien. Es war abstoßend!

Alles in mir war in Aufruhr. Ich schwitzte, meine Haut juckte und mein Hintern tat weh wie nach den Lineal-Attacken meiner Mutter. Ich nahm das Lineal aus der Küchenschublade, in der es immer noch verwahrt war. Ich ließ meine Hose herunter und schlug mich damit, dreimal, viermal, immer fester. Ich rannte ins Bad und wusch mir die Arme. Dann wurde ich ruhiger.

In der Nacht träumte ich von meiner Mutter. Sie schaute auf mich herab und lächelte. Dann wurde ihr Gesicht zum Gesicht der Nachbarin. Sie streichelte meine Wange und verschwand. Ich war sehr erregt, als ich aufwachte. Ich konnte das nicht ignorieren, es tat weh. Ich nahm einen Nylonstrumpf aus der Schublade und zog ihn über meinen Kopf. Einen anderen

Nylonstrumpf zog ich über mein Glied und kam im selben Augenblick. Danach brauchte ich wieder das Lineal. Ich war schmutzig und böse.

Als ich eines Abends von der Arbeit kam, stand die Tür der Dame offen. Mit Herzklopfen warf ich einen Blick hinein. Eine ganz normale Wohnung. Zumindest der Flur, denn mehr konnte ich nicht sehen. Eine Flurgarderobe, ein Schlüsselbord, eine gemusterte Tapete. Alles war so altbacken, wie in meiner Wohnung. Ich stellte mir ein plüschig rotes Zimmer vor, doch es war alles ganz normal. Ich trat einen Schritt näher. Warum wohl war die Tür geöffnet?
„Hallo", rief ich zaghaft. „Hallo, ist jemand zu Hause?" Keine Antwort. Ich ging langsam in den Flur auf die Tür zu, hinter der in meiner Wohnung das Wohnzimmer wäre. Ich klopfte an die Tür, nichts. Ich trat ein und dort sah ich die Dame auf dem Boden liegen. Ihr Bein war ganz verdreht und neben dem Fenster stand eine Trittleiter. Ich sprang zu der Frau auf dem Boden, tätschelte vorsichtig ihre Wange und sprach sie an. Sie öffnete mühsam die Augen und hauchte:
„Ich muss ohnmächtig geworden sein. Au! Bitte rufen Sie einen Arzt, ich glaube, ich habe mir den Fuß gebrochen."

Ich fand das Telefon und wählte den Notruf. Ein Notarzt würde gleich da sein, sagte man mir.

„Ich habe es gerade noch geschafft, zur Tür zu humpeln und sie zu öffnen, da ich ja weiß, dass Sie von der Arbeit kommen."

„Schscht", machte ich. „Ganz ruhig"

Da klingelte es auch schon an der Tür und der Notarzt war da. Meine Nachbarin wurde auf eine Trage gelegt und mit dem Krankenwagen in die Klinik gefahren.

„Bitte gießen Sie meine Blumen", sagte sie noch im Flur zu mir und wies auf den Wohnungsschlüssel am Bord.

Zurück in meiner Wohnung atmete ich tief durch. Ich zitterte immer noch ein wenig und war verwirrt. Noch nie hatte ich einem Menschen, der nicht meine Mutter war, geholfen. Ich tat das ganz selbstverständlich, obwohl es das erste Mal war.

Ich hatte ihren Wohnungsschlüssel. Ich durfte ausdrücklich die Wohnung betreten, ich musste schließlich die Blumen gießen. Sie würde doch sicher auch Sachen im Krankenhaus brauchen, Kleidung, Zahnputzzeug und so. Das konnte ich zusammen packen, das hatte ich für Mama auch getan. Also ging ich in ihre Wohnung zurück und betrat ihr Schlafzimmer. Ein ganz normales Bett. Ein ganz normaler Schrank. Ich fand im

Schrank eine Tasche und packte ein wenig Wäsche ein, ein Nachthemd, Morgenmantel, Hausschuhe. Alles lag oder hing ordentlich im Schrank und war leicht zu finden. Dann ging ich ins Badezimmer. Auch alles ganz normal. Ich nahm Zahnputzzeug, Waschzeug und Bürste, packte sie in die Tasche. Ich konnte mir gar nicht mehr vorstellen, dass meine Nachbarin eine Domina war. Domina, das hatte ich gelesen, so nennt man diese Damen.

Am nächsten Morgen fuhr ich noch vor der Arbeit ins Krankenhaus und brachte ihr die Tasche. Sie lag mit zwei anderen Damen im Zimmer, ihr Fuß war an einem Band hochgezogen und eingegipst.

„Mein Retter", sagte sie, als sie mich in der Tür sah. Ich stellte schüchtern die Tasche auf ihr Bett.

„Ich muss eine Weile hierbleiben, der Bruch ist kompliziert. Wie geht es meinen Blumen?"

„Äh...", stammelte ich. „Ja, ich kümmere mich darum. Ich muss wieder los, ich muss zur Arbeit." Und war schon aus der Tür.

Draußen vor dem Krankenhaus bekam ich eine Panikattacke. Ich rang nach Luft, zitterte am ganzen Körper, schwitzte. Mir war so schwindelig, dass ich mich setzen musste. Als mich eine vorbeikommende Schwester ansprach und an der Schulter berührte, begann ich zu schreien und wurde kurze Zeit später ohnmächtig. In der Ambulanz erwachte ich. Ein Arzt fragte nach meinem Befinden. Ich wollte sofort aufstehen, doch er hielt mich zurück. „Ich habe Ihnen eine Spritze gegeben, damit Sie sich beruhigen. In einer Stunde dürfen Sie aufstehen, aber jetzt müssen Sie noch liegen bleiben, da Sie sonst stürzen könnten. Ich bin Doktor Hundskötter."

Ich atmete tief durch. „Ich muss zur Arbeit. Ich habe dort noch nie gefehlt."

„Ich schreibe Sie ein paar Tage krank", sagte der Doktor. „Haben Sie diese Panikattacken öfter?"

Ich mochte es nicht, wenn man mir Fragen stellte und ich hätte am liebsten nicht geantwortet. Aber meine Mutter hatte immer darauf bestanden, Respektspersonen zu folgen. Und ein Doktor war eine Respektsperson. Also gab ich ihm einsilbig Auskunft über meinen Zustand und versicherte, das sei das erste Mal, dass mir das passierte.

Ich lag noch eine Weile, zwischendurch brachte mir eine Schwester einen Kaffee, dann durfte ich nach Hause.

Dort putzte ich meine ganze Wohnung und ging dann zur Nachbarwohnung, um die Blumen zu gießen.

Wirklich seltsam, diese Wohnung war meiner eigenen sehr ähnlich. Einfach der gleiche Stil. Und nichts, wirklich nichts deutete darauf hin, dass hier in dieser Wohnung eine Frau damit Geld verdiente, Männern ihre masochistischen Wünsche zu erfüllen. Konnte das denn sein, konnte ich mich so geirrt haben? Ich hatte sie doch gehört, diese Männer. Nicht nur einmal. Konnte ich meinen eigenen Sinnen nicht trauen? Diese Wohnung war mir so vertraut, dass ich mich darin überhaupt nicht fremd fühlte. Ich goss die Blumen, knipste ein paar vertrocknete Blätter aus und warf sie in der Küche in den Abfallkübel. Dann öffnete ich den Kühlschrank und nahm all das heraus, was in den nächsten Tagen verderben würde. Ich spülte ein paar Teller ab, lüftete noch einmal und ging dann in meine Wohnung, nachdem ich den Müll heruntergebracht hatte und alles wieder abgeschlossen war. Meine Angst war verflogen. Ich hatte plötzlich eine Nachbarin, die mir vertraut war. Ivana Kosic hieß sie, das hatte ich an der Klingel gelesen. Das klang nach Balkan. Kroatien, tippte ich. An ihrer Sprache hörte man das nicht und auch ihr Aussehen war ziemlich deutsch.

Es war nachmittags mitten in der Woche, ich war ja nicht zur Arbeit gegangen und fühlte mich auf einmal sehr seltsam und

deplatziert in meiner Wohnung. Um diese Zeit saß ich normalerweise in meinem Büro und addierte lange Zahlenkolonnen. Der Arzt im Krankenhaus hatte mich noch drei Tage krankgeschrieben und ich wusste schon jetzt nichts mit meiner Zeit anzufangen. Es ging mir gut, von der Panikattacke am Morgen war nichts mehr übrig. Aus lauter Langeweile öffnete ich meinen Wohnzimmerschrank. Ich begann in alten Papieren zu blättern, in Büchern, Zeitschriften. Und auf einmal kam mir das ganze Zeug so nutzlos vor. Es lag dort unverändert, seit meine Mutter gestorben war. Das ist jetzt drei Jahre her. Ich holte einen Karton aus der Abstellkammer und sortierte den alten Papierkram hinein. Am Ende des Nachmittags war der Karton voll und so schwer, dass ich ihn kaum heben konnte. Ich schleppte ihn die Treppen hinunter zum Papiercontainer. Hinein damit! Es tat gut.
Als ich wieder hoch kam, stand vor Frau Ivana Kosics Tür ein Mann. „Frau Kosic ist im Krankenhaus", sagte ich zu ihm und wollte in meine Wohnung.
„Warum denn im Krankenhaus - aber das geht doch nicht, ich... ich...", stammelte er, wurde rot und verschwand.
Ich machte mir mein Abendbrot und aß es vor dem Fernsehen. Dem Fernsehprogramm zu folgen, fiel mir schwer. Es ließ mir

keine Ruhe, Frau Kosic bekam Herrenbesuch, daran war kein Zweifel. Und speziell dieser Herr schien Frau Kosic wirklich zu brauchen. Auf mich wirkte er wie ein Junkie unter Entzugserscheinungen. Ich bezeichnete mich bestimmt nicht als der große Menschenkenner, aber das war offensichtlich. Ich wollte mehr erfahren über diese Menschen. In meinem Brockhaus stand nichts darüber. In meinem Büro hatte ich Internetanschluss, aber zu Hause nicht. Ich konnte aber schlecht im Büro „Masochismus" googeln. Das war undenkbar. In ein Internetcafé zu gehen, konnte ich mir auch nicht vorstellen. Ich brauchte ein Laptop. Und eine Verbindung zum Internet. Meine Mutter hatte mir das immer verboten. Sie wolle so neumodisches Zeugs nicht haben, wie sie sagte. Ich empfand es auch als reichlich übertrieben, nur wegen einer Frage gleich einen Computer zu kaufen, aber es ging nicht anders. Also Mama, entschuldige bitte, aber das musste jetzt sein.

Am nächsten Morgen fuhr ich mit dem Bus in die Stadt. Ich sagte mir, falls ich jemanden aus dem Büro treffen würde, könnte ich sagen, dass ich zum Arzt müsse.

In einem Elektronik-Laden kaufte ich einen Laptop. Ich ging nach Hause und legte los. Ich war überrascht, wie schnell ich im Internet war und googelte „Masochismus". Gleich der erste Eintrag war von Wikipedia:

*„Unter Masochismus versteht man die Tatsache, dass ein Mensch (oftmals sexuelle) Lust oder Befriedigung dadurch erlebt, dass ihm Schmerzen zugefügt werden oder er gedemütigt wird.*

*Das Gegenstück zum Masochismus ist der Sadismus; Theodor Reik fasst den Masochismus implizit als passiven Sadismus auf..."*

So war das also. Beim Lesen begann ich zu schwitzen, mein Hals juckte und ich musste meine Krawatte lockern.

Ich googelte „Domina" und kam auf ein paar Bilder. Ich konnte mir immer weniger vorstellen, dass das alles in meiner Nachbarwohnung stattfinden sollte. Wenn ja, wo? Ich hatte doch die Wohnung gesehen. Ich hatte sogar unter das Bett geschaut. Es hätte doch irgendeinen Hinweis geben müssen.

Ich suchte weiter, las und schaute, bis ich erst spät nachts ins Bett ging.

In dieser Nacht träumte ich wieder. Ich stand in Ivana Kosics Wohnzimmertür. Sie hatte mich an Füßen und Händen in den Türrahmen gebunden. Ich trug nichts als meine Krawatte. Ivana saß damenhaft auf dem Sofa und trug ein schwarzes

Lederkorsett und trank einen Kaffee. Sie schaute unablässig auf meinen Penis und redete mit ihm. Mein Penis fing auch an zu sprechen und plauderte lauter peinliche Dinge aus, die ich niemals jemandem erzählen würde. Ich stand dabei und konnte mich nicht rühren. Dann stand Ivana auf, zog sich schwarze Lederhandschuhe an und begann meine Eier zu massieren. Sie griff hinein, dass es schmerzte und mit einem Stöhnen wachte ich auf.

Natürlich war meine Hose nass und natürlich musste ich mich bestrafen. Ich verfluchte den Tag, an dem Frau Kosic in die Nachbarwohnung gezogen war.

Nachdem ich mir die Hände gewaschen und das Klo mit einer alten Zahnbürste geputzt hatte, ging ich in die Nachbarwohnung. Ich musste Beweise finden. Ich hielt es sonst nicht aus. Ich kontrollierte die Türrahmen, ob irgendwo Ösen eingeschraubt waren - nichts. Ich untersuchte ihren Schlafzimmerschrank nach Wäsche. Es war, wie bei meiner Mutter, alles ganz normale unerotische Frauenwäsche. Es hingen Kostüme im Schrank, schwarze und graue, ein staubgrauer Mantel und ein kariertes Kleid. Dazu Faltenröcke und eine Hose.

Frau Kosic trug sehr konservative Kleidung wie ich auch. Wie alt sie wohl sein mochte. Ich war jetzt 35, sah aber älter aus. Frau Kosic musste mindestens 50 Jahre alt sein. In einer Sockenschublade fand ich einen Stapel Briefe, die mit einem rosa Band zusammengebunden waren. Absender und Adresse waren in kyrillischer Schrift geschrieben, die ich nicht lesen konnte. Damals in der Schule wurde mal ein Russisch-Kurs angeboten, nun bereute ich, nicht daran teilgenommen zu haben. Briefe konnte jede Frau im Schlafzimmer haben, auch Briefe deuteten nicht auf einen besonderen Beruf hin.

Beruf - war es denn ein Beruf? Konnte „Domina" eine Berufsbezeichnung sein? Ich wusste einfach zu wenig über solche Dinge. Meine Neugier wurde von Kindheit an im Keim erstickt. Und nun war sie geweckt, diese Neugier und drängte an die Oberfläche. Vielleicht hatte ich ja etwas nachzuholen.

Ich hatte noch nie Sex mit einer Frau. Mama hätte das niemals erlaubt. Und als sie tot war, dachte ich nicht daran. Aber nun, da ich mich mit meiner Nachbarin beschäftigte, fiel es mir als Mangel auf, noch nie Sex gehabt zu haben. Ich versuchte meist, solche Gedanken zu verdrängen, aber in meiner Körpermitte tat sich etwas, immer öfter. Ich wachte mit Bedürfnissen auf, vor denen ich Angst hatte. Meine Mutter hatte immer dafür gesorgt, dass ich mich als schmutzig empfand. Ich habe es gehasst, ans Bett gefesselt zu werden. „Männer sind böse, Männer wollen nur das eine. Werde niemals so ein Mann", das waren die Sätze, die meine Mutter mir eintrichterte. Aber auch für Frauen hatte sie nicht viel übrig. „Nimm dich vor Frauen in Acht, Frauen wollen nur dein Geld, die schieben dir ein Kind unter, das nicht von dir ist, Frauen sind lüstern und gefährlich, sie wollen dich nur verschlingen. Sex ist schmutzig". Als Junge stellte ich mir dann Frauen vor mit einem riesigen Mund und großen weißen Zähnen, die mich festbinden, beißen und verspeisen. Da las ich lieber Abenteuerbücher, in denen keine Frauen vorkamen und erzählte meiner Mutter nichts von meinen Gedanken.

Mittlerweile hatte ich wirklich die ganze Wohnung abgesucht und nichts, aber auch gar nichts gefunden, was Frau Kosic kompromittiert hätte. Nebenbei wischte ich bei ihr Staub und sortierte ihre Bücher nach der Größe neu im Schrank ein. Übrigens ganz normale Bücher, Romane von Simmel und Konsalik, Reader's digest und Lexika. In einem Buch las ich etwas länger, es war ein medizinischer Ratgeber für den Hausgebrauch und ich nahm mir die Zeit, die Anatomieseiten genau zu studieren. Ganz hinten im Buch gab es ein Faltblatt mit einer zeitlos schönen Frau. Aufgeklappt sah man die Adern, die Muskeln und Knochen. Hinter den Muskeln konnte man sogar die Organe aufklappen, erst Lunge, Magen und Darm und dahinter eine Gebärmutter mit einem Baby darin, das schon vollständig entwickelt war. So von innen betrachtet hatte eine Frau nichts Sexuelles an sich, es war einfach nur spannend anzuschauen. Leider gab es keinen Mann in diesem Buch. Ich hätte mir gerne noch meine eigenen Organe von innen angeschaut.

Dann goss ich die Blumen, ging zurück in meine Wohnung, machte mir etwas zu essen, sank endlich erschöpft auf mein Sofa und schlief ein paar Stunden. Als ich erwachte, war es Abend geworden.

Ich schaltete mein Laptop an und googelte unanständige Wörter. Alles, was mir einfiel und was ich nie zu fragen wagte. Ich landete bei schoenerwichsen.de und wunderte mich, dass man so eine Seite überhaupt haben darf. Um alles zu sehen, musste man sich anmelden. Davor hatte ich Hemmungen, also las ich nur ein paar Geschichten. Ich war erstaunt. Da breiteten Menschen offen und ohne Hemmungen ihre Sexualität aus.

Meine Mutter hätte so etwas nie geduldet, ich durfte solche Gedanken nicht haben. Das hatte sie zwar nie so gesagt, aber ich wusste das ganz genau. Sie kontrollierte mein Bett bis zu ihrem Tod nach Flecken. Es gab keinen Schlüssel für das Badezimmer. Baden war verpönt, alles im Bad musste schnell gehen. Wenn ich mich darin zu lange aufhielt, stand sie vor der Tür. Sie hatte immer alles unter Kontrolle.

Einmal sind wir zusammen in den Urlaub gefahren. Mit der Bahn in den Schwarzwald. In einer kleinen Pension kamen wir unter, Mutter hatte zwei Einzelzimmer gebucht. Alles war sehr einfach, aber es gefiel mir. Die Wirtin war eine rundliche, lebenslustige Frau und kochte gut. Ich durfte den Kuhstall erkunden, nachdem die Wirtin Mama gut zugeredet hatte. Das erste Mal in meinem Leben tat ich etwas ohne ihre Aufsicht. Ich stromerte den ganzen Tag auf dem Bauernhof herum und fühlte mich wohl. Mutter ließ sich nicht anmerken, dass ihr so viel Freiheit für ihren Sohn missfiel. Nach einer Woche reisten wir ab und fuhren nach Hause. Einen nächsten Urlaub hatte es nie gegeben.

Wieder zurück in der Schule hatten meine Mitschüler mich eines Morgens zu viert geschnappt und in den Papierkorb gesetzt. Ich wurde so tief hineingedrückt, dass ich von selbst nicht mehr herauskam. Sie stellten mich in die Ecke neben den Schrank.

Erst zeterte ich, dann heulte ich und als der Lehrer kam, musste ich mich übergeben. Es war entsetzlich peinlich, ich wäre am liebsten vor Scham im Boden versunken. Niemand meldete sich freiwillig als Übeltäter und ich traute mich nicht zu petzen und so musste die ganze Klasse, einschließlich meiner Wenigkeit nachsitzen.

Weil meine Mutter mich nie raus ließ, war ich teigig und unsportlich. Essen war meine einzige Freude und so war ich mit Ende der Pubertät ziemlich dick und schwerfällig. Als ich gemustert wurde, erklärte man mich für untauglich, so brauchte ich nicht zur Bundeswehr. Heute war ich froh darüber, aber damals schämte ich mich.

# 2

Am nächsten Morgen ging ich wieder zur Arbeit. Ich fühlte mich gesund. Da meine Kollegen es nicht gewohnt waren, dass ich jemals fehlte, kamen sie im Laufe des Tages alle in mein Büro und erkundigten sich nach meinem Befinden. Mir war der Rummel um meine Person sehr unangenehm und ich gab einsilbig Auskunft. Ich tat meine Arbeit und ließ mich nicht ablenken. Wenn ich arbeitete, schaltete sich alles andere aus, ich hörte noch nicht einmal das Telefon klingeln. Es gab Menschen, die mich darum beneideten, das hatte jedenfalls Fräulein Reuter aus dem Einkauf mal zu mir gesagt. „Herr Natschke", sagte sie, „einfach so abtauchen, das möchte ich auch mal können!" Ich war ganz erstaunt darüber, denn ich hatte mir bisher noch nie Gedanken darüber gemacht, dass es etwas Besonderes sei, konzentriert zu arbeiten.

Nach Feierabend machte ich mich auf den Weg ins Krankenhaus. Es war eine spontane Entscheidung, Frau Kosic zu besuchen und noch kurz vor ihrer Tür kamen mir Bedenken. Ich klopfte zaghaft und betrat das Zimmer. Frau Kosic war allein, sie schaute fern und als sie die Tür hörte, sah sie zu mir. „Ach, mein Nachbar, das ist aber schön", sagte sie.

„Guten Tag, wie geht es Ihnen", stammelte ich brav. „Ich hätte Ihnen Blumen mitbringen müssen, wie unaufmerksam."

„Das macht doch nichts. Hauptsache, meinen Blumen zu Hause geht es gut."

„Ja, und ich habe auch ein bisschen Ordnung gemacht. Es war jemand an Ihrer Tür, aber er ist sehr schnell wieder verschwunden."

„Das macht nichts. Danke für alles. Ich weiß nicht, was ich ohne Sie anfangen sollte."

Mir fiel nichts mehr zu reden ein. Ich schaute eine Weile aus dem Fenster, knetete dabei meine Finger vor Verlegenheit und stand dann auf.

„Ich muss", sagte ich. „Leider."

„Ich bleibe liegen, ich kann Sie nicht zur Tür begleiten", sagte Frau Kosic mit einem Lächeln.

Zu Hause angekommen, machte ich mir Abendbrot und nahm das Essen mit ins Wohnzimmer. Mein Laptop hatte ich schon gestartet, denn ich wollte weiter forschen. Ja, ich nannte meine Recherchen im Internet Forschung und gefiel mir in der Rolle des Sexualforschers. Ich wollte plötzlich alles wissen. Ich hatte Filme entdeckt. Filme von Männern, die auf Knien einer

Domina die Stiefel ableckten. Das war abstoßend und faszinierend zugleich. Und Filme, die meinen Träumen sehr ähnlich waren, schwarz behandschuhte Damen, die Männern die Hoden kneteten und ihnen verboten zu kommen. Damen, die Männern den Hintern mit einem Lineal versohlten. Dieses Video schaute ich mir immer wieder an. Es irritierte mich sehr, meine eigene Realität im Film zu sehen. Diese Männer wollten es. Es erregte sie. Für mich war es mein persönlicher Horror, meine Erinnerung an meine missglückte Kindheit und Jugend. Es war real. Im Video hatte es alles Grausame verloren und war eher lächerlich. Dieses Winseln der Männer, dieses Stöhnen. Was wussten sie denn? Sie machten sich ja keine Vorstellung, was es bedeutete, von der eigenen Mutter mit dem Lineal verprügelt zu werden, nur weil man einen feuchten Traum hatte. Für etwas, das nicht einmal unter der eigenen Kontrolle lag, das unbeherrschbar war. Ich hatte mir einmal heimlich einen Gummiring um die Vorhaut gewickelt, um zu verhindern, nachts einen Samenerguss zu haben. Mitten in der Nacht wurde ich von wahnsinnigen Schmerzen wach und mein Penis war schon ganz blau. Zum Glück war ich nicht gefesselt und konnte mich befreien. Doch heute dachte ich manchmal, wäre er doch nur abgefallen, dann hätte ich keine Probleme mehr gehabt.

Meiner Mutter wäre es sicher recht gewesen, einen Eunuchen als Sohn zu haben, am liebsten hätte sie mich kastrieren lassen, beim Tierarzt wie einen Kater, da war ich mir sicher!

Sehr spät abends ging ich ins Schlafzimmer. Ich nahm den Nylonstrumpf aus der Schublade und band mir damit die Eier ab. Mein Penis wurde steif, zuckte und Sperma lief heraus. Gleichzeitig ging ein Schauer durch meinen Körper und ich wurde schamrot. Ich atmete heftig und begann zu zittern. Schnell band ich den Nylonstrumpf los und wischte die Flecken weg. Ich nahm das Lineal und schlug damit auf meinen Hintern. Dann duschte ich kalt und ging schlafen.

Noch im Einschlafen konnte ich ganz deutlich die Fesseln an meinen Handgelenken fühlen, die meine Mutter mir immer angelegt hatte.

Am nächsten Morgen sagte ich mir, dass ich aufhören musste mit diesen Handlungen. Es war pervers. Es regte mich auf. Ich hörte innerlich die Stimme meiner Mutter, die es mir ganz klar verbot.

Ich ging zur Arbeit und war das erste Mal im Leben unkonzentriert. So durfte ich eine ganze Seite Zahlen noch einmal zusammen rechnen. Das war mir vorher noch nie passiert. Außerdem hatte ich in der Früh vergessen, mir ein

Brot zu machen und musste nun in der Frühstückspause ohne Essen auskommen. So konnte es nicht weiter gehen. Ich gab meiner Nachbarin die Schuld an meiner Misere und verfluchte wieder einmal den Tag, an dem sie in die Wohnung nebenan gezogen war. Ich würde ihr heute Nachmittag den Schlüssel ins Krankenhaus bringen und ihr sagen, sie solle sich jemand anderen für ihre Blumen suchen. Ich war zwar nicht glücklich, aber mein Leben war bisher ruhig verlaufen. Diese Art Aufregung konnte ich nicht gebrauchen.

Nach der Arbeit fuhr ich nicht ins Krankenhaus, sondern ging direkt in die Wohnung der Frau Kosic. Ich stellte noch einmal alles auf den Kopf und schaute auch in die Schubladen, die ich vorher ausgelassen hatte. Ich durchsuchte die Speisekammer und klappte das Schlafsofa auf. Ich fand nichts. Meine Hoffnung einen Beweis für ihre schändliche Tätigkeit zu finden, löste sich auf wie Zucker in einer Teetasse.

Frustriert ging ich in meine Wohnung und schaute fern. Gegen halb neun klingelte es an der Tür. Ich ging öffnen und vor der Tür stand wieder ein Mann. Er sah gut situiert aus und war offensichtlich betrunken. „Wo ist Mistress Ivana", lallte er.

„Im Krankenhaus", sagte ich und wollte ihn aus der Tür schieben, aber er hielt sich am Rahmen fest. „Kann ich mal telefonieren?", fragte er und drückte sich an mir vorbei in meine Wohnung. Er torkelte in mein Wohnzimmer und ließ sich im Sessel fallen.

„Ich kann nicht leben ohne Mistress Ivana. Ich habe jede Woche einen Termin bei ihr. Ich lebe nur für diese Termine. Was soll ich nun tun?"

Er heulte fast. „Keine macht es wie sie. Sie ist meine strenge Mistress und ich tue alles was sie will. Das letzte Mal hat sie mich komplett in schwarze Folie gewickelt und mich in der Ecke stehen lassen. Nur mein Willy guckte raus. Nach zwei Stunden hat sie mich ausgewickelt und ich musste ihren Boden putzen. Noch nie durfte ich sie anfassen. Noch nie! Aber eines Tages wird sie mich erhören...", schluchzte er.

Dieser Mann sagte Dinge, die ich nicht hören wollte und doch hungerte ich nach genau diesen Informationen. Er goss Öl auf mein Feuer. Es war also doch wahr. Aber wie und wo? Ich war allerdings so abgestoßen von dieser betrunkenen Kreatur, dass ich es mir verkniff zu fragen. Ich wollte ihn nur so schnell wie möglich loswerden.

Ich rief ihm ein Taxi und komplimentierte ihn zur Tür. Es ekelte mich. Ich musste mir eine viertel Stunde lang die Hände waschen, anschließend die Wohnung lüften, den Teppich

saugen und den Sessel feucht abwischen. Dann erst wurde ich ruhiger.
Ich fiel ins Bett und schlief traumlos bis zum nächsten Morgen. Nach der Arbeit rührte ich das Internet nicht an. Ich vertrieb mir die Zeit mit Tetris spielen. Ich konzentrierte mich so auf das Spiel, dass es in mir keinen anderen Gedanken gab und das über Stunden. Dann ging ich ins Bett.

Am nächsten Morgen entschied ich ganz spontan, meine Wohnung komplett zu renovieren. Von den Möbeln war das Neue noch nicht runter, aber alles, wirklich alles erinnerte mich an meine Mutter. Das konnte so nicht weiter gehen. Ich hatte ein bisschen Geld gespart und der alte Plunder sollte nun weg. Vor allem wollte ich ein neues Schlafzimmer. Auf dem Weg zur Arbeit ging ich am Kiosk vorbei und kaufte mir zwei Einrichtungszeitschriften, die ich in der Mittagspause anschaute. Auch abends zu Hause beschäftigte ich mich mit der Wohnung. Ich überlegte, was wohl passen könnte und was mir gefallen würde. Darüber hatte ich bisher nie nachgedacht. An den Wänden klebte Mustertapete. Die ganze Wohnung war mit Teppich ausgelegt, der mir eigentlich nie gefallen hatte. Mir war noch nicht ganz klar, wie ich das alles bewältigen sollte, denn meine Mutter hatte immer gesagt, ich hätte zwei linke Hände. Aber ich wollte es unbedingt. Ich machte mir eine Liste der Möbel, die ich ersetzen wollte. Ich maß die Zimmer aus und berechnete die Quadratmeter. Ich machte mir Gedanken über die Wandfarbe und den Fußbodenbelag. Kurz, ich war so beschäftigt, dass ich keine Sekunde an meine Nachbarin denken musste.

In den nächsten Tagen lief ich hundert Mal die Treppe rauf und runter, um die persönlichen Dinge meiner Mutter zu entsorgen. Vor allem ihre Wäsche musste verschwinden. Ich würde sie nie wieder anziehen. Ein bisschen war es, als würde ich meine Mutter erneut beerdigen. Aber mit jedem Teil, welches aus der Wohnung verschwand, wurde ich ruhiger. Zwischendurch kam mir sogar der Gedanke, ich könnte mir eine neue Wohnung nehmen, eine die frisch renoviert war. Aber diesen Gedanken verwarf ich wieder. Ich nahm die Herausforderung, mein Zuhause zu verändern, an.

Im Internet schaute ich mir Möbel an. Man konnte sich ja alles schicken lassen, stellte ich erstaunt fest. Ich brauchte nicht mal aus dem Haus, um Möbel zu kaufen. Das war nämlich bisher mein größtes Problem. Ich ging wirklich ungern unter Menschen. Und Einkaufen gehörte nicht gerade zu meinen

Lieblingsbeschäftigungen. Dass ich Lebensmittel regelmäßig kaufen musste, war schon schlimm genug. Aber die Vorstellung, dass ein Verkäufer auf mich zu kam und mich beraten wollte, gefiel mir gar nicht. Ich konnte doch so schlecht nein sagen. Und dann diese Nähe. Verkäufer kamen einem immer so nah, rochen aufdringlich nach Rasierwasser und hatten das Frühstück noch zwischen den Zähnen kleben. Jedenfalls die Verkäufer, die ich bisher kennen gelernt hatte. Nein, ich würde mir alles nach Hause schicken lassen. Aber zuerst einmal musste das Alte raus. Das stellte mich wieder vor logistische Probleme. Am besten renovierte ich Raum für Raum. Also trug ich meine Matratze vorübergehend ins Wohnzimmer und machte mich ans Werk.

Ich holte eine Axt aus dem Keller und begann das Bett meiner Mutter zu zerlegen. Die aufgestaute Wut und der Hass auf diese Frau halfen mir, die nötige Kraft aufzubringen. Die Scham darüber ließ mich wieder abkühlen und zwischendurch eine Pause machen. Ich zerschlug alle Möbel aus dem Zimmer, bis sie nur mehr Kleinholz waren. Ich hinterließ einen einzigen Trümmerhaufen und begann noch, die Tapeten in Fetzen herunterzureißen. Ich hatte das Schlafzimmer meiner Mutter ermordet. Dieses Zimmer, das immer muffig roch und ungeheizt war und das ich zu ihren Lebzeiten nicht betreten durfte. Dieses Bett, in das sie mich nicht ließ, mir alle mütterlichen Zärtlichkeiten vorenthielt, nach denen ich mich sehnte.

Es war drei Uhr morgens, als ich endlich fertig war.

Mein Herz schlug, ich hatte mich mehrfach an den Händen verletzt, mein Rücken schmerzte und ich atmete nur noch stoßweise. Bitte, jetzt keine Panikattacke, betete ich und stellte mich unter die kalte Dusche. Ich wusch mich sehr gründlich überall und in jeder Ritze und ließ auch die Körperöffnungen nicht aus. Um richtig sauber zu werden müsse man sich auch den Mund mit Seife spülen, das hatte mir meine Mutter eingebläut. Es war zwar unangenehm, aber es hatte mir noch nie geschadet. Es läuterte mich. Nach dem Duschen war die Panik auf ein Minimum reduziert und ich machte mir ein Nachtlager im Wohnzimmer. Ich hatte noch zwei Stunden Schlaf bis zum Weckerklingeln.

## 3

Als der Wecker klingelte, konnte ich mich kaum rühren. Ich war ja ein völlig untrainierter Mensch, der sein Leben bisher auf dem Bürostuhl verbracht hatte. Die körperliche Anstrengung forderte Tribute. Ich quälte mich von der Matratze und humpelte in die Küche, um mir mein Frühstück fürs Büro zu machen. Ich ging zur Arbeit, die Schritte wurden nach einiger Zeit leichter, aber dennoch dachte ich darüber nach, mir Handwerker kommen zu lassen, anstatt alles selber zu machen. Doch fremde Menschen in meiner Wohnung in meiner Abwesenheit, ich ertrug nicht einmal den Gedanken daran. Ich quälte mich durch den Tag und beschloss, Urlaub zu nehmen. Zwei Wochen müssten erst einmal reichen, kalkulierte ich und ging zum Abteilungsleiter, um mit ihm meinen Urlaub zu besprechen. Es war kein Problem, ab nächste Woche hatte ich frei. Beschwingt ging ich nach Hause, schöpfte neuen Mut für meine Unternehmungen und machte Pläne.

Meine Nachbarin und ihre Blumen hatte ich komplett vergessen. Da vor ihrer Tür mehrere Werbeprospekte lagen und unschön aussahen, fiel sie mir wieder ein. Ich nahm den Schlüssel, goss die Blumen und ging schnell wieder. Ich hatte absolut keine Lust, sie noch einmal im Krankenhaus zu besuchen. Das konnten ihre Freier tun, ich hatte andere Aufgaben.

Der Müll musste aus dem Schlafzimmer. Ich hatte die Möbel in so kleine Teile zerlegt, dass der Sperrmüll sie so bestimmt nicht mitnahm. Was sollte ich tun? Das Holz konnte ich noch kleiner machen und dann in den Ofen stecken, der noch in der Küche stand. Das würde allerdings auch jede Menge Dreck machen und ich könnte in der Küche saunieren. Aber immer noch besser, als alles in den Hof zu tragen und heimlich in den Mülltonnen der Nachbarn zu versenken.

Außerdem besorgte ich mir Müllsäcke. Davon würde ich auch jede Menge für die Tapeten brauchen. Den Teppich konnte ich zerschneiden, zusammenrollen und im Hof deponierten. Ich war den ganzen Tag beschäftigt und vergaß zu essen. Als ich total unterzuckert war und zu zittern begann, dachte ich zuerst an eine meiner Panikattacken, die mich bisweilen aus heiterem Himmel befielen, besann mich dann aber und aß.

Beim Essen sinnierte ich darüber nach, dass in jedem Menschen ungeahnte Fähigkeiten zu stecken schienen. Ich war das beste Beispiel dafür. Ich hatte mir bis vor kurzem nicht zugetraut, eine Wohnungsrenovierung zu bewältigen. Und nun war ich auf dem besten Wege dahin. Morgen würde das Paket mit der Farbe für das Schlafzimmer kommen. Ich hatte alles mit der Post bestellt, weil ich keine Lust hatte, in den Baumarkt zu gehen. Das Internet hatte ich dazu benutzt, in diversen Foren und Tutorials zu lesen, wie man Zimmer renoviert. Das war zuerst sehr verwirrend, aber ich kämpfte mich durch und traf Entscheidungen. Das war es, was mich am meisten berührte, dass ich Entscheidungen traf. Bisher hatten das immer andere für mich getan. Bis auf die eine große Entscheidung kurz vor Mutters Tod hatte ich nie irgendetwas entschieden. Nicht was ich anzog, nicht den Beruf, den ich ausübte, nicht wie meine Umgebung gestaltet war. Ich fühlte mich auf einmal erwachsen. Ja, das traf es, erwachsen...

Am Abend war das Schlafzimmer leer. Die Wände waren nackt und kahl und ziemlich fleckig. Ich hatte alle alten Tapeten heruntergerissen und nun war der Putz zu sehen. Ich würde einfach überstreichen. „Keine Tapeten mehr, einfach weiß gestrichen. Das wäre am einfachsten", dachte ich mir und ich hatte schließlich keinerlei Übung. Tapeten zu kleben stellte ich mir auch nicht gerade angenehm vor, kalter Kleister an den Händen entsprach nicht meinen Vorstellungen von guten taktilen Gefühlen. Für heute machte ich Schluss. Ich ging kalt duschen und schlief dann bis zum nächsten Morgen traumlos auf meiner Matratze.

Die Klingel weckte mich jäh. Es war der Paketdienst und brachte die Farbe. Fast hatte ich ein schlechtes Gewissen, weil sich der arme Mann so abschleppen musste. Sofort machte ich mich ans Werk, noch im Schlafanzug begann ich das Zimmer zu streichen. Wenn man so eine leere Wand überstreicht, ist es, als würde man ein altes Leben auslöschen. Mit jedem Pinselstrich dachte ich an eine Station aus meiner Kindheit. Wenn ich doch die ganze Schmach wegwischen könnte. Meine Mutter badete mich noch als ich zwölf war. Sie blieb neben der Wanne sitzen und wusch mich mit dem Waschlappen. Als ich einmal aufstand und sie mich mit dem Handtuch empfing, hatte ich eine Erektion. Sie schüttelte sich vor Ekel, schlug mit dem Waschlappen darauf und redete tagelang nicht mit mir. Es war der Zeitpunkt, als sie mir das erste Mal die Hände am Bett festband. Ich konnte ihr danach nicht mehr in die Augen sehen. Ich fühlte mich so schuldig und schämte mich. Aber eigentlich wusste ich gar nicht, warum ich mich schuldig fühlte. Dieses Gesicht meiner Mutter, diese Ablehnung hatte sich tief in mein Gedächtnis gebrannt, ich sah es heute noch vor mir.

Manchmal kam mir der Gedanke, eine Frau zu wollen. Das war doch normal und gehörte zum Leben dazu. Aber ich hatte große Angst vor Frauen und konnte mir den Weg, an eine zu gelangen, überhaupt nicht vorstellen. Wie sollte ich denn eine kennenlernen? Und wie sollte ich herausfinden, ob es die Richtige war? Was machte man wohl mit einer Frau den ganzen Abend? Mit Mutter hatte ich immer ferngesehen. Oder wir saßen im Wohnzimmer und hatten gelesen und Kreuzworträtsel gelöst. Deutscher Fluss mit vier Buchstaben, der letzte ist ein E. Das war Innigkeit. Das waren Gespräche. Als sie älter wurde und nicht mehr so viel machen konnte, habe ich das Putzen übernommen. Sie war nie wirklich zufrieden damit, so sehr ich mich auch anstrengte. Ich hatte oft das Gefühl, dass sie mich beobachtete, wie ich mit einer Zahnbürste die Ritzen putze. Auch als sie sehr krank war und fast nichts mehr sehen konnte, versuchte sie meine Arbeit zu kontrollieren. Kontrolle bis zum Schluss. Ich hatte sie zwei Jahre lang gepflegt, da lag sie nur mehr im Bett und außer der Gemeindeschwester kam niemand. Die sah ich aber nur am Wochenende, da ich ja arbeiten musste. Diese Arbeit im Büro, das war die reinste Erholung. Meine Mutter wurde immer anspruchsvoller. Aber warm wurde sie bis zum letzten Tag nicht mit mir.

Mein Schlafzimmer nahm Formen an. Ich hatte die Wände fertig. Die Sonne schien in den Raum und er leuchtete hell. Ein Blick zu Decke sagte mir, dass auch diese gestrichen werden müsste. Dazu reichte die Farbe nicht mehr und ich konnte mir auch nicht vorstellen, wie man eine Decke strich, ohne dass mir die Farbe in die Ärmel lief. Ich hatte so schon eine Riesensauerei hinterlassen. Also machte ich erst einmal sauber, denn dabei konnte ich am besten nachdenken.

Am Abend war ich wieder im Internet unterwegs und forschte, wie man am besten eine Decke strich. Es dauerte nur ein paar Klicks, da war ich plötzlich in einem Erotik-Shop. Meine Überraschung war groß, als ich Frauen aus Silikon entdeckte. Sie sahen wie echte Frauen aus. Vielleicht sollte ich mir so eine Frau bestellen. Ich hatte ja noch nie. Daran könnte man ja zumindest mal üben.

Ach nein, ich hatte andere Sorgen. Ich suchte ein Bett und das Angebot erschlug mich schier. So ein doppeltes Ehebett wollte ich nicht. Ein französisches Bett, das war von der Größe her passend. Ich war ein bescheidener Mensch, ich wollte keine Luxusmöbel. Schlichtes Holz, klare Formen. Das musste reichen. Ich stellte fest, dass gerade schlichtes Holz am teuersten war. Egal, man gönnt sich ja sonst nichts. Ich fand ein überzeugendes Angebot aus Eiche. Bett, Zweitürer und Nachtschrank, dazu ein kleiner Sekretär. Das bestellte ich gleich und ließ es mir nach Hause liefern. Lieferzeit acht Wochen, das war nun nicht zu ändern. Solange würde ich auf dem Boden schlafen und meine Wäsche im Wäschekorb lassen. Außerdem fand ich einen Anbieter für feste Farbe, damit ließ sich problemlos die Decke streichen. Ich suchte auch noch nach einem Bodenbelag, konnte mich aber nicht wirklich entscheiden. Das, was gut aussah, brauchte einen Handwerker. Ich wollte aber etwas solides, nicht so ein billiges Laminat und auf keinen Fall Teppichboden. Bis die feste Farbe geliefert wurde hatte ich nun Zeit. Ich beschloss, ein wenig auszuruhen und mir Gedanken um mein Wohnzimmer zu machen.

Allerdings ließ mir diese Frau aus Silikon keine Ruhe. Sie sah wirklich lebensecht aus. Das Video versprach weiche Haut und volle Beweglichkeit der Puppe. Man konnte sie anziehen, schminken, ausziehen, waschen, mit ins Bett nehmen. Sie könnte im Sessel sitzen und auf mich warten, bis ich von der Arbeit kam. Ich könnte sie streicheln und sogar Händchen halten. Und sie sah so gut aus, niemals würde ich mich trauen, eine so gutaussehende Frau anzusprechen. Sie würde niemals alt werden, keine Migräne bekommen, sie könnte mich nicht

beleidigen und ausschimpfen, sie würde mir nie widersprechen. Das waren ganz klare Vorteile zu einer echten Frau. Und die Anschaffungskosten waren überschaubar. Sie war teuer, keine Frage, aber sie würde jahrelang keine Folgekosten nach sich ziehen. Sie könnte mir kein Kind anhängen. Es gab im Internet sogar ein Angebot, sie auszuleihen. Aber das konnte ich mir nicht vorstellen. Ich würde sicher nicht der Erste sein, der sie ausprobiert. Und ich wollte der Erste sein! Wenn schon, dann richtig. Ich nahm mir vor, zuerst meine Wohnung zu renovieren und wenn ich fertig war, die Kosten für die Silikonfrau zu kalkulieren. Wenn ich sie mir leisten konnte, würde ich sie bestellen. Ja, meine Gedanken waren immer öfter dabei, Bilder zu produzieren von mir, Günther und der Silikonfrau. Ich sah mich mit ihr im Bett liegen, auf dem Sofa sitzen und ich begann mich zu verlieben. Ich verliebte mich in Model Nummer 5, blond, blaue Augen, helle Haut und großer Busen. Heimlich gab ich ihr einen Namen. Sie sollte Elisabeth heißen.
In der Nacht träumte ich von Elisabeth. Sie lag wie tot auf meinem Bett und war eiskalt. Ich wachte mit Herzklopfen und Atemnot auf und stürzte ans Fenster, um es zu öffnen. Die kalte Nachtluft strömte herein und beruhigte mich. Ich musste unbedingt wissen, ob es Elisabeth auch mit Heizung gab. So

kalt, das wollte ich nicht. Das stellte ich mir schrecklich vor. Meine Mutter war so kalt, immer und als sie tot in ihrem Bett lag und ich sie wusch und zurecht machte, da grauste mir vor ihrer Kälte. Ich mochte sie kaum anfassen, aber diesen letzten Dienst wollte ich selbst ihr erweisen und es keinen anderen tun lassen. Es war mein Abschied und das Wissen, dass sie niemals mehr warm werden würde. Denn das hatte ich insgeheim mein ganzes Leben lang ersehnt und gehofft. Dass sie warm werden würde, aber sie tat es nicht. So zog ich ihr im Tod warme Socken an, damit sie im Jenseits wenigstens keine kalten Füße bekam.

Meine Mutter war im letzten Jahr dement. Sie hatte außerdem Diabetes und durfte keine Süßigkeiten essen. Das war kein Problem für sie, denn sie war immer sehr diszipliniert. Aber ihr Blutzuckerspiegel schnellte oft trotzdem sehr hoch und wieder herunter und sie hatte sehr zu leiden unter ihrer Krankheit. Als sie dement wurde, hatte sie sich selbst nicht mehr im Griff. Der Zucker zerstörte ihren Körper, sie sah nicht mehr gut und konnte nicht mehr laufen. Sie bekam täglich Insulin. Oft musste ich ihr das spritzen, obwohl sie mir nicht zutraute, es richtig zu machen und sich vor mir auch nicht entblößen wollte. Einmal schlug sie mich, als ich ihr Insulin geben wollte.

Ich hatte die Spritze zum Glück noch nicht angesetzt. Ich malte mir aus, was alles passieren könnte und entschied mich, ihr vor dem Spritzen die Hände am Bett festzubinden. Es war die Ironie des Schicksals, dass ich jetzt tat, was sie mit mir getan hatte. Sie ließ es sich ohne Murren gefallen, was mich bis heute sehr erstaunte, wenn ich daran dachte.

Da ich mit meiner Wohnung nicht weiter kam und Urlaub hatte, lag ein langer Tag vor mir, zu dem es keinen Plan gab. Ich mochte es nicht, keinen Plan zu haben. Ich machte mir in der Regel abends einen Plan für den nächsten Tag und schätzte es nicht sehr, wenn dann etwas Unvorhersehbares passierte. Diese Art ungeplanten Tage war leider prädestiniert für Unvorhersehbarkeiten. Ich setzte mich in das frisch gestrichene Schlafzimmer und versuchte mir vorzustellen, wie es fertig eingerichtet aussah. Die Möbel waren bestellt. Ich war mir über Bodenbelag und Vorhänge noch nicht im Klaren. Es ließ sich nicht vermeiden, doch in einen Baumarkt zu gehen, um zu schauen, was es dort gab. Am besten ging ich gleich, dann hatte ich es hinter mir.
Es gab einen Baumarkt gleich zwei Straßen weiter. Ich hatte mir einen Zettel gemacht mit den Maßen des Zimmers, damit

ich dann nicht wie blöd da stand und mich wieder nicht entscheiden konnte. Das Angebot im Baumarkt erschlug mich schier. Zum Glück war es noch früh und entsprechend wenig los. Zur Feierabendzeit würden mich hier keine zehn Pferde reinbringen. Ich fand die Gardinenabteilung und suchte mir Vorhänge aus. Ich wollte auf keinen Fall solche Vorhänge, wie meine Mutter sie überall aufgehängt hatte, weiße Stores mit einfarbigen Übergardinen aus einem so unsäglichen groben Polyesterstoff. Aber das moderne Zeug gefiel mir auch nicht. Ich stand also unschlüssig vor dem Angebot und natürlich kam irgendwann ein Verkäufer und sprach mich an, ob ich Hilfe brauchte. Ich lehnte dankend ab und verdrückte mich in die Holzabteilung. Laminat, ob das das Richtige war? Ich hatte noch nie mit einer Säge gearbeitet und Laminat war bestimmt nicht einfach zu sägen. Mit der Hand schon mal gar nicht. Ich müsste mir extra eine Stichsäge zulegen. Bei Parkett hatte ich das gleiche Problem. Es ärgerte mich, dass ich so unfähig war. Ich wollte keine fremden Leute in der Wohnung. Punkt. Also musste ich mir etwas einfallen lassen.

Ich kaufte feste Farbe für die Decke. Ich hatte zwar welche bestellt, aber die konnte ich auch später für das Wohnzimmer nehmen, ich wollte erst einmal weiterkommen.

Zurück zu Hause strich ich die Decke und als ich damit fertig war, legte ich mich in die Badewanne. Das war zwar verpönt bei uns, aber ich pfiff auf die Konventionen meiner Jugend und lümmelte mich eine geschlagene Stunde in der Wanne. Danach ging ich im Internet Elisabeth besuchen.

Ich musste sie mir einfach immer wieder anschauen. Und mich versichern, dass sie noch da war. Mittlerweile hatte ich herausbekommen, dass sie etwas mehr als 5000 Euro kosten würde. Der Preis erschien mir keineswegs zu hoch für Elisabeth. Ich wollte schließlich keine billige Nutte, ich wollte eine Frau von Format.

Mein zukünftiges Leben wollte ich mit Elisabeth verbringen und mit ihr auf dem Sofa Händchen halten. Und ich würde endlich Sex haben. Bei dem Gedanken regte sich etwas in meiner Hose und ich musste handeln. Wie immer ging es sehr schnell. Ich wusch mich anschließend gründlich und verzichtete auf die Bestrafung. Schließlich hatte ich gelesen, dass es ganz normal sei. In mir kam der Verdacht auf, dass vielleicht meine Mutter nicht normal gewesen war. So ganz konnte ich das nicht begreifen, aber in mir regte sich Widerstand. Meinen Schwanz in die Hand zu nehmen fühlte sich schließlich gut an. Und im Internet hatte ich gelesen, dass es keinesfalls schädlich sei. Früher, ja da dachte man allerlei seltsame Dinge darüber, einem würde das Rückenmark schwinden oder man würde vom Irrsinn befallen, aber das war doch finsterstes Mittelalter. Wir lebten im 21. Jahrhundert. Dennoch, ich musste dabei immer an Mutter denken. Vielleicht würde das mit Elisabeth anders werden.

Am nächsten Morgen hatte ich einen Brief der Hausverwaltung im Briefkasten. Man teilte mir mit, dass es im Zuge der Modernisierung und Isolierung nötig wäre, neue Fußböden zu verlegen. Man hätte sich für eine Trittschallisolierung und Parkett entschieden, auch, um den Wohnwert zu erhöhen. Außerdem sollten neue Fenster eingebaut und das Haus von außen isoliert werden. Ich bekam eine Art Schock und begann zu zittern. Das hieß Dreck ohne Ende, fremde Menschen, Lärm und vor allem ein Zeitplan, der nicht meiner war. Ich rannte aufgebracht in der Wohnung auf und ab, doch nach kurzer Zeit beruhigte ich mich. Eigentlich kam das doch genau zur richtigen Zeit. Ich beschloss, mit der Hausverwaltung zu telefonieren und ihnen meine eigenen Renovierungspläne zu vermitteln, vielleicht konnte man das ja aufeinander abstimmen. Und tatsächlich war man nicht abgeneigt. Ich sollte schon übermorgen einen neuen Fußboden im Schlafzimmer bekommen und das Fenster wurde ausgetauscht. Im Wohnzimmer würde man dann weitermachen, wenn ich so weit wäre. Eigentlich konnte es nicht besser sein.

Den Brief der Hausverwaltung musste auch meine Nachbarin bekommen haben, die ich so lange verdrängt hatte. Ich fühlte mich verpflichtet, ihr Bescheid zu geben und machte mich auf den Weg ins Krankenhaus, nicht ohne vorher den Inhalt ihres Briefkastens mitzunehmen.

Im Krankenhaus wurde ich von ihr freudig begrüßt. Sie hatte mich offensichtlich vermisst. So viel Überschwang und Freude war mir höchst unangenehm, sie tat, als wäre sie eine gute Bekannte. Ich gab ihr die Post und beschrieb ihr die Problematik mit der Hausrenovierung. Gleichzeitig sagte ich ihr, man würde bestimmt Verständnis für ihre Situation haben und warten, bis sie wieder gesund wäre.

„Wie rührend Sie sich um mich kümmern", hauchte sie. „Aber machen sie sich keine Gedanken, ich kläre das selbst. Ich kann von hier aus telefonieren. Und ich warte auf einen Termin für die Reha, da bin ich dann noch einmal drei Wochen lang weg. Vielleicht kann man in der Zeit bei mir schon mal anfangen. Sie sind ja da und können aufpassen." Sie zwinkerte mir zu.

Sie schien sich weiter keine Gedanken zu machen, was mich erstaunte. Ich konnte mir nicht vorstellen, dass sie einfach jemanden in die Wohnung lassen würde, wenn sie nicht da war. Das ging doch nicht! Alles in mir wehrte sich bei dem Gedanken. Gab es Menschen, die das Leben derart leicht nahmen? Ich konnte es mir nicht vorstellen. Alles was nicht planbar war, war für mich suspekt.

Ich dachte an den Mann, der betrunken auf meinem Sofa gesessen hatte und an seine Schilderung der Termine bei Frau Kosic. Wenn das stimmte, dann würde bei einer so umfangreichen Renovierung sicher alles ans Licht kommen. Konnte sie das wollen? Oder tat sie nur vor mir so scheinheilig? Ich suchte nach Anzeichen von Nervosität bei Frau Kosic, konnte aber keine entdecken. Diese Frau musste völlig abgebrüht sein. Wie sie im Bett lag mit ihrem Internatsnachthemd und den zurückgebundenen Haaren sah sie so harmlos aus. Stille Wasser sind tief, dieser Spruch machte für mich zum ersten Mal Sinn.

Ich verabschiedete mich schnell und verließ verstört das Zimmer. In der Tür rannte ich gegen einen Pfleger, der zum Blutdruck messen kam. Hastig entschuldigte ich mich und wurde rot. Wie peinlich! Ich wollte natürlich nicht schon wieder Bekanntschaft mit Beruhigungsspritzen und der Notaufnahme machen, dieses Erlebnis saß mir noch tief in den Knochen. So sah ich zu, so unauffällig wie möglich zu verschwinden.

Ich ging nach Hause und verkroch mich im Wohnzimmer mit einem Tee und meinem Laptop. Ich hatte im Internet eine Seite entdeckt, bei der man Filme schauen konnte. Dabei wollte ich auf keinen Fall gestört werden, darum stellte ich vorher die Türglocke ab und drehte den Schlüssel im Schloss zweimal um. Ich machte die Gardinen zu. Ich hatte immer ein unangenehmes Gefühl, wenn ich etwas tat, was meine Mutter missbilligt hätte. Mein Herz schlug schneller und ich bekam schwitzende Hände. Die konnte ich gerade gar nicht gebrauchen, dann reagierte der Mauszeiger auf dem Touchpad nicht so, wie ich wollte. Ich öffnete eine Sexvideo-Seite und gab Mistress ein. So nannten sich Dominas. Es gab Sklaven, die genau das machen mussten, was die Domina wollte. Bei einem Film blieb ich hängen. Ein Mann rieb seinen Penis an den bestrumpften Beinen einer sehr gut aussehenden Frau. Sie saß sehr damenhaft auf einem Stuhl, er kniete vor ihr, nur mit einem schwarzen T-Shirt bekleidet. Seine Hände waren an einem Gestell festgebunden und er rieb und rieb und stöhnte dabei. Sie redete auf ihn ein in einer zarten lieben Stimme und nannte ihn „good boy". Er solle es „Mamy" geben. Es erregte mich über die Maßen. Diese Frau sah meiner Nachbarin ähnlich. Das heißt, so würde sie aussehen, wenn sie zurecht gemacht wäre, geschminkt, frisiert und mit einem Lederkorsett und einem engen Rock bekleidet. Auf einmal wollte ich dieser Mann sein und es „Mamy" geben. Ich merkte, wie meine Hose nass wurde. Ich hatte mich nicht einmal angefasst. Schnell klickte ich die Seite weg und auch alle anderen, die im Hintergrund aufgegangen waren. Ich fühlte mich wieder einmal elendig schmutzig und musste meine Hose wechseln.

Um mich abzulenken ging ich in mein zukünftiges Schlafzimmer und dachte darüber nach, was ich bis übermorgen noch erledigen musste. Ich wollte noch ein Regal anbringen. Die Möbel kamen ja erst viel später, aber ein so Regal an der Wand, das könnte ja schon gut aussehen. Ich brauchte eine Bohrmaschine. Also noch einmal in den Baumarkt. Dort hatte ich vor ein paar Tagen ein Regal gesehen, konnte mich aber nicht gleich entscheiden, es zu kaufen.

Am Nachmittag hatte ich alles zu Hause und bohrte ein kleines Loch in die Schlafzimmerwand. Ich steckte einen Dübel hinein und bohrte ein zweites Loch. Da passierte es: Der Bohrer ging viel zu leicht durch den Putz und kaum angebohrt war ich durch die Wand durch. Ein Loch von etwa fünf Zentimeter Durchmesser klaffte in der Mauer und ein paar Steine fielen nach hinten in die Nachbarwohnung. „Ach du Schreck", dachte ich. „Das kann auch nur mir passieren."

Ich blickte in das Loch und sah erst einmal nichts. Ich holte eine Taschenlampe und leuchtete hinein. Und sah einen Raum mit dunkelroten Tapeten. An der Wand gegenüber vom Loch sah ich Metallringe in der Wand verankert und davor stand ein Bock, mit Leder bezogen, wie in der Schulturnhalle nur kleiner. Ich begann zu zittern und war sehr aufgeregt. Ich hatte das Arbeitszimmer meiner Nachbarin entdeckt. Warum hatte ich es nicht gefunden, als ich in ihrer Wohnung war? Besaß sie vielleicht ein Zimmer mehr als ich? Dann hatte sie es gut getarnt. Ich erinnerte mich, dass in ihrer Wohnung ein großer Wandteppich hing, vielleicht war dahinter die Tür versteckt. Dass ich da nicht eher drauf gekommen war. Ich ging sofort in die Nachbarwohnung. Der Wandteppich hing im Wohnzimmer. Ich hob ihn an und tatsächlich war dort eine Tür. Ich drückte die Klinke, sie war abgeschlossen. Ich tastete den Türrahmen nach einem Schlüssel ab, nichts. Vielleicht trug Frau Kosic diesen Schlüssel auch um den Hals, wie ihren Kellerschlüssel.

Panik ergriff mich. Ich wollte die Schäden beseitigen, ich musste durch diese Tür. Ich begann zu schwitzen und mein Körper juckte. Ich hyperventilierte und war kurz vor einer Ohnmacht. Ich schleppte mich in meine Wohnung zurück und legte mich flach auf den Boden. Meine Gedanken rasten.

Ich hatte gelernt, mit Panikattacken umzugehen. Es dauerte nur ein paar Minuten, dann griff meine Beruhigungsstrategie. Im Internet hatte ich gelesen, wie Panikattacken passieren. Ich versuchte also ruhig zu atmen und mit den Gedanken zu angenehmen Dingen zu gehen. Man sollte sich nichts ausmalen, nichts festhalten und die Gedanken ziehen lassen. Dabei ruhig und langsam atmen. Es funktionierte immer besser. Ich brauchte einen klaren Kopf. Das Loch war in der Wand und nicht mehr zu ändern. Ich wollte auf keinen Fall, dass jemand merkte, wer das Loch gemacht hatte. Dass das Zimmer genau neben meinem Schlafzimmer war, hätte ich mir ja denken können. Wie oft hatte ich die Männer gehört und dabei gedacht, ich hätte Wahrnehmungsstörungen. Die Schreie waren Realität und nicht in mir drin. Nicht mein innerer Schrei hatte sich manifestiert und war hörbar geworden. Ich hatte schon an meinem Verstand gezweifelt. Dabei konnte ich nichts dazu, nichts! Doch wie sollte ich bloß in dieses Zimmer kommen. Ich hatte keinen Schlüssel. Das Schloss würde ich mir noch einmal genau anschauen, vielleicht konnte man mit einem Dietrich hinein. Ich hatte zwar keinen, aber der ließ sich unter Umständen besorgen. Schließlich mussten die Mauerbrocken aus dem Raum, bevor die Handwerker kamen. Ob die allerdings wussten, dass es diesen Raum gab, wagte ich zu bezweifeln. Obwohl es sicher Pläne von der Wohnungsverwaltung gab, Raumzeichnungen oder ähnliches. Ich kannte mich nicht gut genug damit aus, konnte es mir aber durchaus vorstellen. Denn im Mietvertrag stand ja die Zahl der Zimmer. Ich machte mir also keine weiteren Hoffnungen, dass mein Missgeschick unentdeckt bleiben würde.

Plötzlich schoss mir ein Gedanke in den Kopf, der ziemlich ungeheuerlich war. Was, wenn ich das Loch nicht zumachen, sondern einen Spion einbauen würde? Ich könnte Frau Kosic mit ihren Kunden beobachten. Und anschließend vielleicht erpressen? Nein, so einer war ich nicht, so etwas gab es nur im Film. Außerdem fehlte es mir dazu eindeutig an handwerklichem Geschick und technischem Knowhow.

Wie auch immer, ich musste eine oder mehrere Lösungen finden und bemühte dazu, wie so oft, das Internet. Es gab doch für jede Frage eine Antwort im Internet. Zuerst konnte ich googeln, wie ich die Tür auf bekam und dann würde ich, nur interessehalber, nach Türspionen schauen.

# 4

Ich suchte die ganze Nacht das Internet ab. Es gab interessante Foren, die sich mit nichts anderem als mit Schlossknacken beschäftigen. Sogar Meisterschaften wurden ausgeführt. „Lockpicking" nannte sich das. Da trafen sich Leute regelmäßig in Vereinen, um jede Art von Schloss aufzubekommen. Die einfachste Methode mit einem normalen Zimmerschloss war ein krummgebogener Nagel. Das konnte ich zu Hause üben und dann mein Wissen und Können bei meiner Nachbarin anwenden.

Ich brauchte allerdings einen großen Nagel. Ich hatte nur kleine, die waren eindeutig zu fummelig. Also musste ich wieder in den Baumarkt. Ich schaute auf die Uhr, es war bereits nach Mitternacht. Dass man am Computer auch immer die Zeit so schnell vergaß. Ich sollte schlafen gehen, war aber so aufgedreht, dass ich erst einmal frische Luft brauchte. Draußen vor der Tür atmete ich tief durch und ging ein paar Schritte. Es war kalt und nebelig. Plötzlich hörte ich hinter mir Geräusche und drehte mich um. Vor mir stand dieser Mann, der bereits betrunken meinen Sessel geziert hatte und dem ich nun wirklich nicht beggnen wollte. Er kam vertrauensselig auf mich zu, legte seinen Arm um mich und lallte: „Wen haben wir

denn da, so ein Zufall, wie geht's, Alter?" Eine Alkoholfahne wehte mir ins Gesicht. „Wie wäre es mit einem kleinen Absacker, ich lade dich ein. Nein, keine Widerrede, komm!"
Er griff mir unter den Arm und zog mich mit. Ich hatte nicht im Geringsten vor, mich mitschleifen zu lassen, aber ich wollte auch kein Aufsehen erregen. Mein Kopf sagte mir, dass ich eine Entscheidung treffen musste. Ich hatte noch nicht einmal meine Wohnung abgeschlossen, sondern die Tür nur zugezogen. Stattdessen ging ich einfach neben dem Mann her und ließ mich von ihm vollschwallen. Er fing auch prompt wieder an, über meine Nachbarin zu reden.
„Ach, Ivana, es gibt keine Bessere, wann kommt sie endlich wieder? Du musst das doch wissen, du wohnst doch Tür an Tür mit ihr. Diese Frau, nein, diese Frau..."
Dann standen wir vor einer Tür und traten ein. Schummeriges Licht empfing mich und Zigarettenrauch stülpte sich augenblicklich über mich wie ein klebriges Netz. Ich mochte keinen Rauch, hinterher stank immer alles, die Kleidung, die Haare, ich fand es wirklich widerlich. Sanfte Saxophonmusik war zu hören und als ich in dem Nebel und rotem Licht etwas sehen konnte, fiel mir eine junge Frau auf, die an einer Stange tanzte. Sie rieb sich am blanken Metall und sah dabei höchst

unanständig und aufreizend aus. Ihr riesiger Busen war von einem viel zu kleinen Oberteil bedeckt. Sie hatte lange schwarze Haare und genauso lange Beine. Ihre Schuhe waren so hoch, dass ich Angst um ihre Knöchel bekam. Das konnte nicht gesund sein, sagte Mama auch immer. Plötzlich wurde ich von hinten sanft umarmt und eine zarte Stimme begrüßte mich.

„Na, Kleiner, das erste Mal hier? Komm setz dich und trink was."

Dabei gab sie mir ein Glas Sekt in die Hand und zog mich sanft auf eine gepolsterte Bank. Ich begann zu schwitzen und meine Haut juckte. Eine fremde Frau hatte mich angefasst und ich hatte nichts als das Bedürfnis, mich zu waschen. Mein Herz schlug mir bis zum Hals. Ich wollte aufstehen. Aber in diesem Moment setzte sich mein unseliger Begleiter neben mich und legte wieder seinen Arm um meine Schulter. Ich war regelrecht eingekeilt.

„Na, Alter, wie gefällt es dir hier? Das sind Weiber, oder? Die darf man auch anfassen. Also komm, bedien dich, du bist eingeladen."

Was sollte das heißen, eingeladen? Wenn ich ihn richtig verstand, waren das Nutten und ich durfte mich bedienen?

Und er würde bezahlen?

„Entspann dich, Süßer", hauchte von der anderen Seite die Frau und legte ihre Hand zwischen meine Beine. Mich durchströmte eine Hitzewelle und ich musste meinen Kragen lockern. Ich begann zu stöhnen, was die Frau missverstand.

„Du bist ja heiß, wir können auch hinaufgehen... "

Sie stand auf und zog mich mit.

Als ich stand, riss ich mich los und rannte zum Ausgang, hektisch öffnete ich die Tür und trat in die kalte Nachtluft. Ungeheuerlich! Dieser Typ war an allem Schuld. Ich verfluchte den Tag, an dem er in meinem Wohnzimmer gesessen hatte. Ich wollte nur noch nach Hause und unter die Dusche.

In meiner Wohnung fühlte ich mich wieder halbwegs sicher und ich beruhigte mich. Nach der kalten Dusche ging es mir deutlich besser. Ich legte mich ins Bett und versuchte die Bilder zu verdrängen, bis der Schlaf kam.

Am nächsten Morgen wurde ich durch die Türklingel jäh geweckt. „Das konnten nur die Handwerker sein", dachte ich voll Schreck und mir fiel umgehend das Loch in der Schlafzimmerwand ein. Ich sprang von meiner Matratze hoch, rannte ins Schlafzimmer und pinnte einen Fetzen Papier auf das Loch in der Wand. Das musste erst einmal reichen. Es klingelte bereits zum zweiten Mal und ich ging öffnen. Dass ich noch im Schlafanzug war, hatte ich vergessen, es fiel mir erst auf, als ich zwei Männer vor der Tür sah, die mich freundlich angrinsten. Ich bat sie ins Zimmer und sie machten sich auch gleich an die Arbeit. Den ganzen Vormittag war es ein Ein- und Ausgehen, Material wurde hereingetragen, das Fenster heraus gestemmt und der Schutt beseitigt. Am Nachmittag hatte ich ein neues Fenster im Schlafzimmer, die Wand war wieder verputzt und das Material für das Parkett lag zum Verlegen bereit. Ich war wirklich erstaunt, wie schnell das ging. Zur Frühstückspause kochte ich für die Herren Kaffee und unterhielt mich ein bisschen mit ihnen, nichts Tiefgründiges, über das Wetter und die Lage auf dem Arbeitsmarkt. Ob und wann sie in der Nachbarwohnung anfangen würden, bekam ich leider nicht heraus. Morgen würden sie wiederkommen und das Parkett verlegen, dann mit Hartöl einlassen. Ich würde das Zimmer danach drei Tage nicht betreten können, aber dann hatte ich einen neuen Fußboden.

Jetzt musste ich mir ernsthaft Gedanken machen, wie ich mit dem Loch verfahren wollte. Ich hatte etwas geübt mit dem Schloss der Badezimmertür, aber es bisher nicht hinbekommen, den Nagel so im Schloss zu drehen, dass es aufging. War ich wirklich so ungeschickt? Ich wollte es unbedingt können. Im Internet fand ich einen Film bei YouTube, in dem ein Mädchen in ein paar Sekunden ein Vorhängeschloss öffnen konnte, nur mit einer aufgebogenen Büroklammer. Das sah so leicht aus. Nur ich Trottel hatte zwei linke Hände. Ich versuchte es noch einmal in der Badezimmertür und nahm diesmal eine Zange zur Hilfe, um den Nagel zu drehen. Und siehe da, es klappte. Vor Freude hüpfte ich ein paar Mal auf und ab, bis mir klar wurde, was ich da tat und ich es ließ. Ich schämte mich. Aber ich konnte nun versuchen, die Tür in Frau Kosics Wohnung zu knacken. Das war kriminell, das war mir klar. Mama hätte das nicht gebilligt. Aber was sollte ich tun? Es musste sein.

Außerdem musste ich dringend Blumen gießen. So beschaffte ich mir eine Legitimation, um die Wohnung zu betreten. Ich goss auch tatsächlich erst einmal die Blumen, um mir dann das Schloss anzuschauen. Ich hob den Wandbehang und bückte mich nach dem Schloss. Ich versuchte, den krummen Nagel hineinzustecken. Es klappte nicht, es gab einen unerwarteten Widerstand. Ich schaute nach und musste entsetzt feststellen, dass in dem Schloss ein kleines Steckschloss steckte, das man nur mit einem Sicherheitsschlüssel öffnen konnte. Mein Herz schlug mir bis zum Hals und ich bekam keine Luft. Meine Gedanken schlugen Kapriolen, ganze Filme liefen ab. Ich sah mich als Verbrecher in Handschellen, zwei freundliche Herren steckten mich in eine Jacke, Frau Kosic hinter mir mit einer Reitpeitsche... Ich musste hier raus!

In meiner Wohnung legte ich mich wieder flach auf den Boden und versuchte tief und ruhig zu atmen. Das hatte schon einmal gegen eine Panikattacke geholfen und es half auch dieses Mal. Mein Herz und meine Atmung wurden ruhiger, aber meine Gedanken bekam ich dieses Mal nicht beruhigt. Eigentlich drehte sich immer nur dieser eine Gedanke im Kreis: „Ich muss in diese Tür. Ich muss in diese Tür. Ich muss in diese Tür." Wie ein Dampfhammer.

In den nächsten drei Tagen konnte ich nicht in mein Schlafzimmer. Darum würde ich auch das Loch von meiner Seite aus nicht reparieren können. Also musste ich hoffen, dass in dieser Zeit wenigstens niemand auf der anderen Seite in den Raum ging. Die Hoffnung war nicht unbegründet, Frau Kosic konnte nicht und wer sollte sonst von diesem Raum wissen. Außer ihren Freiern. Mir wurde klar, dass eine ganze Menge Menschen von diesem Raum wussten und meine Entdeckung unmittelbar bevorstand. Dieses Gedankenkarussel war schon immer mein Feind und ich gäbe viel darum, es dauerhaft abstellen zu können. Das konnte ich nur bei der Arbeit, aber ich hatte Urlaub. Also spielte ich noch drei Stunden Tetris und stellte fest, auch dabei konnte ich komplett abschalten.

Im Schlaf holten mich allerdings meine Träume ein. Ich träumte von einer Wand, aus der ständig Steine bröckelten und auf mich herabstürzten. Als ich schon ganz von Steinen und Staub bedeckt war, stand Frau Kosic mit einer Hundeleine vor mir und sagte: „Guter Hund, wir gehen jetzt Gassi, komm!" Ich knurrte sie an und wachte dabei auf.

Es war ein Fehler, so lange Urlaub genommen zu haben. Ich kam in der Wohnung nicht weiter, konnte nicht ins Schlafzimmer, mit dem Wohnzimmer konnte ich aber auch nicht starten. Ich hatte akut Langeweile. Bei der Arbeit anzurufen und meinen Urlaub abzubrechen hielt ich allerdings auch für keine gute Idee. Ich ging wieder in die Nachbarwohnung und suchte den Schlüssel. Er musste irgendwo sein. Ich begann hinter dem Wandbehang. Wenn ich einen Schlüssel für solch einen Raum verstecken würde, dann hinter dem Behang. Ich würde ihn mit einer Sicherheitsnadel befestigen. Frau Kosic nicht, es war kein Schlüssel da. Ich suchte alle Schubladen ab, fand eine Menge Schlüssel, aber der richtige war nicht dabei. Ich vergaß völlig die Zeit und wunderte mich nur über meinen knurrenden Magen. Da nichts mehr zu Essen im Kühlschrank war, ging ich einkaufen. Draußen vor der Tür hatte sich das Haus, in dem ich wohnte, völlig verändert. Es wurden rundum Gerüste aufgestellt. Mir fiel wieder ein, dass das Haus ja auch von außen isoliert werden sollte und klar, dazu brauchte man ein Gerüst. Und über so ein Gerüst würde man in jedes Fenster schauen können. Als es dunkel wurde hielt mich nichts mehr zurück. Ich ging hinaus und inspizierte das Gerüst. Es war leicht, hinaufzuklettern. Von außen waren Plastikplanen heruntergelassen, sodass mich niemand sehen konnte. Es war etwas wackelig, aber ich überwand meine Angst und stieg in den ersten Stock. In meiner Wohnung hatte ich das Licht angelassen und konnte nun mühelos in mein Schlafzimmer schauen. Links neben meinem Schlafzimmer müsste das Arbeitszimmer der Frau Kosic sein. Es war allerdings kein Fenster in der Wand. Wahrscheinlich war es um die Ecke gebaut. Doch am Ende der Wand ging es nicht weiter, das Gerüst endete und an der betreffenden Hausseite war kein Gerüst aufgebaut. „Vielleicht bauen sie es später auf", dachte ich und war enttäuscht. Auch diese Unternehmung hatte mal wieder zu nichts geführt. Ich kletterte vom Gerüst, stand unschlüssig auf der Straße und fühlte mich schlecht. Ich war doch der absolute Loser. Ein mutterloses Muttersöhnchen, ohne Frau und in einer fatalen Situation. Es wollte mir einfach keine Lösung für mein Problem einfallen. Ich bekam Lust, mich zu betrinken, obwohl ich das sonst nie tat. Sofort schaltete sich meine Mutter ein und hämmerte in meinem Kopf herum. „Benimm dich, Günther", hörte ich die innere Stimme sagen. Ich hielt mir die Ohren zu und schlug meinen Kopf gegen einen Laternenpfahl. Konnte sie nicht einmal die Klappe halten? Ich war erwachsen! Was mischte sie sich immer ein, sie war seit drei Jahren tot.

Vielleicht musste ich einfach einmal beweisen, dass ich auch zu etwas fähig war. Nach solch kühnen Gedanken verließ mich allerdings immer sofort der Mut und mein Hirn wurde leer. Ich konnte mir beim besten Willen nichts vorstellen, womit ich ihr posthum beweisen konnte, dass ich ein Mann und kein pubertierender Bengel war. Heldentaten waren eben nicht meine Sache.

Neben mir auf dem Bürgersteig hielt ein weißer Kastenwagen mit der Aufschrift MEYER SCHLÜSSELDIENST. Ich begann gerade, mich zu wundern, dass mitten in der Nacht so ein Wagen hier hielt, als mir der Fahrer des Wagens entgegen kam und mich ansprach.

„Hey Kumpel, so spät noch auf der Straße?" Es war der versoffene Kunde von Ivana und dem wollte ich eigentlich auf keinen Fall begegnen. Er klopfte mir freundschaftlich auf die Schulter und fragte nach dem werten Befinden von Ivana. Betrunken war er diesmal nicht und er trug auch keinen Anzug, sondern einen knallroten Arbeitsoverall.

Mein erster Impuls war Flucht, doch dann überlegte ich es mir anders. Schlüsseldienst? Vielleicht konnte ich ihn dazu bringen, die Tür zu öffnen. Nur durfte er natürlich nicht den wahren Grund der Aktion erkennen. Ich könnte ihn abfüllen und ihm dann erzählen, dass ich einen Schlüssel für Ivanas Wohnung hatte. Ein kühner Gedanke, der mir beim Denken bereits Herzklopfen bereitete. So eine Unternehmung benötigte einige Vorbereitungen, dafür brauchte ich Zeit.

„Komm mich doch morgen Abend besuchen", schlug ich ihm vor. „Ich besorge was zu trinken."

Er schien sich wirklich zu freuen und sagte zu.

Am nächsten Tag bereitete ich mich auf den Herrenabend vor. Ich würde ein paar Häppchen machen und Wodka und Bier bereitstellen. Ob zwei Flaschen Wodka reichten? Ich selber würde nichts trinken, aber ich hatte auch keine Ahnung, wie viel man brauchte, um so besoffen zu werden, dass man sich am nächsten Tag an nichts mehr erinnerte. Aber nicht so besoffen, dass er mir die Wohnung vollkotzte und nicht mehr in der Lage sein würde, das Schloss zu knacken. Leider hatte ich mit solchen Dingen keinerlei Erfahrung und wusste auch sofort, dass Mama das nicht billigen würde. Ich hörte wieder ihre Stimme in meinem Kopf, aber ich ignorierte sie tapfer. Ich tat jetzt mal etwas Männliches, Erwachsenes und auch wenn mir dabei die Knie zitterten und ich vor Herzbeschwerden kaum atmen konnte, da hatte sie sich nicht einzumischen.

Abends klingelte er an meiner Tür und schien einigermaßen nüchtern zu sein.

„Hab ich mich eigentlich schon vorgestellt? Rolf", sagte er und reichte mir die Hand. „Günther", erwiderte ich und bat ihn rein. Im Wohnzimmer bot ich ihm den Sessel an und stellte ihm ein Glas hin. „Wodka?"

„Klar... nastrowje!"

Ich hatte neben mein Sofa einen Eimer gestellt, um meinen Wodka dezent entsorgen zu können, schließlich wollte ich nüchtern sein, wenn das Abenteuer begann. Rolf redete ohne

Unterlass und trank einen Wodka nach dem anderen. Besser konnte es nicht laufen. Zu seinen Themen hatte ich keine Meinung und so nickte ich nur und lachte an den, wie ich hoffte, richtigen Stellen. Als die erste Flasche leer war, lenkte ich das Thema auf Ivana.

"Meine Nachbarin geht nächste Woche in die Reha, in vier Wochen ist sie frühestens wieder im Einsatz", sagte ich.

„Vier Wochen, puh!" Er stöhnte und wischte sich über den Mund. Seine Stimme wurde bereits ein bisschen verwaschen. „Du kannst dir nicht vorstellen, was ich schon für einen Druck habe."

„Ich habe den Schlüssel zu ihrer Wohnung", ließ ich beiläufig fallen. Damit hatte ich ihn genau dort, wo ich ihn haben wollte. Er sprang auf und seine Augen leuchteten. „Wenigstens in ihre Wohnung", stöhnte er. Ich stand auf und ging auf den Flur, er torkelte hinterher. Ich nahm den Schlüssel vom Haken und ging hinüber in die Nachbarwohnung. Rolf stand hinter mir und atmete mir seinen alkoholgetränkten Atem in den Nacken. Meine Hände schwitzten und ich bekam Herzklopfen. Endlich standen wir im Flur. Ich kannte diese Wohnung im Schlaf und hätte nicht einmal Licht anmachen müssen, um mich zu orientieren. Rolf stolperte ins Wohnzimmer.

„Alles total bieder, sollte man nicht glauben, was hier abgeht, oder?" Er ging auf den Wandbehang zu und griff an die Türklinke dahinter. „Ivana hat abgeschlossen, sssu schade", lallte er. „Mistress ist sehr streng, da darf man nicht rein. Isch tu immer, was Mistress will... tja, sssu schade... "

Damit drehte er um und ging wieder in meine Wohnung. Ich stand da und schnappte nach Luft. Das konnte doch nicht wahr sein! War der Mann wirklich so hörig? Er machte doch einen ganz selbstständigen und souveränen Eindruck. Selbst total betrunken tat er, was seine Meisterin von ihm verlangte. Wie ferngesteuert.

Wie bekam ich diesen Menschen jetzt aus meiner Wohnung? Wie konnte ich verhindern, dass er wieder anfing zu heulen, weil er seine Mistress so vermisste?

Meine Sorge war zum Glück völlig unbegründet, denn als ich in meine Wohnung kam, hatte er sich bereits seine Jacke angezogen.„SSSSchüss, Günner, war nett bei dir", lallte er noch und war schon aus der Tür. Ich blieb völlig schockiert zurück und zitterte. Alle meine Bemühungen, in dieses Zimmer zu kommen, scheiterten. Es war wie verhext. Mir blieb nichts übrig, als den PC hochzufahren und bei Google „Steckschloss öffnen" einzugeben.

## 5

Beim Googeln war ich ziemlich schnell in einem Forum gelandet, das sich mit Silikon-Frauen beschäftigte. Ich war erstaunt, wie viele Menschen es gab, die so eine Frau zu Hause hatten. Sich eine solche Frau zu halten, schien allerdings gar nicht so einfach. Sie war ganz schön schwer, so um die 50 kg und man konnte sie nicht nur ins Bett legen und gut. Sie musste regelmäßig gereinigt werden und ich würde sie auch anziehen und ausziehen wollen. Auch stellte ich es mir gut vor, sie auf meinem Sofa sitzen zu haben und mit ihr Händchen zu halten. Die Menschen im Forum sprachen von echter Liebe zu ihrer Doll. Das wollte ich auch, echte Liebe. Das konnte ich mir mit einer lebendigen, realen Frau nicht vorstellen. Dass es so etwas gab, davon hatte ich gehört, aber nach meiner Beobachtung hielt es nie lange und dann begannen die Probleme. Ich hatte keinerlei Erfahrung mit Frauen, außer mit meiner Mutter und ich wollte auch keine machen. Ich hatte schlicht und einfach Angst davor. Außerdem empfand ich meinen Körper als Zumutung. Ich hatte einen Bauch und viel zu viele Haare, nur auf dem Kopf, da fehlten sie. Meine Beine waren dick und kurz und was dazwischen hing, konnte ich nicht sehen, weil der Bauch davor war. Nein, es kam gar nicht in Frage, dass ich mich jemals einer Frau zeigen würde.

Nach der Dusche stellte ich mich vor den Spiegel der Flurgarderobe und begutachtete mich. Wie immer musste ich meinen Penis suchen und dabei einige Speckfalten an die Seite schieben. Dabei wurde er hart. Einmal hatte ich ihn gemessen und kam auf 7 Zentimeter. Ob man damit überhaupt Sex mit einer Silikonpuppe haben konnte? Ich kam immer sehr schnell und Sperma floss dabei reichlich. Und danach fühlte ich mich einfach nur schmutzig.

Ich bewunderte die Männer, die ihre Sexualität offen auslebten. In Videos hatte ich welche gesehen, die sahen kein bisschen besser aus als ich, die wichsten vor der Kamera und ließen sich einen blasen. Mich wunderte das. Schämten die sich gar nicht? Manchmal schämte ich mich für diese Männer, aber meistens war ich einfach nur fasziniert. Vielleicht sollte ich mal meinen Kopf abschalten und nach dem schönen Gefühl fahnden, von dem alle sprachen. Aber immer, wirklich immer hörte ich die Stimme meiner Mutter, wenn ich mich mit Sex beschäftigte. Ich hatte sogar schon daran gedacht, zu einem Psychiater zu gehen. Doch ich hegte die Hoffnung, dass alles besser werden würde, wenn Elisabeth erst einmal da war.

Im Internet hatte ich die Maße der Doll erfahren und ich

schaute nach Kleidung. Die Puppe würde nur in Dessous kommen und ich wollte sie auch angezogen haben. Ich suchte nach Kleidern und Schuhen und konnte es nicht lassen, welche zu bestellen. Die Kleider meiner Mutter hatte ich entsorgt, nun sollten Kleider für Elisabeth her. Ich bestellte offene Sandaletten mit hohen Absätzen und ein geblümtes Sommerkleid mit Ausschnitt. Dazu einen BH in Größe 75 DD und einen Slip ouvert. Das klang so verrucht, dieses ouvert, das wollte ich unbedingt. Es kribbelte in meinem Bauch, wenn ich an diesen Slip dachte.

Wenn doch nur meine Wohnung schon fertig wäre, dann könnte ich auch Elisabeth schon bestellen. Aber noch war hier Baustelle. Um schneller voranzukommen, hatte ich mir überlegt, nicht auf die Schlafzimmermöbel zu warten, sondern morgen mein Wohnzimmer in den frisch renovierten Raum zu räumen. Dann könnte ich im Wohnzimmer schon mal die Tapeten abreißen und den Teppich rauswerfen und anschließend die Handwerker wegen des Fußbodens anrufen. Zum Glück mussten sie nicht auch noch in die Küche, der schwarz-weiße Fliesenboden würde drin bleiben.

Als ich meinen neuen Schlafzimmerboden erstmals betreten durfte, lief ich barfuß darüber und freute mich über dieses einzigartige Gefühl. Das Holz war warm und weich und knarrte nicht. Es roch gut nach Öl und es machte mich glücklich, mit der Hand darüber zu fahren. „Wie schön doch die einfachen Dinge des Lebens sein können", dachte ich. Dann ging ich ins Wohnzimmer und begann zu packen. Mir kamen Bedenken, die alten Sachen in den schönen neuen Raum zu stapeln, doch wohin mit dem Kram? Ich wollte die Möbel ins Schlafzimmer tragen, weil ich mich nicht entscheiden konnte, alles gleich wegzuschmeißen oder zu behalten, bis die neuen Möbel da waren und musste dazu alles aus dem Schrank räumen. Ich würde den Wohnzimmerschrank nicht quer durch die Wohnung schieben können, schon gar nicht allein, also musste ich ihn auseinander nehmen. Zum Glück war es ein altes Modell aus Massivholz und mit einem Stecksystem, das ging also relativ leicht. Ich löste die Krampen, die die Seitenwände mit dem Himmel verbanden und hob die Decke ab. Dabei fiel etwas auf den Boden, ein vergilbtes Schriftstück. Nachdem ich das schwere Schrankteil abgestellt hatte, bückte ich mich nach dem Zettel und las. Handschriftlich vermerkt standen dort ein Name und eine Adresse. Die Schrift war die meiner Mutter, da gab es keinen Zweifel. Der Name war männlich und ich hatte ihn nie zuvor gehört. Hermann Döbberlin stand dort. Darunter war ein

Geburtsdatum vermerkt, nachdem dieser Herr Döbberlin 87 Jahre alt sein musste. Wer mochte es sein? Auf der Rückseite des Zettels waren, ganz zart in Bleistift, ein paar Zahlen geschrieben: Mein Geburtsdatum. Mir wurde mit einem Schlag klar, dass Herr Döbberlin mein Vater sein musste. Sie hatte mir seinen Namen nie gesagt und ich hatte auch nie danach gefragt, denn dass für mich kein Vater existierte, war für mich genauso selbstverständlich wie die Erziehungsmethoden meiner Mutter. Ich stellte die Entscheidungen meiner Mutter niemals in Frage. Hermann Döbberlin, Friesenstraße 7. Das war ganz in der Nähe. Ich malte mir aus, wie oft ich Herrn Döbberlin wohl schon begegnet sein könnte, ohne seine wahre Identität zu kennen. Ich hatte mir meinen Vater manchmal mit Teufelshörnern vorgestellt und dann wieder als Lebemann mit einem roten Ferrari. Beide Typen wohnten nicht in der Friesenstraße, so viel war sicher. Ich ließ alles stehen und liegen, zog mich an und nahm eine alte Zeitung mit. Ich musste in die Friesenstraße. Die Zeitung würde ich in den Briefkasten stecken und so tun, als sei ich ein Zusteller, falls mich jemand sah.

Die Friesenstraße war eine gut bürgerliche Wohngegend mit Einfamilienhäusern und gepflegten Vorgärten. Nummer sieben sah etwas heruntergekommen aus und es schien niemand dort zu wohnen. Am Klingelschild stand der Name Döbberlin. Die Fenster waren verstaubt und die Vorhänge zurückgezogen. Die Möbel waren ausgeräumt. Hier wohnte niemand, so viel war klar. Ich wollte mich zum Gehen wenden, da lief ich fast in eine alte Dame hinein, die auf dem Plattenweg stand.

„Suchen sie Herrn Döbberlin?", fragte sie mich. „Der ist im Altenheim, schon seit drei Monaten. Der hat ja keine Familie, die sich um ihn kümmert. Was mit dem Haus passieren soll, weiß hier auch niemand. Ist nicht schön, wenn in der Siedlung was leer steht."

„Aha", sagte ich und ging an ihr vorbei. Ich war nicht so gesprächig, wenn ich nicht darauf vorbereitet war. Ich vergaß auch zu fragen, in welchem Altenheim Herr Döbberlin untergekommen war. Stattdessen ließ ich sie grußlos stehen und machte, dass ich nach Hause kam.

Der Gedanke, meinen Vater ausfindig gemacht zu haben, warf mich völlig aus der Bahn. Ich malte mir aus, wie ich ihn in einem Altenheim aufspürte, ihm gegenüberstand und er mit Tränen in den Augen vom verlorenen Sohn sprach. Ich dachte auch über das Haus nach, deren rechtmäßiger Erbe ich ja sein musste, falls Herr Döbberlin das Zeitliche gesegnet haben sollte. Wer weiß, was er noch zu vererben hatte. Schließlich war er Abteilungsleiter, er musste immer gut verdient haben und ohne Familie gab man sein Geld ja auch nicht aus, so war das jedenfalls bei mir. Vielleicht hatte ich seine Gene und war ihm ähnlich? So ein Schwachsinn, natürlich hatte ich seine Gene, zu mindestens die Hälfte davon. Jedenfalls wenn ich die Vererbungslehre richtig verstanden hatte. Ich zweifelte keine Sekunde daran, der Sohn des Herrn Döbberlin zu sein. Warum sonst hätte meine Mutter wohl eine Adresse im Schrank versteckt. Die Adresse eines Mannes. Nein, es konnte nicht anders sein, es gab keinen Zweifel.

Mein Herz klopfte und ich war in einer erhabenen Stimmung. Noch wusste ich nicht genau, was ich mit meinem Wissen anfangen würde, aber ich spürte, dass sich mein Leben ändern würde. Die Zeit der Agonie war vorbei. Nun kam es darauf an, genau zu planen. Denn das Erbe meines Vaters wollte ich mir nicht entgehen lassen. Es konnte ja nicht mehr lange dauern und bis dahin würde ich irgendwie erreichen, die Vaterschaft zweifelsfrei feststellen zu lassen. Dazu müsste ich ihn finden.

Aber zuallererst wollte ich meine Wohnung auf Vordermann bringen. Ich ließ mich nicht gern ablenken und gab mir Mühe mich auf das Wesentliche zu konzentrieren. Immer der Reihe nach. Das war ein Plan, nach dem ich stets vorging und welcher bis jetzt auch immer aufgegangen war.

Ich räumte bis nachts um eins und am Ende hatte ich alles bis auf das schwere Sofa im Schlafzimmer und das Wohnzimmer war leer. Ich konnte gut ein paar Wochen mit nur einem Sessel auskommen, wusste aber noch nicht so recht, wie ich das Sofa aus der Wohnung bekommen sollte. Vielleicht würden mir die Handwerker helfen.

Nach dem Aufwachen machte ich mich an die Tapeten und riss alles herunter. Ich spachtelte die Wände, um sie für den Anstrich vorzubereiten. Am späten Nachmittag war ich fertig und rief bei der Hausverwaltung an, um einen Termin für die Handwerker zu machen. Ich hatte noch eine Woche Urlaub und die Hoffnung, bis dahin alles fertig zu bekommen.

Am nächsten Morgen klingelte es ziemlich früh und ich hastete zur Tür. Es war die Post mit einem Paket. Ich bekam einen Schreck, weil ich meine Internetbestellung ganz vergessen hatte. Hektisch nahm ich das Paket, gab dem Postboten eine Unterschrift auf dieses unsägliche Display und schloss die Tür. Mein Herz klopfte und ich fühlte mich schamrot werden. Wenn dieser Postbote nun wusste, was in diesem Paket war? Ich beruhigte mich wieder, indem ich mir sagte, das sei unmöglich, doch ein Rest Schamgefühl blieb bestehen. Ich öffnete das Paket und nahm die Kleidungsstücke aus den Tüten, in denen sie verpackt waren. Das Kleid fühlte sich seidig an und gefiel mir sehr. Es war so ähnlich wie das Kleid von unserer Bürokraft und ich konnte sie kaum anschauen, wenn sie es trug, weil es ihren Hintern betonte. Auch wenn ich Frauen niemals anfassen würde, war ich doch keinesfalls immun gegen die Reize, die sie aussendeten. Die Dessous waren sehr schön, aufregend und edel. Ich versuchte mir vorzustellen, wie ich sie Elisabeth anzog und bekam einen Steifen. Dann packte ich die Schuhe aus. Die Berührung mit dem glatten Leder und dem spitzen Absatz jagte mir einen Schauer über den ganzen Körper. Die Schuhe waren vorn offen mit einem kleinen Loch, durch das höchstens zwei Zehen zu sehen sein würden. Es gab Riemchen aus Lackleder, eine glatte Sohle und ein weiches ledernes Fußbett. Ich öffnete meine Hose und steckte mein Glied von oben durch das Loch in den Schuh. Es fühlte sich großartig an. Ich war sehr erregt und bewegte den Schuh hin und her bis ich kam. Ich kleckerte auf all die Plastiktüten und den Karton, stöhnte laut und schämte mich. Aber diese Scham fühlte sich erregend an und beflügelte mich. Ich hatte im Internet Männer gesehen, die genau dasselbe getan hatten, was ich grade tat. Warum sollte es bei mir verwerflich sein. Durfte nicht auch ich einmal Spaß haben, auch wenn dieser Spaß mir im Moment etwas ausgefallen erschien? Warum sollte ich mich schämen, wenn es alle taten? Trotzdem musste ich jetzt die Spuren meiner Tat beseitigen und ich spülte sehr sorgfältig den Schuh aus und trocknete ihn ab. Dann packte ich die Kleidungsstücke in den Karton, entsorgte die Tüten und schrubbte mir ausgiebig die Hände. Anschließend wusch ich meinen Schwanz mit Seife und zog mich dann an. Ich musste mit meiner Wohnung weiterkommen. Die Handwerker würden am nächsten Tag kommen und das Fenster austauschen, den Fußboden einbauen und mir hoffentlich bei dem Sofa helfen. Ich wollte ihnen ein kleines Mittagessen zaubern, ein paar ansprechende Schnittchen mit Lachs und Käse. Es sollte gut aussehen und ohne großen Aufwand im Stehen essbar sein. Außerdem brauchte ich noch Wandfarbe und Spachtelmasse, also musste ich in den Baumarkt.

Im Baumarkt lief mir Rolf vom Schlüsseldienst über den Weg und erinnerte mich jäh an die Blumen von Frau Kosic.

Rolf kam kumpelhaft auf mich zu, legte seinen Arm auf meine Schulter und ließ lautstark unser Saufgelage Revue passieren. Mir war das grottenpeinlich, aber es gab kein Entkommen.

„Ich komme mal wieder rum!", drohte er und mit „ich muss" verschwand er zwischen den Regalen. Ich stand da völlig perplex und wusste erst einmal nicht, was ich überhaupt im Baumarkt wollte. Dann besann ich mich und kaufte zwei Pakete feste Farbe, Spachtelmasse und eine neue Rolle, weil ich vergessen hatte, die alte auszuwaschen.

Zu Hause holte ich dann den Schlüssel für die Nachbarwohnung und schaute nach den Blumen. Es bot sich mir ein trauriges Bild. Keine Ahnung, ob sich da noch was retten ließ. Alle Pflanzen hingen schlapp herunter, die Blüten vertrocknet und auf dem Boden verstreut. Ich goss reichlich Wasser in die Töpfe und hoffte auf eine Wiederauferstehung. Dann verließ ich die Wohnung voller Panik, weil ich weder an das Loch im Arbeitszimmer erinnert werden wollte noch an mein Scheitern auf ganzer Linie.

Außerdem musste ich noch einmal los, Lebensmittel einkaufen, obwohl ich mich am liebsten in der Wohnung verkrochen hätte. Aber meine Wohnung war ja im Moment auch nicht gerade das, was man ein gemütliches Heim nennt und nicht geeignet, mir Trost zu spenden.

Ich kochte gern. Ich schaute jede Kochsendung an und war im Bilde über die neuesten Trends. Meine Handwerker wollte ich mit Fingerfood erfreuen. Das wäre zwar bei der Zubereitung ein größerer Aufwand, aber die Herren würden keine Mühe haben, es im Stehen zu verspeisen. Also kaufte ich Lachs, Käse, Schinken und ein bisschen Gemüse und Salat. Außerdem je ein Bund frische Petersilie und Basilikum. Ich nahm noch 2 Baguettes mit und ging zur Kasse.

An der Kasse las ich die aktuelle Schlagzeile der Zeitung: *Mann heiratet seine Silikonpuppe*. Ich traute meinen Augen nicht. Die Zeitung wanderte auf das Förderband der Kasse und während ich wartete, schielte ich immer wieder auf diese Schlagzeile. Es gab ein Foto und einen kleinen Artikel darunter:

*„Sie gibt keine Widerworte, ist immer bereit und passt in jede Tasche: Der Engländer Everard Cunion hat eine seiner Gummipuppen geheiratet. Und es ist wahrscheinlich, dass es nicht die letzte Ehe war. Denn Cunion lebt in einem richtigen kleinen Puppenharem.*

*Es klingt wie im Märchen: Mit einer weißen Kutsche fuhr das Brautpaar durch das englische Städtchen Dorset. Sie trug einen Spitzenschleier über ihrem blonden langen Haar, er passend dazu einen schneeweißen Anzug mit pinkfarbener Krawatte. Everard Cunion hat den Arm um seine frisch angetraute Frau gelegt. Doch ihr Blick scheint starr, ja ausdruckslos. Kein Wunder, denn der 55-Jährige hat eine Gummipuppe geheiratet.*

*Wie die Blöd-Zeitung berichtet, habe es der Engländer wohl nicht so mit realen Frauen und lebe deshalb mit neun Gummipuppen zusammen. Er findet nichts dabei, die Silikonpuppe zu heiraten. Rechtlich anerkannt ist die Ehe allerdings nicht."*

Immer bereit und passt in jede Tasche? Meinten die vielleicht eine aufblasbare Plastikpuppe? Kein Vergleich zu Elisabeth, so viel war klar. Und auf dem Foto sah man auch eine richtige Doll, keine aufblasbare. Eigentlich brauchte ich die Zeitung gar nicht kaufen, überlegte ich und legte sie wieder auf den Ständer. Die schrieben ja nur Unsinn.

Trotzdem ging mir der Artikel nicht aus dem Kopf und ich dachte auf dem Nachhauseweg darüber nach. Elisabeth heiraten, das wäre natürlich eine Sache. Nur leider würde ich in Deutschland niemanden finden, der uns trauen würde. Außerdem müsste ich sie ja erst einmal zu Hause haben und richtig kennen lernen. Noch war Elisabeth eine Fremde für mich. Und was mich besonders schockierte, war der Harem, von dem die Rede war. Ich würde doch meine Elisabeth niemals betrügen. Nein, ich stellte mir meine Beziehung zu meiner zukünftigen Frau grundlegend anders vor, als dieser Mann aus England.

Zu Hause stellte ich meinen Einkauf in die Küche und räumte ein bisschen auf. Ich stieß auf Elisabeths Kleidung und die Schuhe, die ich heute Morgen so schändlich missbraucht hatte. Sie waren mittlerweile trocken und wirkten bis auf einen kleinen Fleck in der Innensohle unversehrt. So verstaute ich sie wieder im Paket und da würden sie bleiben, bis ich Elisabeth nach Hause holen konnte. Am besten klebte ich den Karton ganz fest zu, denn der Gedanke an den BH machte mich schon wieder geil. Diese Geilheit war für mich ungewohnt und unangenehm. Ich wollte nicht von meinem Schwanz zum Handeln gezwungen werden. Aber der klopfte und spannte in meiner Hose und verlangte nach Beachtung.

Ich schlug mir auf die Finger und machte mich daran, alles für Morgen vorzubereiten, wenn die Handwerker kamen und ging dann zeitig zu Bett.

# 6

Am frühen Morgen klingelte es. Ich lag schon wach auf meiner Matratze und schaute an die frisch gestrichene Decke. Ich hatte so etwas wie das weiße Rauschen, aber vor den Augen, nicht in den Ohren. Ein Zustand, bei dem ich am liebsten wieder eingedämmert wäre. Dann schoss mir der Gedanke an die Handwerker in den Kopf und ich ging zur Tür. Beim Öffnen zuckte ich zusammen, vor mir stand Frau Kosic. Sie hatte zwei Krücken in der Hand und einen Gips am Fuß. „Guten Morgen, Herr Natschke", sagte sie freundlich, „ich wollte mich zurückmelden und Ihnen für das Blumengießen danken."

„Ääääähhhh", stotterte ich, „die Blumen wären mir beinahe verreckt, tut mir leid. Hat man Sie schon entlassen?"

„Ja, mit Gehgips", sie deutete auf den Gips. „Ich muss in ein paar Wochen in die Reha und bis dahin kann ich ganz gut allein zu Hause bleiben. Morgens kommt jemand vom Pflegedienst und kümmert sich um mich."

„Frau Kosic, mir ist da ein Malheur passiert..." ich zögerte.

„Meinen Sie das Loch in der Wand?", fragte sie. „Ich habe es schon bemerkt. Ich muss ja sowieso renovieren lassen. Dass die Wände hier aber auch so dünn sind, Sie müssen sich öfter von meinem Lärm belästigt fühlen, oder?" Dabei schaute sie mich mitfühlend an. Ich wurde aus dieser Frau nicht klug. Und mir war diese Frage peinlich. Ich hatte täglich ihre Männer gehört und diese Geräuschkulissen wahrlich nicht vermisst, als sie im Krankenhaus war.

„Möchten Sie heute Abend zum Abendessen zu mir rüber kommen? Ich würde gern für Sie kochen", Frau Kosic lächelte. Sie sah so altbacken aus und konnte doch lächeln wie ein junges Mädchen. Ich konnte unmöglich ablehnen, das war mir klar und sagte: „Ja gerne."

Nachdem ich die Tür geschlossen hatte, atmete ich tief durch. Ich hatte ein Problem weniger und war dankbar dafür. Manche Dinge regelten sich von selbst, da brauchte man nichts dazu tun. Was hatte ich mir das Hirn zermartert wegen der Wand, völlig umsonst. Ich wünschte mir einmal mehr, leichter und unbeschwerter durchs Leben gehen zu können und mir nicht immer so viele Gedanken machen zu müssen. Und ich schämte mich zutiefst für mein Ansinnen, eine Kamera einzubauen, einzubrechen und was noch alles. Was für eine entsetzlich schmutzige Fantasie ich doch hatte. Ich ging ins Bad, um mich zu waschen. Erst wollte ich mir nur eine ganz normale Morgenwäsche verabreichen, doch ich wusch mich immer heftiger, bis meine Haut ganz rot war. Ich hatte mir im Internet einen „Weener Kleener" bestellt und benutzte ihn nun. Das tat gut, ich konnte meinen Penis waschen, ohne ihn anzufassen. Er wurde dick und hart und ich kam ins Waschbecken. Danach schlug ich mich mit dem Handtuch und hörte erst auf, als es schmerzte. Ich war am ganzen Körper krebsrot und fühlte mich immer noch nicht sauber. Also wusch ich mir auch noch den Mund mit Seife aus, wie meine Mutter es mir bei unzüchtigen Worten und Gedanken beigebracht hatte. Danach erbrach ich mich ins Klo und verließ das Bad. Ich stand nackt im Flur, als es erneut klingelte. Ich rief: „Moment", zog mich schnell an und öffnete, diesmal den Handwerkern.

Eigentlich hatte ich vor, für die Handwerker einen Imbiss zu gestalten, aber erstens waren es andere Handwerker und zweitens war ich noch so unter Strom wegen meiner morgendlichen Erlebnisse, dass ich mich zurückzog. Ich konnte keinen Kontakt aufbauen. In meinem Schlafzimmer fand ich allerdings auch keine Ruhe, denn die Handwerker waren laut. Das Fenster wurde ausgetauscht, es entstand eine Menge Dreck und Staub und ich hatte später damit zu tun, diesen Staub bis ins Treppenhaus hinein zu beseitigen. Spät abends, die Handwerker waren fertig und ich hatte ihre Hinterlassenschaften bewältigt, ging ich rüber zu Frau Kosic, nicht ohne mir einen Anzug und eine Krawatte angezogen zu haben. Ich legte Wert auf Förmlichkeit. Frau Kosic war erfreut, mich zu sehen und bat mich hinein.

Sie führte mich an ihren Esstisch im Wohnzimmer, wo festlich gedeckt war. Es gab Rollbraten mit Rotkohl und Klößen und es schmeckte vorzüglich. Diese Frau hatte echte Qualitäten. Sie stieß mit mir mit Rotwein an, bedankte sich noch einmal ausgiebig für meine Mühe und meinen Einsatz. Das war rührend und tat mir gut. Seit langem hatte ich mich nicht mehr so wichtig gefühlt. Dann begann sie von ihrer Arbeit zu sprechen. Ich war überrascht über ihre offene Art und das Vertrauen, in das sie mich zog. Ich wollte mich gar nicht ziehen lassen, aber sie hörte nicht auf. Sie sprach von den Männern, ihren Kunden und ihrer Aufgabe, sie zu befriedigen. Sie sprach davon, dass sie sich niemals von diesen Männern anfassen ließ, aber dennoch auch selbst Bedürfnisse nach Nähe und Zärtlichkeit hatte. Sie machte mir klar, wie wichtig ihre Aufgabe sei, denn viele dieser Männer würden sonst versuchen, ihre Fantasien auf der Straße auszuleben. Und das hielt sie für gefährlich. Völlig unvermittelt fragte sie mich, ob ich ihr Arbeitszimmer sehen wollte.

Mir lief eine Gänsehaut über den Körper und ich konnte nur nicken. Sie ging voran, schob den Wandteppich an die Seite und öffnete die unverschlossene Tür. Im Arbeitszimmer umfing mich ein trübes Licht und bleierne Schwere. Es roch nach einem süßen Parfüm. Die Wände waren dunkelrot gestrichen und eine schwere schwarze Ledergarnitur befand sich mitten im Raum. Die gegenüberliegende Wand war mit Haken und Ringen ausgestattet, es hing eine Peitsche an der Wand und Seile. Davor stand eine Massagebank, die mit schwarzem Leder bezogen war. Frau Kosic berührte mich mit ihrem Körper. Ich konnte ihren Atem an meinem Hals fühlen. Mein Herz schlug mir zum Hals heraus und ich bekam weiche Knie. Ich stand endlich in diesem Raum, der mir in den letzten Wochen schlaflose Nächte und Alpträume bereitet hatte und es war so leicht gewesen, hinein zu kommen. So leicht.

Dann bekam ich Panik und verließ den Raum. Ich rannte durch den Flur auf die Wohnungstür zu und wollte so schnell wie möglich hinaus.

„Günther, wir sind noch nicht fertig", hörte ich hinter mir Frau Kosics Stimme. Sie war nun nicht mehr freundlich, sondern schneidend und ihre Stimme klang wie die meiner Mutter.

„Komm zurück!" Ich gehorchte. Ich konnte nicht anders, als zu gehorchen. Ich hasste mich dafür, aber ich bekam eine Erektion. Frau Kosic stand mit den Krücken vor mir. Eine Krücke hatte sie hochgehoben und zeigte damit genau auf meine Körpermitte. Sie berührte meine Erektion und sagte spöttisch: „Du also auch, dachte ich es mir doch." Aus ihren Worten kam Verachtung und ich fühlte mich klein. Sie stieß mich mit der Krücke an, im gleichen Moment schwand meine Erektion und ich fühlte meinen Urin heiß und nass das Bein hinunterlaufen. Es war ein Alptraum. Auf gar keinen Fall wollte ich dieses Erlebnis haben. Das konnte sie bitteschön behalten! Ich wurde richtig wütend und brüllte Frau Kosic an: „Ich möchte das nicht! Lassen Sie das! Ich bin nicht ihr Kunde, ist das klar?!"

Damit verließ ich die Wohnung und ging zu mir. Ich schämte mich so abgrundtief und ich musste aus meiner Hose und mich waschen. Waschen, viele Male, doch dieses Erlebnis konnte man nicht einfach weg waschen, es würde sich für immer in meine Seele brennen, wie all die anderen Erlebnisse mit meiner Mutter.

Als ich mich endlich einigermaßen sauber fühlte, brodelte der blanke Hass in mir auf. Ich würde sie fertig machen, das schwor ich mir. Mein Leben war in ruhigen Bahnen verlaufen, bis diese Frau hier einzog. Und statt besser wurde es immer schlimmer. Was wollte sie von mir? Mich als Kunden? Das konnte sie achtkantig vergessen! „Masochismus liegt mir nicht!", sagte ich mir immer wieder. Und ich wollte auch auf keinen Fall jemals wieder diese Männer auf dem Flur sehen und schon gar nicht hinter der Wand hören. Ich würde Frau Kosic einfach umbringen. Genau, weg damit, Problem gelöst. Dann kamen mir natürlich Bedenken wegen der Folgen. Ich wollte nicht den Rest meines Lebens im Knast verbringen nur wegen dieser Person. Mit brachialer Gewalt würde ich dem Problem nicht beikommen können. Nur mit List. Den perfekten Mord, gab es den? Manchmal schon, ich hatte es erlebt. Bisher war niemand drauf gekommen, dass ich meine Mutter umgebracht hatte. Ich hatte sie mit Insulin totgespritzt und es war Notwehr. Meine Mutter hatte mich wieder einmal, obwohl schon völlig umnachtet, fertig gemacht. Sie hielt mich für meinen Erzeuger, als ich ihr die letzte Spritze gab. Sie beschimpfte mich: „Du rücksichtsloses Schwein, du Vergewaltiger, du wirst mich nie wieder anfassen." Ich war innerlich ganz ruhig, als ich die zehnfache Dosis Insulin aufzog und ihr spritzte. Es ging ganz schnell, sie war in wenigen Minuten tot. Der Arzt stellte den Totenschein aus, klopfte mir sanft auf die Schulter und sagte, es sei ja nicht leicht gewesen mit der Mutter, nun hätte sie endlich ihren Frieden. Das war's. Ich ließ sie einäschern und war frei.

Aber diese Situation war nicht eins zu eins auf Frau Kosic übertragbar. Leider. Doch ich würde dafür sorgen, dass sie auszog. Zuerst einmal musste ich mich beruhigen. Nur mit klarem Kopf war diesem Problem beizukommen. Als erstes würde ich sie beim Finanzamt anzeigen. Ich war mir sicher, dass sie ihr Einkommen nicht versteuerte.

Ich hatte meinen letzten Urlaubstag. Es war Freitag und ich wollte meine Wohnung fertig haben, bevor ich wieder arbeiten musste. Die Couchgarnitur hatten mir die Handwerker auf den Hof getragen, Sperrmüll war angemeldet. Ich brauchte noch Vorhänge und neue Wohnzimmermöbel. Also fuhr ich mit dem Bus ins Industriegebiet, wo es ein größeres Möbelhaus gab.
Nach all dem Stress wollte ich erst einmal nur nach vorn blicken. Ich musste meine Wohnung schön und wohnlich gestalten, schließlich wollte ich bald mit Elisabeth darin leben. Vieles musste bedacht werden. Ich würde Elisabeth mit einem Rollstuhl durch die Wohnung schieben müssen, das ließ sich nicht vermeiden. Also musste ich die Einrichtung entsprechend

planen. Klobige schwere Möbel wollte ich nicht mehr und vor allem wollte ich Möbel für mich, nicht für die anderen. Meine Mutter hatte nie Besuche, dennoch sah die Wohnung immer so aus, als kämen gleich Menschen. Alles war immer Standard. Das wollte ich nicht mehr. Ich wollte alles einzig und allein nach meinen Bedürfnissen einrichten und nach den Bedürfnissen meiner zukünftigen Frau. Wenn sie nur endlich da wäre. Wenn ich sie nur endlich bestellen könnte…

Mit diesen Gedanken fuhr ich im Bus und merkte gar nicht, dass ich hätte aussteigen müssen. Die nächste Haltestelle war Endstation und ich verließ den Bus. Ich würde das Stück zu Fuß zurückgehen. Hier am Ende der Stadt war der Hund verfroren. Man hatte ein paar Lagerhallen auf die grüne Wiese gepflanzt und eine Zufahrtsstraße dazu gebaut. Warum der Bus bis hierher fuhr, erschloss sich mir nicht. Kein Mensch war zu sehen. An einigen Hallen stand Müll, ein altes Auto, ein leerer Kühlschrank mit einer offenen Tür. An einer der Hallen stand in großen roten Buchstaben: „Mieten Sie Ihren Container! Container-Max!" Die Telefonnummer stand auch dabei. Wenn ich einen Container mieten wollte, würde ich sicher nicht auf die Idee kommen, hier her zu fahren und mir die Telefonnummer zu notieren. Ich ging weiter in Richtung

Möbelhaus und kam an einem Zaun vorbei, hinter welchem drei Dobermänner bellten. Ich lief schneller, wollte nur noch weg aus dieser Gegend. Kurze Zeit später hatte mich die Zivilisation wieder und ich betrat das verglaste Foyer des Einrichtungshauses.

Ich hatte keine Ahnung, was genau ich suchte und ließ mich einfach durch die Gänge treiben, in der Hoffnung, das Richtige für mich zu finden. Dabei stellte ich mir vor, mit Elisabeth zusammen zu leben. Eigentlich suchte ich etwas für sie und nicht für mich. Ich hatte allerdings keine Vorstellung davon, wie eine Frau ein Wohnzimmer gestalten würde. Ich kannte nur zwei Wohnzimmer, das meiner Mutter und das der Frau Kosic. Die waren sich sehr ähnlich und genau so wollte ich auf keinen Fall weiter wohnen. Ich fand eine moderne Eckliege, nicht klobig und mit klaren Formen. Auf einer Seite konnte man die Beine lang machen, da würde Elisabeth sitzen. An die andere Seite konnte man einen Fußhocker stellen. Die Liege war mit einem hellen Velours bezogen und hatte weiche große Kissen vor der Rückenlehne. Der Preis war okay, das würde ich mir liefern lassen. Ich suchte noch einen kleinen Tisch und einen schlichten Vitrinenschrank aus. Ich war überrascht, wie schnell ich alles gefunden hatte, damit hatte ich gar nicht gerechnet. Zu dem Ganzen brauchte ich noch eine Lampe und Vorhänge und auch das kam regelrecht auf mich zu, ohne dass ich lange suchen musste. „Es muss mein Glückstag sein", dachte ich, „ein Tag an dem auch mir einmal etwas gelingt". Ich ging zur Kasse, zahlte mit Karte und gab für die Lieferung meine Adresse an. Auf dem Heimweg hüpfte ich fast beim Gehen, weil ich mich so freute. Das Leben konnte leicht sein, das war für mich eine völlig neue Erfahrung. Zu Hause öffnete ich eine Rechnung. Alles, was ich bisher für die Wohnung ausgegeben hatte, schrieb ich untereinander. Ich wollte wissen, ob meine Ersparnisse es mir erlaubten, Elisabeth zu bestellen. Schulden zu machen, das kam für mich absolut nicht in Frage. Und Abstriche bei Elisabeth zu machen, kam auch nicht in Frage. Ich würde auf keinen Fall eine Billigversion nehmen. Nach meiner Rechnung würde ich gerade hinkommen. Meine Rücklagen wären dann komplett aufgebraucht, aber es passte. Mein Herz tat einen Sprung. Ich konnte es wagen. Sofort holte ich mein Laptop raus und ging auf die Seite mit den Silikondolls.

Das Angebot war groß, aber ich wusste ja, was ich wollte. Ich entschied mich für das Model Nummer fünf, eine Traumpuppe, Typ Schwan für 6745,99 € zuzüglich Versandkosten. Es würde

6 bis 8 Wochen dauern, bis die Puppe für mich gefertigt wäre und dann würde man sie mir nach Hause liefern, diskret, das wurde versichert.

Beim Lesen der Beschreibung und Anschauen der Bilder meiner Doll war mir heiß geworden und ich bekam fast keine Luft mehr. Ich war so aufgeregt und einer Panikattacke nah. Ein bisschen schockierten mich die Beschreibung des Reparatursets und die Reinigungsanleitung. Für mich war Elisabeth jetzt schon lebendig und ich empfand es als pietätlos, so von ihr zu sprechen. Auf der anderen Seite war mir klar, dass es ohne einen Schuss Pragmatismus nicht gehen würde. Sie musste nun mal gereinigt werden. Meine Doll würde drei funktionsfähige Körperöffnungen haben, wobei ich mir nur unter einer wirklich etwas vorstellen konnte. Mit einem Meter zweiundsiebzig würde sie drei Zentimeter kleiner sein als ich und sie würde etwa 45 Kilo wiegen, das konnte ich gerade händeln. Ein Mann wächst schließlich mit seinen Aufgaben, sagte ich mir.

Ein Klick auf mein Mailkonto brachte mir die Bestätigung, dass meine Elisabeth in sechs Wochen geliefert werden würde und ich atmete tief durch. Es war vollbracht. Nun musste ich nur noch die Zeit irgendwie rumkriegen. Am liebsten wäre es mir gewesen, es würde jetzt an der Tür klingeln und das Paket mit Elisabeth würde vor mir stehen.

Ich hatte schweißnasse Hände und mein Herz klopfte bis zum Anschlag. Meine Hose beulte sich aus und ich spürte einen schmerzhaften Druck. „Nicht schon wieder", dachte ich, es war mir lästig. Ich holte das Lineal aus der Küchenschublade und schlug damit auf meine Oberschenkel. Der Schmerz holte mich wieder runter. Ich wollte nicht Sklave meiner Geilheit sein, ich wollte warten, bis meine Frau hier war.

Am Sonntagabend ging ich bedächtig durch meine Wohnung und schaute auf mein Werk. In zwei Wochen hatte ich meine Wohnung und auch mich völlig verändert. Mein altes Leben existierte nicht mehr und mein neues Leben hatte noch nicht begonnen. Ich fühlte mich wie in einem Zwischenreich, ein bisschen wie in Watte gepackt, mit einem Herz voller banger Vorfreude. Morgen musste ich wieder zur Arbeit. Am Anfang meines Urlaubs hatte mir die Arbeit gefehlt, aber nun hatte ich mich daran gewöhnt und wollte gar nicht zurück in mein Büro. Mein Kopf war so voller Erlebnisse, positiver wie negativer, dass ich mir gar nicht vorstellen konnte, ab morgen wieder Kolonnen von Zahlen zusammenzurechnen. Ich hatte ja die letzten beiden Wochen noch gar nicht verarbeitet. Aber natürlich würde ich pflichtbewusst am Montagmorgen pünktlich die Firma betreten. Schließlich hatte ich bald eine Frau zu versorgen. Wenn erst meine neuen Möbel da wären und ich die Reste der alten entsorgen konnte, wäre alles perfekt. Ich hatte schöne Vorhänge gekauft und auch schon angebracht. Mein neuer Fußboden war eine Wohltat für meine Füße und für das Auge. Alles roch neu, war schlicht und sauber. Mir gefiel meine neue Umgebung immer besser. Ich begann mich das erste Mal in meinem Leben in meiner Wohnung richtig wohl zu fühlen.

Als ich dann am Montag von der Arbeit kam, wurde meine Idylle wieder getrübt durch fürchterliche Geräusche aus der Nachbarwohnung. Ich hörte einen Kunden laut schreien und stöhnen, anschließend winseln und betteln. Ich setzte mir Kopfhörer auf und hörte Musik. Aber ich hatte keinen Spaß daran, denn innerlich kochte ich. Ich begann, Frau Kosic abgrundtief zu hassen. Ich konnte keine Minute lang abschalten, weil meine Gedanken immer nur um die entsetzliche Nachbarin kreisten. Außerdem hatte ich Hunger, hätte aber die Kopfhörer absetzen müssen, um in die Küche zu gehen. So fühlte ich mich in meiner eigenen Wohnung unfrei und unwohl. Es musste etwas passieren. Ich malte mir aus,

Frau Kosic im nahen Fluss zu ertränken oder ihre Wohnung in Brand zu stecken. Aber meine Fantasie reichte nicht, mir vorzustellen, wie ich das machen sollte, ohne selbst dabei Schaden zu nehmen. Ich konnte schlecht einen Brandsatz unter der Tür durchstecken und abwarten. Die Feuerwehr wäre wahrscheinlich schneller hier, als ich piep sagen könnte oder sie kam nicht und meine Wohnung brannte gleich mit ab. Und wie sollte ich Frau Kosic ertränken, ohne dabei nass zu werden? Ich sah sie am Dachbalken hängen, aus dem Fenster stürzen, mit verbrannter Haut auf einer Trage liegen... und ich schrie plötzlich los, ich schrie bis ich heiser war und keine Luft mehr bekam. Ich war schweißnass und voller Panik. Das könne so nicht weitergehen, sagte ich mir immer wieder und atmete in meine Hände.

# 7

Ich begann, den Zufall als meinen Freund zu begreifen. Alles in meinem Leben schien vom Zufall bestimmt zu sein und leitete mich von einem Ereignis zum nächsten. Ich hörte zufällig auf der Treppe ein Gespräch zwischen meiner Nachbarin und einem Mann mit, bei dem es um die Wohnungsrenovierung ging. Ich duckte mich an die Wand auf dem unteren Treppenabsatz und hielt die Luft an, um alles mitzubekommen. Frau Kosic erklärte, dass sie in die Reha müsse und in dieser Zeit die Handwerker in ihre Wohnung könnten. Der Mann schlug vor, ihre Möbel solange einzulagern, in einem Container. Er erwähnte die Firma Container-Max. Vor meinem geistigen Auge entstand das Bild der einsamen Lagerhallen im Industriegebiet. Ich sah mich dorthin fahren, nachts mit einem Brandsatz in der Hand. Diese Vorstellung gefiel mir ausnehmend gut. Ich hatte genug gehört. Ich ging die Treppe hinunter, nach draußen. Dort konnte ich besser nachdenken, außerdem wollte ich nicht von Frau Kosic gesehen werden. Ich würde genau aufpassen, wenn die Möbel abgeholt wurden und dann hinterher fahren. Schnitt - das war nicht möglich, ich musste ja arbeiten. Aber der Zufall war mein Freund, ich konnte mich darauf verlassen und es würde schon einen Weg geben.

Unbewusst war ich in die Straße gegangen, in der mein vermeintlicher Vater gewohnt hatte. Das Haus stand immer noch leer und der Vorgarten sah mittlerweile sehr verwildert aus. Ich hatte diese Begegnung fast vergessen, aber nun fiel mir wieder ein, dass ich ja herausbekommen wollte, ob dieser Mann wirklich mein Vater war. Ich hielt Ausschau nach der Nachbarin, die mir das letzte Mal gesagt hatte, Herr Döbberlin sei im Pflegeheim. Tatsächlich stand sie in ihrem Vorgarten und goss ihre Stiefmütterchen.

„Guten Tag", sagte ich artig.

Sie schaute auf.

„Entschuldigen Sie, der Herr Döbberlin, in welchem Pflegeheim ist er?"

„Moment, wo war das gleich, Sonnenschein? Oder Regenbogen? Nein, Horizont, Pflegeheim Horizont, so hieß es. Kennen Sie Herrn Döbberlin?"

„Vielen Dank für die Auskunft", sagte ich schnell und ging weiter. Pflegeheim Horizont, das klang nach Endstation. Ich hatte noch nie davon gehört, es musste neu sein. Meine Mutter in ein Pflegeheim zu geben, darüber hatte ich ein paar Mal nachgedacht und mir ein paar Prospekte vom Arzt mitgenommen. Horizont hieß keines davon. Auf dem Nachhauseweg dachte ich darüber nach, wie ich beweisen könnte, der Sohn des Herrn Döbberlin zu sein. Ich musste einen DNA-Abgleich machen lassen. Das war teuer. Und ich hatte meine Ersparnisse ausgegeben für die Wohnung und für Elisabeth. Aber ich konnte wenigstens in das Pflegeheim gehen und schauen, wie es dem alten Herrn ging. In einer Telefonzelle fand ich ein intaktes Telefonbuch und schlug die Adresse nach. Es war am anderen Ende der Stadt in einer besseren Gegend. Dorthin konnte ich nicht einfach zu Fuß laufen, ich musste einen Bus nehmen. Da ich nichts Besseres zu tun hatte und zu Hause höchstens die Stimmen aus der Nachbarwohnung auf mich warteten, ging ich zur nächsten Haltestelle und fuhr mit dem Bus ins Pflegeheim. Es war Abendbrotzeit bei den Normalsterblichen und Schlafenszeit im Pflegeheim. Ich stand vor dem Heim und schaute hinauf. Vier Stockwerke schauten auf mich herab. Ich musste meinen ganzen Mut zusammen nehmen hineinzugehen. Im Foyer saß eine streng wirkende Frau mittleren Alters und blickte zu mir herüber.

„Entschuldigung, wohnt hier ein Herr Döbberlin?"

„Moment, ja Zimmer 23, 2. Stock."

Sie beachtete mich nicht weiter und vertiefte sich in irgendeine

Liste.

Ich ging langsam in Richtung Fahrstuhl und fuhr in den 2. Stock. Zimmer 23 war leicht zu finden. Mit Herzklopfen stand ich davor und wollte schon klopfen, da öffnete sich die Tür und eine Pflegerin kam heraus. Sie schob einen Wagen vor sich her, darauf eine Schnabeltasse, darunter schmutzige Wäsche und Windeln. Sie sah mich an und sagte dann mit östlichem Akzent: „Hier dürrrrfen Sie nicht mehr rrrrrrein, Herrrrrrr Döbberlin muss schlafen."

Mir war klar, dass ich zu einer moderateren Zeit wieder kommen musste. Nach dem, was ich gesehen hatte, wollte ich allerdings gar nicht mehr wieder kommen. Es gruselte mich regelrecht. Hier roch es nach Verfall und Tod. Hier tropfte die Depression aus jeder Türritze hervor. Darüber konnte auch nicht das freundliche Sonnengelb der Wände hinwegtäuschen. Ich nahm die Treppe, weil ich keine Sekunde vor dem Aufzug warten wollte und rannte fast auf den Ausgang zu. Bitte, jetzt keine Panikattacke. Draußen holte ich tief Luft und versuchte die Gerüche aus dem Heim loszuwerden. Ich war hin und hergerissen zwischen Ablehnung, Ekel und dem Drang, meine Sohnschaft zu beweisen. Ich benötigte Haare oder, wenn er keine Haare mehr hatte, eine Zahnbürste. Doch wenn er ein

Vollgebiss trug, was sehr wahrscheinlich war, würde es keine Zahnbürste geben. Was dann? Ich würde mit so einem Röhrchen und einem Wattestäbchen vor ihm stehen und versuchen, aus seinem sabbernden Mund ein paar Zellen der Mundschleimhaut herauszuschaben. Ich bekam eine Gänsehaut. Vielleicht sollte ich lieber einen Rechtsanwalt aufsuchen, ihm die Geschichte erzählen und den Vaterschaftsnachweis den Experten überlassen. Das würde allerdings wieder Geld kosten. Aber diese Investition konnte sich unter Umständen lohnen, denn Herr Döbberlin besaß ein Haus. Das würde ich erben. Mir war klar, dass ich diese Angelegenheit nicht dem Zufall überlassen konnte. Wenn Herr Döbberlin plötzlich verscheiden und eingeäschert werden würde, dann wäre es vorbei mit einem Nachweis, dann wäre alles zu spät. Und wenn man ihn erdbestatten würde, müsste man seine Leiche wieder ausgraben, das wäre in höchstem Maße unappetitlich. Nein, ich musste handeln. Ich nahm mir einen erneuten Besuch für den Sonntagvormittag vor und trollte mich nach Hause.

Zu Hause googelte ich erst einmal „Vaterschaftstest". Ich stellte fest, dass man einen seriösen Test, der vor Gericht Bestand hatte, schon für 160 Euro bekam. Ich hatte mir das viel teurer vorgestellt. Also bestellte ich eine Testbox. Nachdem ich alles abgeschickt hatte, wurde ich ruhiger. Aus der Nachbarwohnung drangen auch keine Geräusche und so legte ich mich schlafen.

In der Nacht träumte ich von meiner Mutter. Sie schaute von oben auf mich herab und missbilligte mein Tun. Ich solle die Finger von so einem Test lassen, sagte sie mir. Herr Döbberlin sei ein ganz mieser, kleiner Ekelpeter, der könne niemals mein Vater sein. Ich bräuchte keinen Vater, ich käme gut ohne aus, flüsterte sie und dann schaute sie mich ernst an. „Wie gut, dass sie noch nichts von Elisabeth wusste", dachte ich im Traum.

Am Sonntagvormittag stand ich wieder vor dem Altenheim Horizont und wand mich hineinzugehen. Ein Teil von mir wollte partout nicht den Fuß über die Schwelle der großen Glasschiebetür setzen. Ein anderer Teil flüsterte in mein Hirn hinein: „Nimm dir, was dir zusteht!" Ein paar Menschen kamen auf mich zu mit Blumen in der Hand und gingen hinein. Ich ging beherzt hinterher, nahm die Treppe zum 2. Stock und stand vor dem Zimmer, vor ich ein paar Tagen früher abgewimmelt wurde. Einen kurzen Augenblick zögerte ich, dann trat ich mit zaghaftem Klopfen ein.

Herr Döbberlin saß in einem Rollstuhl am Fenster und schaute hinaus. Er hatte mich nicht gehört und reagierte nicht. Ich sprach ihn an, er reagierte immer noch nicht. „Mein Gott, ist er komplett taub?", dachte ich. Dann drehte er sich langsam um und schaute mich aus scharfen kleinen Augen an.

„Frau Natschkes Sohn... auch ganz schön alt geworden", sagte er mit heiserer Stimme.

Ich war überrascht. Er kannte mich. Und dement konnte er auch nicht sein, vielmehr fand ich hier einen klaren Menschen vor.

„Was verschafft mir die Ehre?"

Ich hatte genau eine halbe Sekunde um zu entscheiden, ob ich mir eine Lüge überlegen oder mit der Wahrheit raus sollte. Ich war schockiert. Ich kalkulierte, dass ich für eine Lüge keine Zeit hätte, so sagte ich ihm die Wahrheit.

„Ich habe in den Unterlagen meiner Mutter Ihre Adresse gefunden und da ich bis heute nicht weiß, wer mein Vater ist..."

„Und damit kommst du zu mir, interessant!", sagte er mit schneidender Stimme. Ich wurde ganz klein. Herr Döbberlin könnte ein Klon meiner Mutter sein, was Strenge und Scharfsinnigkeit anging.

„Nein, du bist nicht mein Sohn, deine Mutter hätte mit mir

auch nichts angefangen. Sie war eiskalt. Und ich kann keine Kinder zeugen. Also, zufrieden? Dann stör mich nicht weiter."
Ich musste diese unglaubliche Respektlosigkeit erst einmal verdauen und stand wie angewurzelt mitten im Raum. Mein Mund stand offen und ich schwitzte und zitterte. Herr Döbberlin hatte sich wieder dem Fenster zugewandt und würdigte mich keines Blickes.
In diesem Moment ging die Tür auf und die russische Pflegerin von neulich betrat den Raum mit einem Tablett Essen. Ich mogelte mich an ihr vorbei und verließ das Heim.
Auf dem Heimweg machte ich mir klar, dass die Chance meinen Vater zu finden gerade gegen Null gerutscht war. Herr Döbberlin war es nicht und ich hatte keinen weiteren Anhaltspunkt. Eine bleierne Verzweiflung machte sich in mir breit. Keinen Vater zu haben erschien mir mit einem Mal ein übergroßer Verlust zu sein. Mir war nie so klar wie jetzt gewesen, was mir fehlt. Ich hatte keine Wurzeln. Die einzige Wurzel die ich hatte, war meine Mutter und sie war tot. Ich wusste nichts von Verwandten, ich konnte mich nicht an Oma und Opa erinnern und ich würde nie einen Vater haben. Ich begann zu weinen und stapfte tränenblind durch die Stadt auf meine Wohnung zu.

Zu Hause kochte ich mir einen Kakao, um mich zu trösten. Dick, süß, schokoladig und mit viel Sahne. Ich war wütend und ich zerfloss vor Selbstmitleid. Wenn Herr Döbberlin nicht mein Vater war, wer dann? Dieser alte, selbstgefällige Sack in seinem Rollstuhl, konnte ich ihm überhaupt glauben? Vielleicht log er mich frech an. Ich sollte doch den Vaterschaftstest mit ihm machen, aber eine Möglichkeit dazu gab es nun nicht mehr. So hellwach wie er war, konnte ich sicher nicht mit dem Wattestäbchen auf ihn zugehen und ihn zwingen, den Mund aufzumachen. Ich hätte mir am liebsten in den Hintern gebissen, so frustriert war ich. Konnte denn einmal etwas klappen? Um mich abzulenken, machte ich mein Laptop an und surfte ein bisschen im Internet. Die Sexseiten hatte ich ausgeblendet, um mich nicht mehr in Versuchung zu führen. Ich wollte auf Elisabeth warten und nicht wieder schwach werden. Also schaute ich nach, was es Neues in der Welt gab und spielte ein bisschen Minesweeper. Das war stinklangweilig aber es beruhigte mich. Irgendwann schlief ich ein und träumte von einem Lehrer, der hoch über mir mit einem Lineal herumfuchtelte und mir immer wieder sagte, was ich doch für ein Versager sei. Ich wurde immer kleiner und kleiner, bis ich in meine Schultasche rutschte. Dort lag eine Barbiepuppe, die mir ins Ohr flüsterte, ich solle ihr meinen Willy zeigen. Schreiend wachte ich auf. Ich hasste diese Träume. Ich hasste es auch, am Tag zu schlafen. Meine Mutter hatte so etwas nie geduldet, sie wusste schon, warum. Ich ging mich waschen, lüftete die Wohnung und begann Staub zu saugen. Dann putze ich in der Küche alle Ablagen mit der Zahnbürste und wischte den Boden. Trotzdem gingen mir die Gedanken nicht aus dem Kopf und drehten sich im Kreis. Vor allem der Satz: „Du bist ein Versager" hämmerte in meinem Hirn als Endlosschleife. „Gott sei Dank ist morgen Montag und ich kann wieder zur Arbeit", dachte ich.

In der Firma ging alles seinen gewohnten Gang. Da gab es keine Unvorhersehbarkeiten und keine Überraschungen. Ich bekam morgens meine Aufgaben und hatte sie abends beendet. Ich mochte das. Es gab mir Sicherheit. Zahlen belügen einen nicht und strafen niemanden. Sie sind völlig neutral. Im Gegensatz zu Menschen. Meine Arbeitskollegen blendete ich deshalb auch so gut es ging aus. Zu Weihnachtsfeiern oder Betriebsfesten ging ich nicht. Ich sagte freundlich guten Tag und auf Wiedersehen. Das war's. Ich glaubte, meine Kollegen redeten hinter meinem Rücken über mich, vordergründig ließen sie mich allerdings in Ruhe. Mehr wollte ich von ihnen nicht.

Am Ende der Woche kamen dann endlich meinen Möbel. Ich hatte einen ganzen Tag lang fremde Menschen im Haus und viel Geräume und Geschiebe, abends war es dann perfekt. Ich erkannte meine Wohnung gar nicht wieder. Alles war schlicht, hell und gediegen. Schönes Holz, weiße Wände, alle Zimmer im gleichen Stil. Es gefiel mir ausnehmend gut. Es war wie Weihnachten und Ostern zusammen, so sagt man ja. Obwohl bei mir die Gedanken an beide Feste regelmäßig Gänsehaut verursachten. An Heiligabend gab es Würstchen mit Kartoffelsalat und einen neuen Schlafanzug. Mutter schenkte ich etwas selbst Gebasteltes, das meist ziemlich verunglückt aussah und in der Schule im Werkunterricht entstanden war. Nach der kurzen Bescherung wurde der Fernseher angemacht und wir sahen ein Weihnachtskonzert mit den Fischerchören. Den ersten und zweiten Weihnachtstag ignorierte meine Mutter. Kein Braten, keine Torte, keine schöne gemütliche Stimmung mit Kerzen und auch kein Weihnachtsspaziergang, kein Verwandtenbesuch und schon gar nicht ein Besuch in der Kirche. Doch ich wollte mir meine Freude nicht durch Erinnerungen an ferne Zeiten vermiesen lassen. Jetzt war jetzt und jetzt begann etwas Neues, Großartiges. Jetzt würde ich endlich eine Frau bekommen!

Elisabeth wurde am Samstag drauf geliefert. Sie kam in einer großen Holzkiste. Zwei Männer trugen die Kiste die Treppen hinauf in meine Wohnung. Dort wurde mit einem Brecheisen der Deckel geöffnet. Elisabeth stand aufrecht mit gespreizten Beinen in der Kiste, nur mit BH und Slip gekleidet. Das war mir ziemlich peinlich. Ich hätte mir gewünscht, die Männer würden sie nicht so leicht beschürzt sehen. Elisabeth war an Armen, Beinen und um den Rumpf mit Bändern fixiert, die gelöst werden mussten. Als sie befreit war, trug einer der Männer sie zum Sofa und setzte sie darauf. Der andere gab mir einem Koffer und ein Buch, auf dem „Pflegeanleitung" stand. „Sie wissen Bescheid?", fragte er. Ich beeilte mich „ja, ja" zu sagen, um die Männer so schnell wie möglich aus dem Haus zu bekommen. Ich zitterte vor Aufregung. Ich schwitzte. Die Männer verlangten eine Unterschrift und wandten sich zur Tür. „Viel Spaß und wenn was ist, rufen Sie die Hotline an", sagte einer der Beiden und sie waren draußen.

Ich beeilte mich ins Wohnzimmer zu kommen und schaute Elisabeth an. Sie saß auf dem Sofa und sah ziemlich nuttig aus. So wollte ich sie nicht haben. Sie sollte meine anständige Frau sein. Also ging ich zum Kleiderschrank, in dem ich die Sachen verwahrte, die ich schon vor Wochen für sie gekauft hatte. Ich zog Elisabeth das Kleid an und die Schuhe. So war es besser. Ich richtete ihr Haar und setzte sie so hin, dass es recht natürlich aussah. Dann setzte ich mich neben sie und lehnte mich an. Ich nahm ihre Hand und drückte sie. Sie fühlte sich kühl und weich an, sehr angenehm. So saß ich stundenlang neben ihr und bewunderte sie. Ich streichelte ihre Haut und fasste ihr ins Gesicht. Ganz, ganz behutsam. Ich nahm auch ihre Hand und streichelte damit über meine Wangen. Ich konnte mein Glück nicht fassen, eine Frau zu haben. Immer wieder sah ich in ihre Augen. Sie schien aus diesen Augen zu lächeln und mich anzusehen. Ich wusste genau, sie war eine Puppe, aber trotzdem hatte ich das Gefühl, sie sei echt und würde mich lieben. Ja, aus ihrem Blick sprach Liebe und es war das erste Mal in meinem Leben, dass ich so angesehen wurde.

Nach Stunden nahm ich sie vom Sofa und trug sie in mein Bett. Ich zog ihr ein Nachthemd an, entledigte mich meiner Kleider und legte mich neben sie. Damit uns nicht kalt wurde, zog ich eine Decke über uns und kuschelte mich an sie. „Meine Püppi", murmelte ich im Einschlafen.

Als ich erwachte, lag ich halb auf Elisabeth und lächelte. Sie fühlte sich gut und warm an und ich streichelte ihren Körper. Überall erkundete ich sie. Ihre Brüste waren weich und doch fest. Man konnte ordentlich hinein greifen. Die Warzen standen hart und ich bekam Lust, daran zu saugen. Ein bisschen schmeckte es nach Gummi und es erregte mich. Ich dachte an mein Sperma und dass ich Elisabeth damit nicht beschmutzen wollte. Vielleicht sollte ich mir Kondome besorgen, überlegte ich. Elisabeth war so rein. Rein und schön, überirdisch schön. Ich lag auf ihr und küsste sie. Meine Zunge versank in ihrem Mund und ich kam in meine Schlafanzughose. Ich entschuldigte mich bei Elisabeth und schlief noch einmal ein.

Den ganzen Sonntag verbrachte ich damit, mir zu überlegen, wie ich mein Leben mit Elisabeth organisieren wollte. Um sie ständig vom Bett ins Wohnzimmer und wieder zurück zu tragen, war sie zu schwer. Ich hatte noch den Rollstuhl meiner Mutter, der stand in der Abstellkammer. Ein bisschen pietätlos kam es mir schon vor, Elisabeth dort hinein zu setzen. Aber es half nichts, es musste sein. Außerdem könnte ich den Stuhl auch in die Dusche schieben, so hatte ich Mutter auch immer geduscht. Ich wollte Elisabeth immer bei mir haben, in der Küche, im Wohnzimmer, überall. Da war der Rollstuhl die beste Alternative. Und ich brauchte noch Kleider für Elisabeth.

„Sie sollte schön aussehen, aber nicht zu anzüglich, nicht zu sexy. Wie eine anständige Frau eben. Nur die Unterwäsche durfte ein wenig anregender sein", dachte ich mir. Dieser Slip war schon etwas Besonderes, er stand ihr ausgezeichnet und gab den Blick auf ihre feinen Schamlippen frei. Diese Schamlippen betrachtete ich an diesem Tag genau und ich fuhr mit den Fingern hinein, um sie auch von innen zu erkunden. „So fühlte sich eine Frau an", dachte ich erstaunt. Schamhaar hatte Elisabeth keines und ich vermisste es nicht. Hinter der Vagina hatte sie noch ein Loch. Auf der Beschreibung stand, dass mit Elisabeth Analverkehr möglich war. Ich wollte einfach nur Verkehr. Anal oder oral. - das waren Wörter, die sich meinem Erfahrungsschatz entzogen. So etwas hatte ich bisher nur in Pornos gesehen.

Am Nachmittag bestellte ich im Internet Wäsche und Kleider für Elisabeth. Danach legte ich sie wieder in mein Bett und mich daneben. Dieses Mal zog ich sie ganz aus. Ich legte mich auf sie und drang in sie ein. Ich bewegte mein Becken ein paar Mal hin und her und kam. Es war fast schmerzhaft, denn Elisabeth war sehr trocken. Ich hatte vergessen, Gleitcreme zu verwenden. Nun hatte ich sie doch beschmutzt und musste sie reinigen. Lieber gleich, bevor alles eintrocknete. Ich fuhr sie unter die Dusche, schraubte den Duschkopf ab und steckte den Schlauch in ihre Scheide. Dann spülte ich gründlich und trocknete sie sorgfältig ab. Elisabeth musste anschließend gut gepudert werden.

Als sie wieder angezogen auf meinem Sofa saß, fühlte ich mich sehr zufrieden. Ich hatte ganz vergessen, mich schmutzig und schlecht zu fühlen, was sonst nach einem Samenerguss immer der Fall war. Das erste Mal im Leben ging es mir nach einer sexuellen Handlung gut. Die Stimme meiner Mutter in meinem Kopf hatte ich ignoriert. Ich fühle mich frei und erwachsen. Ich war verliebt. Ich fühlte mich geliebt. Das war der schönste Tag in meinem bisherigen Leben!

Am nächsten Abend klingelte es an der Tür. Das musste Rolf sein, er war gekommen, um Elisabeth kennen zu lernen. Auf dem Nachhauseweg von der Arbeit hatte ich ihn zufällig getroffen und ihn eingeladen. Ich war natürlich stolz auf Elisabeth und wollte sie zeigen. Elisabeth saß auf dem Sessel und hatte ein leichtes Sommerkleid an. Ihre blonden Haare hatte ich hochgesteckt, das stand ihr sehr gut. Sie sah mich an und lächelte. Dieses zarte Lächeln machte mich jedes Mal glücklich, wenn ich es sah. Elisabeth sah sehr sexy aus.

Ich öffnete Rolf die Tür und bat ihn ins Wohnzimmer. In der ganzen Breite seiner Körperfülle stand er im Türrahmen und betrachtete Elisabeth.

„Oh, eine Frau im Wachkoma", sagte er und grinste breit. Es versetzte mir einen Stich. Mit dieser Abwertung hatte ich nicht gerechnet. Er ging zu ihr hin und betatschte ihre Brust.

„He, das ist meine Frau", sagte ich. Ich war entsetzt.

„Hast du ein Bier?", fragte Rolf. Ich ging in die Küche, eins zu holen. Als ich wieder ins Wohnzimmer kam, erwischte ich Rolf dabei, wie er seinen Penis aus der Hose holte und Elisabeth zwischen die Lippen steckte.

„Mann ist die trocken", stöhnte er und bewegte sein Becken hin und her. Seine Hose war ihm dabei bis in die Kniekehlen gerutscht. Er hatte Elisabeths Kopf zwischen beide Hände genommen und bewegte ihn rücksichtslos vor und zurück. Ich ging auf ihn los und wollte ihn von meiner Frau weg zerren. Rolf lachte und machte weiter. Ich trommelte mit Fäusten auf seinen Rücken ein, Rolf machte weiter. Ich schrie, Rolf machte weiter. Plötzlich drehte er sich um und gab mir einen Fausthieb direkt unters Kinn, sodass ich in die Knie ging und ohnmächtig wurde.

Als ich wieder zu mir kam, war Rolf verschwunden. Elisabeth

hing schief im Sessel. Ihre Perücke war verrutscht und der Kopf nach hinten verbogen. Ihr Gesicht war mit Sperma bekleckert. Ich heulte vor Wut und Entsetzen. Ich schlug auf alles ein, was mir in den Weg kam und schrie. Dann begann ich zu hyperventilieren und spürte die Panik nahen. Ich fühlte mich so hilflos und ausgenutzt, ja geradezu missbraucht. Was Elisabeth geschehen war, war auch mir geschehen. Es war abscheulich. Meine Gedanken kreisten und ich drohte erneut in Ohnmacht zu fallen. Doch dann besann ich mich auf meine Technik, Panikattacken zu überwinden und atmete ruhig in beide Hände. Ich musste Elisabeth waschen und herrichten, so konnte ich sie unmöglich liegen lassen. Also hob ich sie aus dem Sessel in den Rollstuhl und schob sie ins Badezimmer. Ich reinigte sie sehr gründlich und ekelte mich dabei vor Rolfs Sperma. So ein Schwein, ich konnte es einfach nicht fassen. Behutsam spülte ich Elisabeths Mund aus und redete dabei beruhigend auf sie ein. Sie war noch keine zwei Tage bei mir und musste schon eine Vergewaltigung über sich ergehen lassen. Dieses Schwein war kaum in der Tür, da hatte er schon seinen Schwanz in ihrem Mund. Dabei war Rolf der Sklave von Frau Kosic und würde sich bei ihr bestimmt so nicht benehmen. Ich verstand nichts mehr. Besser gesagt, ich würde

Männer nie verstehen. Und Frauen wahrscheinlich auch nicht. Nachdem ich Elisabeth abgetrocknet hatte, brachte ich sie im Rollstuhl ins Schlafzimmer, zog ihr ein Nachthemd an und legte sie ins Bett. Ich legte mich daneben, nahm sie in die Arme und schlief weinend mit ihr ein.

Am nächsten Morgen war ich kaum fähig zur Arbeit zu gehen. Ich malte mir aus, Rolf würde zurückkommen und die Wohnung mit seinem Dietrich öffnen. Er könnte sich im Prinzip immer an Elisabeth vergreifen, wenn ich bei der Arbeit war. Ein entsetzlicher Gedanke. Ich redete beruhigend auf Elisabeth ein und streichelte sie. Dann schob ich sie mitsamt dem Rollstuhl in den Abstellraum und verschloss die Tür sorgfältig. Den Schlüssel hängte ich mir an einem Band um den Hals und ließ ihn in meinem Oberhemd verschwinden.
Das war nicht die Lösung, aber ein Anfang. Bei der Arbeit konnte ich keinen klaren Gedanken fassen. Ich war erfüllt von Hass. Hass auf Rolf, der es nicht wert war, dass man weiter seinen Namen benutzte und auf Frau Kosic, der ich die Schuld an allem gab. Am liebsten würde ich beide umbringen. Am allerliebsten in dem Moment, wo Rolf bettelnd vor Frau Kosic auf den Knien lag und sabbernd um Gnade winselte. Dann

würde ich mit einer Pumpgun in den Raum stürmen und beide erschießen. Ich würde ein mächtiges Blutbad anrichten und danach die Wohnung in Brand setzen. Nein, sie sollten vorher leiden. Also würde ich sie nur halb erschießen und die Wohnung in Brand setzen, wenn sie noch lebten. Sie sollten ganz langsam grillen. In der Hölle schmoren.

Meine Fantasien hinderten mich zu arbeiten. Zugleich war ich voller Sorge um Elisabeth, die in der Abstellkammer darben musste. Ich hätte sie ans Fenster schieben wollen, damit sie hinaus sehen konnte, wenn ich nicht da war. Ich hätte ihr winken können, wenn ich das Haus verließ und wieder kam. Ich sehnte mich nach ihr und nach ihrem weichen Körper.

Zu Hause befreite ich Elisabeth sofort aus ihrem Gefängnis und redete mit ihr. „Meine Süße, wie geht es dir? Hast du lange warten müssen? Du hast bestimmt Hunger, soll ich uns was zu essen machen?" Mir war, als würde sie antworten. „Ja, mein Liebster", hörte ich sie hauchen. Dabei sah sie mich aus ihren Rehaugen an und lächelte dieses zarte Lächeln, das mir so gut tat und mich völlig in ihren Bann zog. Ich schob sie im Rollstuhl in die Küche und machte ein Abendessen für uns. Beim Essen sah ich sie unentwegt an und dann begann ich, ihr von meinem Tag zu erzählen. Seit meine Mutter tot war, hatte ich niemandem mehr von meinem Tag erzählt. Und bei meiner Mutter musste ich immer damit rechnen, dass sie Abwertendes sagen würde. Ich konnte es ihr nie recht machen. Elisabeth hörte einfach nur zu. Ab und zu hauchte sie: „Mein Liebster" und sah mich an. Ein Gefühl tiefer Liebe durchströmte mich und ich fühlte mich für allen Unbill in meinem bisherigen Leben entschädigt.

Nach dem Essen schob ich meine Frau ins Wohnzimmer und setzte sie auf das Sofa. Ich kuschelte mich neben sie und hielt ihre Hand. Ich versprach ihr, nie wieder fremde Menschen in unsere Wohnung einzuladen und sie sagte mir, sie wolle über gestern nicht mehr sprechen. Aber sie wolle einen anständigen Raum für sich, wenn ich nicht da sei. Ob ich ihr wohl die Abstellkammer ein wenig herrichten könnte. Dort würde sie sich sicher fühlen.

Ich ging also zur Abstellkammer und öffnete die Tür. Die Kammer war so schmal wie die Tür und etwa einen Meter fünfzig tief. Am Ende war ein Regal mit allerlei Putzmitteln und alten Schuhen. Ein paar verstaubte Kartons standen ganz oben. Ich räumte alles aus und fegte die Wände ab. Dann nahm ich einen Eimer heißes Seifenwasser und wusch alles in dem Raum ab, bis es blitze. Ich hatte noch etwas weiße Farbe und so verpasste ich den Wänden einen frischen Anstrich.

In das Regal stellte ich ein bisschen Deko und war mit dem Ergebnis ganz zufrieden. Hier würde Elisabeth ihre Tage verbringen, wenn ich bei der Arbeit war.

8

Elisabeth hatte eine wunderschöne tiefe warme Stimme. Ein bisschen wie Gundula Gause aus dem Fernsehen. Ich hörte diese Stimme nicht mit den Ohren, sondern ganz tief in mir drin an einem Platz direkt neben meinem Herz. Ich hatte mir angewöhnt, ihr alles zu erzählen, was mir tagsüber auf der Arbeit passierte. Anfangs dachte ich noch, es würde sie langweilen, aber sie sah mich mit ihrem zarten Lächeln an und forderte mich auf, mehr zu erzählen. Sie tröstete mich, wenn ich Stress hatte und wartete geduldig auf die Wochenenden, an denen wir Zeit nur für uns hatten. Sie sagte mir auch, was sie gern anziehen würde und ermutigte mich, sie sexy zu kleiden und nicht so bieder wie am Anfang. Mittlerweile war der Kleiderschrank voll mit ihren Kleidern. Ich liebte ihre Wäsche und ihre Strümpfe. Täglich zog ich ihr etwas anderes an und jeden Abend, wenn ich sie ins Bett trug, wollte sie von mir ausgezogen werden. Manchmal erlaubte sie mir, mit ihr zu schlafen. Meist aber wollte sie nur meine Hand halten und ich streichelte sie sanft. Manchmal saugte ich auch nur an ihren Brüsten und schlief dann ein. Seit sie da war, hatte ich keine schlimmen Träume mehr und ich fühlte mich so wohl wie noch nie in meinem Leben. Ich konnte es kaum erwarten, nach

Feierabend nach Hause zu kommen und verbrachte meine gesamte freie Zeit mit ihr. Meine Umgebung hatte ich völlig vergessen. Meine Nachbarin hatte ich seit Wochen nicht gesehen. Ihre Wohnung war aus und wieder eingeräumt worden, ohne dass ich davon gestört worden wäre.

Eigentlich wollte ich ja Frau Kosics Habe in Brand stecken. Ich war auch tatsächlich dort, wo ihre Sachen eingelagert waren, im Gewerbegebiet, in das ich mich schon einmal verlaufen hatte. Abends war ich hingefahren mit dem letzten Bus und in meiner Tasche hatte ich ein Feuerzeug und einen Grillanzünder. Den wollte ich in den Container stecken, in dem Frau Kosics Sachen untergebracht waren. Ich lief eine Zeit durch die Straßen des Gewerbegebiets bis es dunkel war. Alles stellte ich mir genau vor, wie ich über den Zaun steigen würde, wie ich den Grillanzünder anzündete und unter der Containertür ins Innere schöbe. Als es dann endlich dunkel war und ich vor dem großen Zaun stand, kamen mir Bedenken. Wie sollte ich da bloß rüber kommen? Ich rüttelte ein wenig am Zaun mit dem Ergebnis, das binnen Sekunden zwei Dobermänner nebst Dompteur hinterm Zaun standen und mich anstarrten. So schnell war ich noch nie gelaufen. Jetzt im Nachhinein konnte ich fast ein bisschen lachen über diesen Vorfall. Aber als es passierte, war es sehr schlimm für mich und wieder eine meiner Niederlagen. Ich hatte einmal mehr das Gefühl, nichts auf die Reihe zu kriegen.

Doch nun war ich völlig versöhnt mit der Welt und meinem Schicksal.

Die Harmonie war so perfekt, dass ich glaubte, sie könne durch nichts und niemanden jemals gestört werden.

Eines Abends bat mich Elisabeth, sie nicht mehr in die Abstellkammer zu stellen. Sie wolle den Tag lieber am Fenster verbringen und hinaus sehen. Ich hatte Angst, jemand könne sie sehen und verbot es ihr. Sie schmollte. Die Erinnerung an Rolf flammte wieder auf und ich warf ihr vor, sie sei irgendwie mit schuld gewesen. Sie sähe einfach zu gut aus und müsse sich nicht wundern, wenn jemand auf dumme Gedanken käme. Was Rolf mit ihr getan hatte ließ sie sich von mir nicht gefallen, obwohl ich es mir heimlich wünschte. Es war der erste Streit zwischen uns und es belastete mich sehr. Weil ich wollte, dass sie mit Schmollen aufhörte, schob ich sie am nächsten Morgen ans Fenster, bevor ich zur Arbeit ging. Es fiel mir schwer, aber ich tat es ihr zu Liebe. Abends erzählte sie mir prompt, Männer hätten unten auf der Straße zu ihr hinauf geschaut und sie angestarrt. Ich war eifersüchtig. Ich hielt es kaum aus, mir vorzustellen, jemand anderes könnte Elisabeth begehren. Am nächsten Morgen schob ich sie wieder in die Abstellkammer. Dort fand ich sie abends dann völlig apathisch vor und sie sprach den ganzen Abend kein Wort mit mir. Es machte mich wahnsinnig. Ich nahm sie vom Sofa und warf sie auf mein Bett. Ich riss ihre Kleider von ihr und stellte mich breitbeinig über sie. Dann holte ich mir einen runter und ließ mein Sperma auf sie tropfen. Als ich sah, was ich getan hatte, holte ich das Lineal aus der Küchenschublade und schlug mich damit, bis ich rote Striemen am Hintern hatte. Aber dann wurde mir klar, dass es ja Elisabeth war, die daran schuld war, dass ich mich so benahm.

Am nächsten Morgen machte ich mir die übelsten Vorwürfe. Ich hatte die Realität wohl etwas aus den Augen verloren. Elisabeth war eine Puppe aus Silikon, sie sah echt aus, aber sie war keine Frau. Das hämmerte ich mir ins Hirn. Sie war keine Frau. Und ich war noch nicht einmal in der Lage, eine Beziehung zu einer nicht echten Frau zu haben. In der Nacht hatte ich von Mutter geträumt. Sie schaute auf mich herab und zwang mich, sauber zu machen und das Bett zu beziehen. Sie war sehr real in diesem Traum und, ich hätte es mir ja denken können, sie missbilligte meine Silikonfrau. Frauen bestellt man nicht im Katalog, sagte sie. Wo hatte ich das denn schon einmal gehört? Ach ja, ich hatte einmal einen Filmbericht über Männer gesehen, die sich Frauen aus Thailand bestellten. Echte Frauen aus Fleisch und Blut. Mutter sah missbilligend zu und schwieg. Als der Film zu Ende war, sagte sie diesen Satz in einem eiskalten Ton.

Ich hatte die ganze Zeit gewusst, dass es nicht richtig war, was ich tat, aber ich war endlich einmal eine Zeit lang glücklich gewesen. Am liebsten würde ich die Uhr zurückdrehen und so unbeschwert mit Elisabeth zusammen sein wie in den ersten Tagen. Aber das ging nicht. Ich kam mir plötzlich komisch vor, mit ihr zu sprechen. Es fühlte sich irgendwie hohl an. Ich konnte es nicht verstehen und es tat weh, aber das Gefühl der Innigkeit war weg.

Elisabeth lag in meinem Bett und starrte an die Decke. Ich holte Feuchttücher aus dem Bad und putzte meine gestrige Hinterlassenschaft weg. Dann ging ich wortlos zur Arbeit.

Nach der Arbeit lief ich stundenlang durch die Straßen der Stadt und ließ den Nieselregen auf mich regnen. Er kroch unter den Kragen meiner Jacke und fühlte sich kalt und scheußlich an. Insgeheim war ich froh, dass ich überhaupt etwas fühlte.

Als ich nass und steifgefroren die Tür meiner Wohnung aufschloss, hörte ich Elisabeth leise weinen. Ich rannte zu ihr, nahm sie in die Arme, küsste sie und stammelte immer wieder, wie sehr ich sie liebte. Wie hatte ich nur so gemein zu ihr sein können. Ich klammerte mich an sie, rieb mich an ihrem perfekten Körper, dann öffnete ich meine Hose und vögelte sie. Ich vögelte sie, wie ich noch nie in meinem Leben gevögelt hatte, hart, ausdauernd und laut. Ich kam schreiend und brach über ihr zusammen.

Als ich aufwachte, hatte ich diese blöde Schnulze im Ohr: „Und als ein Mann sah ich die Sonne aufgehen...". Plump und platt formuliert, aber es war genau so. Es war genau so!
Mir wurde klar, dass ich mich mein Leben lang von Frauen abhängig gemacht hatte. Von Frauen, die mich niemals lieben, die mir niemals irgendetwas geben würden. Ich ließ mich von meiner Mutter beeinflussen über ihren Tod hinaus. Ich hörte bis heute ihre Stimme bei jeder Entscheidung, die ich zu treffen hatte. Immer.
Seit Frau Kosic nebenan lebte und arbeitete, machte ich meine Laune auch von ihr abhängig. Immer war ich mit einem halben Ohr in ihrer Wohnung und litt bei jedem Geräusch. Es machte

mich schier wahnsinnig. Auch wenn ich nichts hörte, ich hörte solange so genau hin, bis ich was hörte. Und nun war ich auf dem besten Wege, mich von Elisabeth abhängig zu machen. Längst hatte sie angefangen zu leben und mein Leben zu beeinflussen. Manchmal hatte ich noch ein Gefühl dafür, was real war und was nicht, aber eben nicht immer. Ich glitt in Elisabeths Anwesenheit immer öfter in eine Traumwelt, ihre Stimme wurde real. Sie sprach zu mir und ich antwortete. Ich erzählte ihr meinen Tag und wollte eigentlich nur eins: von ihr wahrgenommen werden. Als Mensch, als Mann. Aber sie war eine Puppe. Und das begriff ich nur, wenn ich es mir laut vorsagte. Es machte mir Angst, das zu wissen. Was, wenn ich nun die Wahrheit nicht mehr von der Fiktion unterscheiden konnte. Ich hörte die Stimme meiner Mutter, die mich vor Elisabeth und allen anderen Frauen warnte. Ginge es nach ihr, würde Elisabeth lieber heute als morgen auf dem Sperrmüll stehen. Diese Herzlosigkeit tat mir weh, ich konnte es nicht ertragen, so etwas von meiner Mutter zu hören.

Wenn ich mit Elisabeth weiter leben wollte, musste ich die Stimme meiner Mutter zum Verstummen bringen. Aber wie? Ich konnte meine Mutter ja schlecht umbringen, sie war schon tot. Ich konnte mir auch nicht vorstellen, wie man eine Stimme im Kopf mundtot macht.

Eines wurde mir auf jeden Fall klar an diesem Morgen, an dem die Sonne aufging: ich hatte die Gefühle unterschätzt, die Elisabeth bei mir auslösen würde. Ich hätte nie gedacht, dass ich eifersüchtig sein könnte. Bevor ich zur Arbeit ging, setzte ich Elisabeth ins Wohnzimmer, aber nicht ans Fenster, sondern in den Sessel. Ich schaltete den Fernseher ein, damit sie sich nicht langweilte und verabschiedete mich mit einem Kuss auf ihr Haar von ihr. Dann ging ich aus dem Haus. Ich war stolz auf mich, dieses Problem mit Elisabeth gelöst zu haben. Ich hatte entschieden und ich hatte dabei die Realität einbezogen, indem ich mir sagte, Elisabeth sei eine Puppe und ich wüsste, was für sie richtig sei. Ich konnte nun abschalten, mich auf meine Arbeit konzentrieren und mich auf einen harmonischen Feierabend mit Elisabeth freuen. Nach dem Büro würde ich noch schnell einkaufen gehen und etwas Schönes für uns kochen, dann würde ich sie begrüßen und ihr meinen Tag erzählen und sie würde lächeln und für mich da sein.

## 9

In den nächsten Wochen gab ich mir Mühe, normal zu sein. Ich wollte ein ganz normaler Mann sein, mit einer ganz normalen Beziehung, zu einer ganz normalen Frau, einer ganz normalen Arbeit und einem ganz normalen Leben. War denn das zu viel verlangt? War normal nur etwas für andere, aber nicht für mich?

Im Büro sah man mich seit ein paar Tagen komisch an. In der Marketingabteilung wurde getuschelt über mich. Erst machte ich mir darum keine Gedanken, denn ich war mir sicher, dass ich mir das nur einbildete.

Aber eines Morgens lag eine Festschrift auf meinem Schreibtisch. Die Firma hatte Jubiläum, 50 Jahre Firmenbestehen und in der Festschrift stand die ganze Geschichte von Anfang bis heute. Interessiert blätterte ich mich durch das Werk, denn ich hoffte, eine Liste der alten Belegschaft zu finden. Und tatsächlich, es gab sie, diese Liste. Es gab sogar Fotos aus all den Jahren, Fotos von Betriebsfesten und Presseauftritten. Den Namen meiner Mutter fand ich schnell und auch den von Herrn Döbberlin. Er war in der Zeit um meine Geburt herum für zwei Jahre Abteilungsleiter. Dass er so kurz in der Firma war, konnte in meinen Augen nur eins bedeuten: Er hatte gekündigt, um meiner Mutter die Schande zu ersparen.

Ich suchte die alten Aufnahmen nach bekannten Gesichtern ab. Von damals war nur noch der Seniorchef ab und zu in der Firma, alle anderen der alten Belegschaft waren entweder in Rente oder hatten sich anderweitig orientiert. Meine Mutter entdeckte ich auf mehreren Bildern. Sie war wie immer mausgrau und streng und sie lächelte nie. Als ich mir ein Bild aus meinem Geburtsjahrgang etwas genauer anschaute, traf es mich wie ein Blitzschlag. Dort stand ich. Neben meiner Mutter. Ich glaubte zu träumen, mein Herz klopfte deutlich vernehmbar und ich begann zu schwitzen. Zwei drei Köpfe weiter stand Herr Döbberlin. Mir wurde alles klar. Dieser Mann neben meiner Mutter konnte nur mein leiblicher Vater sein. Herr Döbberlin hatte also doch nicht gelogen. Er war nicht mein Erzeuger. Nur wer war dieser Mann neben meiner Mutter, dem ich wie aus dem Gesicht geschnitten war? Wen konnte ich danach fragen? Ich wollte kein Aufsehen erregen, merkte aber schnell, dass die anderen in der Firma, alle meine Kollegen längst Bescheid wussten. Daher das Getuschel, wenn ich einen Raum betrat. Da half jetzt nur mehr die Flucht nach vorn. In der Kaffeeecke beim Frühstück fragte ich eine Handvoll

Kollegen, ob mir jemand sagen könne, wer der Mann neben meiner Mutter sei, der so aussehen würde, wie ich. Doch niemand kannte ihn. Wie denn auch, keiner meiner Kollegen war so lange in der Firma. Immerhin über 35 Jahre. Aber Herr Döbberlin, der musste ihn kennen. Ich könnte mit dem Buch zu ihm gehen und ihn fragen. Wenn ich nur nicht so eine große Abneigung gegen diesen eiskalten, alten Mann hätte, der meiner Mutter so ähnlich war. Schließlich hätte er mir damals schon im Pflegeheim sagen können, wer mein Vater wäre. Aus der Liste der Angestellten konnte ich auch nicht einfach ersehen, welchen Namen dieser Mann trug. Ich konnte es nur vermuten. Aber anhand des Fotos konnte ich mir ungefähr ausrechnen, wie alt er jetzt sein müsste. Er sah so aus wie ich jetzt, also war er nun doppelt so alt wie ich, ungefähr 70. Das würde bedeuten, dass meine Mutter mit einem viel jüngeren Mann Sex hatte. Das Wort Sex im Zusammenhang mit meiner Mutter war natürlich undenkbar und verursachte auch keinerlei Bilder in meinem Kopf. Aber irgendwie musste ich schließlich in sie hinein gekommen sein. Ich nahm mir vor, doch noch einmal Herrn Döbberlin zu besuchen. Trotz aller Abneigung, es wäre meine einzige Chance. Er musste wissen, wer dieser Mann war.

Meinen Kollegen sagte ich einfach die Wahrheit. Dass ich vermuten würde, hier meinen Vater vor mir zu sehen, ihn aber nicht kannte. Es kostete mich zwar Überwindung und ich stotterte diese Sätze mehr, als dass ich flüssig sprach. Aber es verfehlte seine Wirkung nicht. Die eine oder andere Bedauernsbekundung kam halbherzig herüber und dann ließ man mich in Ruhe und ging zum Tagesgeschäft über.

Nach Feierabend ging ich erst einmal nach Hause und nicht ins Pflegeheim. Ich wollte diesen schweren Gang am Samstagvormittag erledigen, da hoffte ich Herrn Döbberlin wach und aufnahmebereit anzutreffen. Er sollte sich von mir so wenig wie möglich gestört fühlen. Ich stellte ihn mir gewaschen und frisch angezogen vor, mit Frühstück im Bauch und ohne Pflegerin, die mich wegschicken könnte.

Zu Hause räumte ich auf und machte sauber, ohne Elisabeth zu beachten. Sie saß im Sessel und sah fern. Ich machte ihr immer 3Sat an, da kamen den ganzen Tag über intelligente Sendungen. Sie sollte auf keinen Fall dieses Unterschichtfernsehen schauen.

Ich ging früh zu Bett, Elisabeth ließ ich im Sessel sitzen. Ein ganz klein wenig bohrte sich ein schuldbewusster Gedanke in mein Hirn, aber ich hatte wirklich keine Lust, noch einmal aufzustehen. Ich musste mich innerlich auf meinen Besuch im Pflegeheim vorbereiten, das brauchte meine ganze Kraft.

Samstagmorgen um zehn war ich im Heim Horizont. Ich kannte meinen Weg, ging schnell an der Anmeldung vorbei und nahm die Treppe in den 2. Stock. Ich klopfte kurz an der Zimmertür und trat ein. Herr Döbberlin saß in seinem Rollstuhl und schaute aus dem Fenster. Als er mich hörte, drehte er sich zu mir, um dann gleich wieder desinteressiert aus dem Fenster zu schauen. Ich begrüßte ihn freundlich und hielt ihm das Buch unter die Nase.
„Bitte, schauen sie sich das Bild an. Können sie mir sagen, wer dieser Mann neben meiner Mutter ist?"
„Natschke, was willst du? Nimm das weg, ich will nicht mit dir reden."
„Bitte, Herr Döbberlin, es würde mir unglaublich weiterhelfen, wenn sie mir den Namen sagen könnten. Ich weiß wirklich nicht, wen ich sonst fragen soll!"
„Glaub mir, das willst du nicht wissen!"
„Irrtum, ich m u s s das wissen! Ich muss endlich wissen, wer mein Vater ist."
Er lachte heiser. „Dir ist nicht zu helfen. Aber sag mir hinterher

nicht, ich hätte dich nicht gewarnt. Er heißt Fassbender, Karl Gustav Fassbender. Und nun raus hier, ich brauche Ruhe."

Ich verließ so schnell es mir möglich war sein Zimmer und rannte die Treppen hinunter zum Ausgang. Der Name meines Vaters hämmerte dazu rhythmisch in meinem Hirn. Ich würde ihn suchen. Ich würde ihn finden. Ich würde endlich so etwas wie eine eigene Identität haben, meine Wurzeln kennen.

Kaum auf der Straße drehte ich noch einmal um. Einer Eingebung folgend ging ich zur Anmeldung zurück, an der an diesem Sonnabendmorgen ein schlecht gelaunter Pfleger saß und bat ihn, meine Adresse entgegen zu nehmen und mich zu benachrichtigen, falls es mit Herrn Döbberlin zu Ende ging. Ich wollte unbedingt Zeuge seiner Beerdigung sein.

Meine erste Handlung galt meinem Laptop, als ich zu Hause angekommen war. Ich schaltete es ein und googelte „Karl Gustav Fassbender". Der Name befand sich tatsächlich auf der Liste in der Festschrift meiner Firma und so konnte ich sicher sein, dass Herr Döbberlin nicht gelogen hatte.

Zuerst freute ich mich schon, da waren sogar Bilder zu diesem Namen. Bei näherer Durchsicht stellte ich aber fest, es war ein Film über Carl Gustav Jung, den großen Psychologen und der Hauptdarsteller hieß „Michael Fassbender". Ich scrollte weiter runter. Ich fand keinen Eintrag. Selbst auf Seite 16 nicht. Immer nur der Film, der auch noch „Dunkle Begierde" hieß. Das konnte man ja schon fast als Ironie bezeichnen. Es gab zwar Menschen mit dem Namen „Fassbender" und auch jede Menge „Karl Gustavs", aber zusammen fand ich nichts. Einbahnstraße. Sackgasse. Mich verließ der Mut. Wie sollte ich diesen Mann finden, wenn nicht im Internet. Ich wusste nichts über ihn. Wo war er geboren? Wo lebte er?

Ich entschloss mich, die Sache vorerst ruhen zu lassen und darauf zu hoffen, dass auch hierbei der Zufall mein Freund sein würde. Nachdem ich mein Laptop geschlossen hatte, ging ich in die Küche, um für Elisabeth und mich Mittag zu kochen. Samstags gab es nur eine Kleinigkeit, denn samstags war mein Putztag. Ich war durch den Besuch im Altenheim etwas aus der Zeit, putzen würde ich heute nach dem Essen.

Ich schob Elisabeth mit dem Rollstuhl in die Küche und setzte sie an den Tisch. Beim Essen redete ich mit ihr. Ich erzählte ihr, dass ich nun endlich den Namen meines Vaters kennen würde und ihn nur noch suchen müsse. Seltsam, die Worte von Herrn Döbberlin fielen mir plötzlich wieder ein.

„Glaub mir, das willst du nicht wissen." Diese schneidende Präsenz in seiner Stimme hörte ich fast körperlich. Warum sollte ich das nicht wissen wollen? Worüber ich allerdings noch mehr nachdachte, war der immense Altersunterschied zu meiner Mutter. Fast zehn Jahre. Meine Mutter war über vierzig, als ich geboren wurde. Man hatte sie oft für meine Oma gehalten, was sie nie korrigierte. Ich kann mich an eine Szene auf der Straße erinnern, ich ging angefasst neben meiner Mutter und ein Mann beugte sich zu mir und fragte: „Na, gehst du mit Oma spazieren?" Ich schaute entrüstet und wollte ihm sagen, dass es meine Mutter sei, doch sie zog mich einfach weiter, ohne ein Wort. Als wäre es ihr egal, dass ich ihr Sohn war. Als wäre es genauso gut oder schlecht, wenn ich ihr Enkel wäre. Oder ein ganz fremdes Kind.

Ich konnte mir jedenfalls nicht vorstellen, dass sich meine Mutter auf einen jüngeren Mann eingelassen hätte. Nicht freiwillig. Sie war pragmatisch und kalt. Sie hätte sich keine romantische Beziehung erlaubt, da war ich mir sicher. Allerdings kannte ich meine Mutter ja auch erst, als sie schon über vierzig war. Wie war sie wohl früher? Gab es eine Frau vor meiner Mutter, eine die anders gewesen war, lockerer, freundlicher? Kaum vorstellbar. Wenn ich so darüber nachdachte, wusste ich eigentlich nichts über meine Mutter. Ich kannte ihre Eltern nicht, wusste nicht einmal, ob sie

Geschwister hatte. Ich denke eher nicht, sonst hätte sie vielleicht mal einen Onkel oder eine Tante erwähnt. Ich war ja noch nicht einmal getauft, hatte also auch keine Paten. Nein, in meiner Kindheit kamen keinerlei Verwandte vor, es gab nur meine Mutter und mich.

Ich hörte Elisabeths Stimme sagen: „Du Armer, du warst ja ganz allein. Das tut mir so leid für dich."

Sie drückte ihr ganzes Mitleid aus und sah mich aus ihren treuen Augen an. Ja, sie hatte Recht, ich war immer ganz allein. Ich war Zeit meines Lebens und über ihren Tod hinaus meiner Mutter gnadenlos ausgeliefert. Ich hatte keine Freunde, bis heute nicht. Und beim ersten Versuch, einen Freund zu gewinnen, wurde ich übel bestraft und meine Frau wurde beschmutzt und missbraucht. Ich war wirklich zu bemitleiden. Mir rannen die Tränen über das Gesicht und ich musste mich schnäuzen. Die Erkenntnis, immer allein gewesen zu sein, traf mich plötzlich wie ein Hammerschlag und das tat sehr, sehr weh. Schluchzend rollte ich Elisabeth ins Schlafzimmer, legte sie auf mein Bett und mich neben sie. Ich öffnete ihre Bluse, löste den BH und saugte mich an ihrer Brustwarze fest. Ich saugte, bis ich einschlief, das Gesicht noch tränennass.

Ich erwachte, weil mir der Nacken wehtat. Ich lag ziemlich

schief auf Elisabeth und musste schon länger so geschlafen haben. Der Morgen graute und ich streckte mich, bis es knackte. Mein Mitleid mit mir selbst war verflogen und wich dem wagen, bangen Gefühl, endlich einen Vater zu bekommen. Wie, wusste ich noch nicht, aber es würde passieren, das war sicher. Elisabeth lag verführerisch im Bett und erregte mich. Ich spürte ihre kühle weiche Haut und drückte fest in ihre Brust. Sonntags morgens Sex, das war schön und ich war mir sicher, das machten normale Ehepaare auch. Ich griff zum Nachttisch und zog mir ein Kondom über. Dann drückte ich meiner Frau die Beine auseinander und glitt hinein. Fast augenblicklich kam der Erguss und ich rollte stöhnend von ihr herunter. Elisabeth schaute mich enttäuscht an. Ich schämte mich vor ihr und das machte mich wütend. War ich kein Mann? Ich gab ihr die Schuld daran, weil sie mich so anmachte, sie ganz allein, die so brav tat und tief im Inneren so ein verdorbenes Subjekt war, das mich voll im Griff hatte. Ich nahm ihre Hand und schlug mich damit, erst sanft, dann immer stärker, bis ich rote Striemen auf dem Körper hatte. Das erregte mich so stark, dass ich erneut hart wurde. Ich schob meinen Penis in ihren Mund und vögelte sie lange und hart, bis ihre Perücke verrutschte und sie aussah, als ob sie weinte.

Schuldbewusst beseitige ich die Spuren und wusch und puderte Elisabeth, zog sie hübsch an und setzte sie in den Rollstuhl. In der Küche bereitete ich ein Frühstück für uns beide, rollte sie an den Tisch und begann mit ihr zu reden. Ich redete mir alles von der Seele, entschuldigte mich, erklärte, bat und bettelte, forderte und am Ende verzieh sie mir. Sie war eine gute Frau.

Elisabeth lag mir seit Tagen damit in den Ohren, mit mir spazieren gehen zu wollen. Sie wollte in den Park, auf einer Bank sitzen und kuscheln, Händchen halten und was andere verliebte Paare sonst so normalerweise taten. Geduldig erklärte ich ihr, dass das unmöglich war. Doch sie fing immer wieder davon an. Andere Behinderte würden doch auch mit dem Rollstuhl draußen herumgeschoben, dann könne ich das doch wohl mit ihr auch machen. Ich dachte mit Schrecken daran, was passieren würde, wenn uns jemand zusammen sah. Meine Arbeitskollegen traf ich wirklich selten in der Stadt, aber es kam vor. Ob ich jemanden im Park traf, konnte ich nicht einschätzen. Allerdings musste ich ja mit Elisabeth durch den Hausflur und wenn mir dort Frau Kosic oder einer ihrer Freier begegnete, hatte ich ein ganz großes Problem. Auf gar keinen Fall wollte ich von so einer Klientel gesehen werden. Ich malte mir mehrere Schreckensszenarien aus, unter anderem, wie ich Elisabeth die Treppe herunter trug und vorm Haus in den Rollstuhl setzte, dabei von der Polizei angesprochen wurde, die annahm, Elisabeth sei eine Leiche, die ich verschwinden lassen wollte. Also sagte ich energisch „Nein!" zu ihrem Ansinnen und beließ es dabei.

Nicht so Elisabeth. Sie ließ nicht locker, fing immer wieder damit an und schmollte, wenn sie mein Nein hörte. Ein bisschen hatte sie ja auch Recht. Es wäre schön, mit ihr auf einer Parkbank zu sitzen und Händchen zu halten. Das wäre romantisch und würde die Beziehung zu ihr noch normaler machen. Aber ich hatte einfach Angst. Ich traute mich nicht. „Feigling", hörte ich da auch prompt ganz leise aus ihrem hübschen Mund und das verletzte mich sehr. Ich wusste selber, dass ich nicht mutig war, aber mich als Feigling zu bezeichnen, fand ich wirklich nicht in Ordnung. „Beweis es doch", sagte das Stimmchen.

Es war gegen Mitternacht, als sie mich so weit hatte. Ich gab auf. Im Hausflur war alles ruhig und so hievte ich den Rollstuhl hinunter und stellte ihn im Eingang unter die Briefkästen. Dann zog ich Elisabeth etwas Warmes an, schulterte sie und schleppte sie hinunter. Mit dem Rollstuhl und ihr schob ich dann aus der Tür. Es war nicht leicht, das Ding über die Schwelle zu bekommen. Der Rollstuhl war ja auch nicht straßengeeignet, sondern für die Wohnung konzipiert und deshalb lief er nicht wirklich leicht.

Der Park war allerdings auch nicht weit, nur die Straße hinunter und eine Straße quer. Niemand begegnete uns. Im Park angekommen, musste ich mich reichlich anstrengen, um den Stuhl über die Schotterwege zu schieben. Elisabeth saß dabei vergnügt lächelnd da und flüsterte ab und zu: „Mein Held". Das gab mir Auftrieb und wir kamen ohne Zwischenfälle am Ententeich an. Dort standen mehrere Bänke rund um den Teich und wir nahmen gleich die erste. Ich hob sie aus dem Stuhl und setze sie auf die Parkbank. Es war ein bisschen feucht, aber das musste ich nun in Kauf nehmen. Wir wollten ja auch nicht lange bleiben. Dann nahm ich ihre Hand und hielt sie in meiner. Ein Seufzer entfuhr mir und ich fragte mich, warum ich das nicht schon viel früher getan hatte. Elisabeth hatte Recht, ich war ein Feigling. Plötzlich hörte ich schlurfende Schritte in der Stille der Nacht und eine Gestalt bewegte sich schemenhaft auf uns zu. Ich bekam Herzklopfen und Atemnot. Schnell umfasste ich Elisabeth und küsste sie innig. Das hatte ich mal im Fernsehen gesehen, so als Tarnung jemanden zu küssen, wenn man nicht auffallen wollte. Die schlurfende Gestalt kam immer näher, hielt kurz vor uns an und ging dann weiter. Wahrscheinlich war es ein Betrunkener, der auf dem Weg nach Hause war. Kaum war der Mensch vorbei, setzte ich Elisabeth wieder in den Stuhl und schob eilig in Richtung Wohnung.

# 10

Mein Telefon klingelte. Ich saß gerade mit Elisabeth beim Frühstück, als es das tat. Mein Telefon klingelte nie, darum schreckte ich total zusammen. Ich telefonierte nicht gern, auch bei der Arbeit nicht. Es war schon schlimm genug für mich, mit fremden Menschen von Angesicht zu Angesicht zu sprechen, aber mit jemandem zu telefonieren, den ich nicht einmal sehen konnte, das war für mich der Horror.
Trotzdem ging ich ran und sagte artig meinen Namen.
„Hier ist Schwester Svetlana vom Pflegeheim Horizont", sagte eine freundliche Stimme. „Sie hatten uns gebeten anzurufen, wenn mit Herrn Döbberlin etwas sein sollte."
„Oh", entfuhr es mir.
„Herr Döbberlin ist in der Nacht verstorben. Mein Beileid. Er hat Ihnen einen Brief hinterlassen. Würden Sie den bitte abholen?"
„Ja, das kann ich gerne tun. Wann ist denn die Beerdigung?"
„Am Dienstag, 11.00 Uhr auf dem Nordstadtfriedhof. Auf Wiedersehen."
Ich legte auf. Ich war etwas verwirrt, weil die Dame einen Brief erwähnt hatte. Was konnte das sein? Soweit ich mich erinnern konnte, hatte Herr Döbberlin entschieden keine Lust,

sich mit mir auseinander zu setzen. Warum hinterließ er mir einen Brief?

Sofort zog ich mich an und machte mich auf den Weg ins Pflegeheim. An der Anmeldung saß Schwester Svetlana, das konnte ich an ihrem Schild lesen. Sie lächelte mich an, als ich mich vorstellte, dann wurde sie ernst.

„Herr Döbberlin hat sehr gekämpft, aber dann hat er es doch geschafft", sagte sie mir. Dann händigte sie mir den Brief aus, nicht, ohne sich vorher von mir meinen Personalausweis zeigen zu lassen. Eilig verabschiedete ich mich und verließ das Foyer. Ich brauchte Luft, denn meine Neugier brachte mich schier um. Erst überlegte ich, ob ich den Brief nicht lieber zu Hause öffnen sollte, aber ich schaffte es gerade bis zur nächsten Bank. Auf dem Umschlag stand mit krakeliger Schrift: für Günther Natschke, nach meinem Tod.

Nach Sympathie sah das nicht gerade aus.

Ich öffnete hektisch das Papier und begann zu lesen.

*„Natschke"*, stand da, *„Natschke, wenn du das liest, bin ich tot. Da du nach deinem Vater suchst, will ich dir nun die ganze Geschichte erzählen. Ich will diese ungeheuerliche Wahrheit nicht mit in mein Grab nehmen, denn sonst würde ich da unten*

*keine Ruhe finden.*

*Roswitha, Karl Gustav und ich haben uns zwei Jahre vor deiner unseligen Geburt in der Firma kennen gelernt. Roswitha war streng, reserviert und verklemmt. Ich mochte sie nicht und Karl Gustav auch nicht. Doch ihre Verklemmtheit löste bei ihm Widerstände aus, er konnte es nicht lassen, sie anzugraben. Bei der Betriebsfeier ist es dann passiert. Wir hatten alle zu viel getrunken und Karl Gustav saß neben Roswitha und flüsterte ihr ständig Anzüglichkeiten ins Ohr. Ich saß auf der anderen Seite und amüsierte mich darüber. Als Roswitha aufstand, um zur Toilette zu gehen, sind wir hinter ihr her. Karl Gustav hat sie von hinten gepackt, ihren Rock hochgeschoben und dann ging alles ganz schnell. Er vergewaltigte sie, ich hielt sie fest. Sie gab keinen Mucks von sich, war wie ein Opferlamm, das auf ihren Schlachter gewartet hatte. Als Karl Gustav fertig war, machte er sich die Hose zu und ging wieder an seinen Tisch. Roswitha ließ sich an diesem Abend nicht mehr sehen.*

*Karl Gustav habe ich in der Firma nie wieder gesehen, er verschwand einfach. Ich hielt das leidende Gesicht deiner Mutter noch drei Wochen aus, dann kündigte auch ich. Von ihrer Schwangerschaft erfuhr ich erst viel später.*

*Dein Vater ist viele Jahre danach wegen einer anderen Vergewaltigung mit Todesfolge zu 10 Jahren Haft mit anschließender Sicherungsverwahrung verurteilt worden.*
*Da ich keine Angehörigen habe, vermache ich dir mein Haus. Ein Anwalt wird sich zur Testamentseröffnung bei dir melden."*

Der Brief war unterschrieben und mit Datum versehen. Das Datum entsprach dem Tag, an dem ich ihn das letzte Mal lebend gesehen hatte. Für mich war der Inhalt des Briefes so unfassbar, dass ich erst einmal zu überhaupt keiner Regung fähig war. Ich saß einfach nur wie betäubt da und hielt die Luft an. Die Tatsache, das Produkt einer Vergewaltigung zu sein, traf mich wie ein Axthieb. Mein Erzeuger war ein Monster. Ich war ein Monster. Warum hatte meine Mutter mich nicht abgetrieben? Plötzlich verstand ich ihre Abneigung mir gegenüber. Aber warum hatte sie sich das angetan. Sie hätte mich auch weggeben können. Sie hätte mich nicht großziehen müssen. Niemand hätte das von ihr verlangt. Ich erinnerte mich daran, dass sie nie jemanden um Hilfe gebeten hatte, so schlecht es ihr auch ging. Vielleicht hatte sie auch damals niemanden behelligen wollen, nicht zugeben wollen, was passiert war. Eine Anzeige zu machen, das war sicher undenkbar für meine Mutter. Plötzlich tat sie mir leid. Und ich tat mir leid. Und ich verstand, warum sie mir die Hände festband und mich schlug. Ich sollte nicht so werden wie mein Vater. Kann man das Wort Vater in so einem Fall überhaupt benutzen? Erzeuger klang irgendwie auch nicht richtig. Alles war falsch, meine ganze Existenz war falsch. Sicherungsverwahrung, war das nicht Psychiatrie? Forensische Psychiatrie hieß das sogar, glaubte ich. Gruselig! In der nächsten Stadt gab es so eine Einrichtung, man konnte von weitem den Stacheldraht um den ganzen Komplex sehen. Und immer wenn so ein Gewaltverbrecher aus der Haft entlassen wurde, gab es Panik im Ort. Die Menschen hatten Angst vor den Insassen, vor allem, wenn sie Freigang hatten und gelegentlich auf der Straße herumliefen. Ob dort mein Vater einsaß? Er war ein Mörder und Vergewaltiger. Als ich mir meiner gelegentlich heftigen Gefühle bewusst wurde, bekam ich Angst. War ich ihm nicht nur äußerlich ähnlich? War auch ich ein Triebtäter, der sich nur bisher unter Kontrolle hatte? Hielt mich Elisabeth davon ab, Frauen zu ermorden? Das Gedankenkarussel begann unablässig zu kreisen. In Panik stand ich von meiner Bank auf, stopfte den Brief in meine Jackentasche und eilte nach Hause.

Zu Hause betrachtete ich Elisabeth mit ganz anderen Augen. Sie war die Frau, die mich davon abhielt zu werden wie mein Vater. Sie war das Wesen, das andere Frauen vor meinen Trieben bewahrte. Ich konnte gar nicht so werden wie mein Vater, solange Elisabeth bei mir war. Ich las den Brief erneut, diesmal in Ruhe und auf dem Sofa sitzend. Döbberlin vermachte mir sein Haus, las ich verwundert, das hatte ich beim ersten Lesen glatt übersehen. Ich stellte mir vor, Hausbesitzer zu sein. Das fühlte sich erst einmal ganz gut an, dann kamen mir Bedenken.

Was sollte ich machen mit dem alten Kasten? Er war stark renovierungsbedürftig, das konnte sogar ich als Laie sehen. Ich hatte gar kein Geld für ein Haus, ich musste sicher auch Erbschaftssteuer bezahlen, denn ich war ja nicht verwandt mit Herrn Döbberlin. Erst einmal musste ich sowieso abwarten, ein Notar würde sich bei mir melden und mich zur Testamentseröffnung einladen. Dann würde ich ja sehen, was für mich dabei heraus kam. Vielleicht ließ sich das Haus verkaufen und ich könnte wenigstens mein leergeräumtes Konto wieder auffüllen. Ich hatte immer ganz gern ein paar Rücklagen, die jetzt durch die Wohnungsrenovierung und meine Frau aufgebraucht waren. So eine Frau war doch ganz schön teuer. Ich hatte in der kurzen Zeit einen ganzen Kleiderschrank mit Mode für Elisabeth gefüllt. Sie sollte es gut bei mir haben und ich sah sie gern jeden Tag in anderen Kleidern. Sie trug schöne weibliche Kleider in zarten Stoffen, die konnte man nicht billig bei KiK erstehen. Da musste man schon ein bisschen mehr für hinlegen. Auch Schuhe hatte sie mittlerweile mehrere Paare. Sie standen fein aufgereiht unter dem Schrank im Wohnzimmer. Wenn es noch mehr wurden, musste ich noch einen Schuhschrank anschaffen.

In einem Haus hätte ich für all das natürlich viel mehr Platz und meine Nachbarin loszuwerden reizte mich sehr. Doch ich sah, aus finanziellen Gründen, keine Möglichkeit umzuziehen. Ich müsste dann ja auch den Garten machen, und diese neugierigen Menschen im Viertel, nein, das wäre gar nicht gut. Hier musste ich niemanden sehen und niemanden grüßen. Wenn jemand auf der Treppe war, blieb ich einfach so lange hinter meiner Tür stehen, bis alles ruhig war, dann ging ich erst hinaus. Auf der Straße kannte ich keinen und mich kannte niemand. Aber in so einem piefigen Einfamilienhauswohnviertel müsste ich ständig Menschen grüßen und womöglich noch einen Plausch halten. Das war nicht meine Sache, das wollte ich nicht. Außerdem war Herr Döbberlin ja nicht mein

Vater, da brauchte ich mich auch nicht an Konventionen halten, wie Erbe des Vaters und Lebenswerk weiterführen oder so ähnlich. Nach kurzer Zeit hatte ich entschieden, ich würde verkaufen.

Elisabeth erzählte ich dann auch, dass wir bald ein bisschen mehr Geld haben würden und ich sehr gespannt auf mein Erbe wäre. Sie freute sich ehrlich für mich und war anhänglich und lieb zu mir. Ich hatte regelmäßig Sex mit ihr, es gefiel mir immer besser. Ich wurde kühner und probierte verschiedene Stellungen aus. Manchmal kam mir der Gedanke, ob Elisabeth wohl auch was davon hatte. Frauen konnten ja einen Orgasmus bekommen und ich hatte auch gelesen, dass sie oft keinen bekamen, weil sich der Mann so ungeschickt anstellte. Ich wollte, dass sie einen Orgasmus bekam. Also versuchte ich mal eine andere Stellung, die man 69 nannte. Elisabeth lag auf dem Rücken und ich hockte im Vierfüßerstand über ihr. Aber eben verkehrt herum. Meinen Penis führte ich langsam in ihren Mund ein und selbst leckte ich an ihrer Vagina. Für mich war das sehr erregend. Elisabeth sagte keinen Ton. Wie denn auch, sie konnte ja nicht. Eine innere Stimme hörte ich nie beim Sex, sonst schon. Da kam mir die Idee, das Stöhnen einer Frau aufzunehmen und beim Sex abzuspielen. So würde ich Elisabeths Erregung hören können. Stöhnende Frauen gab es im Internet. Eigentlich brauchte ich ja bloß einen längeren Porno auf meinem Laptop laufen lassen, während ich mit Elisabeth schlief. Wobei streng genommen 2 Minuten ausreichten, länger brauchte ich nie. Ich machte mich sofort an die Arbeit, einen Porno zu suchen, der passte. Es sollte darauf nur eine Frau zu hören sein, stöhnende Männer fand ich akut abstoßend. Außerdem hörte ich solche Geräusche ja durch die Wand, die Mühe musste ich mir also wirklich nicht machen. Ich suchte nach Filmen, wo Frauen es sich selbst machten. Es dauerte nicht lange, ich fand eine Frau, die fünf Minuten stöhnte, bevor sie kam. Sie war Asiatin und sie stöhnte in einer süßen Kleinmädchenstimme. Die sollte es sein. So würde Elisabeth bei unserem nächsten Sex stöhnen. Um die Stimme aufnehmen zu können, musste ich mir erst noch einen Recorder runterladen. Ich erstellte eine Tondatei und speicherte sie ab. Das Laptop würde ich unter meinem Bett platzieren und dann könnte es losgehen. Es musste losgehen, sofort, denn ich war schon wieder geil. Also setzte ich meinen Plan umgehend in die Tat um.

Elisabeth legte ich nackt auf unser Bett, das Laptop darunter.

Auch ich war nackt und erregt. Durch das Stöhnen wurde Elisabeth lebendiger denn je. Ich leckte erst ein bisschen an ihrer Brust, dann an ihrer Vagina. Als ich eindrang, war auch sie soweit und stöhnte sich zum Höhepunkt. Ich kam zeitgleich. Ich brach über ihr zusammen und küsste sie. Alles war echt, lebendig, wunderbar.

Mein Leben mit Elisabeth entwickelte eine gewisse Realität, so stellte ich mir die ganz normale Durchschnittsehe vor. Ich war ausgeglichener, als je zuvor und konnte mich wieder auf meine Arbeit konzentrieren.

In einer kleinen Zeremonie in meinem Wohnzimmer heirateten Elisabeth und ich an einem Sonntag. Ich hatte ihr dafür ein sündhaft teures weißes Kleid gekauft, das weich und fließend ihren schönen Körper umspielte. Es war kein Hochzeitskleid im klassischen Sinn, aber das wollte ich auch nicht. Ich wusste ja, dass ich Elisabeth nicht offiziell heiraten konnte. Aber ab sofort trug sie einen Ring. Ich hatte ihn bei eBay erstanden und fand ihn gar nicht so teuer. Ich selbst wollte keinen Ring tragen, das wäre im Büro aufgefallen und hätte zu Fragen geführt, die ich nicht bereit war zu beantworten. Außerdem konnte Elisabeth mir keinen Ring anstecken, das konnte ich nur bei ihr tun.

Nach diesem kleinen Ritual waren wir nun Mann und Frau. Nichts würde uns trennen können, nichts konnte zwischen uns kommen. Ich liebte meine kleine Frau abgöttisch und jeden Tag ein bisschen mehr!

Ich hatte einmal gelesen, dass man an Körpergewicht zunimmt, wenn man in einer festen Beziehung ist. Das war auch bei mir der Fall. Ich teilte mein Essen mit Elisabeth und wenn ich aufgegessen hatte, aß ich auch das, was auf ihrem Teller war. Außerdem machte das Essen in ihrer Gesellschaft viel mehr Spaß, als allein. Noch musste ich mir keine Gedanken machen, allerdings versuchte ich, eine gewisse Disziplin beim Essen einzuhalten, damit mein Bauch nicht zu dick wurde. Er war einfach hinderlich beim Sex, da gab es nichts dran zu deuteln und wenn ich weiter so schönen Sex mit Elisabeth haben wollte, musste ich mein Gewicht unter Kontrolle bringen.

Meine finanziellen Rücklagen waren aufgebraucht, seit ich die Wohnung renoviert und Elisabeth gekauft hatte. Mein Konto war mittlerweile überzogen, denn die schönen Kleider und Schuhe kosteten viel Geld. Die Aussicht auf mein Erbe kam mir also ziemlich gelegen, denn ich hatte das Gefühl, Elisabeth würde sich noch viel mehr an Ausstattung wünschen. Ich hatte vorher noch nie mein Konto überzogen, aber ich konnte nicht anders. Ich war Kunde bei eBay, bei Amazon, bei Zalando. Ich bekam Werbemails mit verlockenden Angeboten. Für mich kaufte ich nichts, ich zog weiterhin meine spießigen Anzüge an und trug fadenscheinige Unterwäsche. Aber Elisabeth sollte es an nichts fehlen.

Eines Morgens lag dann der Brief im Kasten, den ich schon ersehnt hatte. Ein Notar lud mich zur Testamentseröffnung ein. Es war an einem Dienstagvormittag, ich musste also Urlaub nehmen. Pünktlich um zehn Uhr traf ich in der Kanzlei ein und wurde sofort hineingebeten. Der Notar saß hinter einem riesigen Schreibtisch aus Eiche und hatte Stapel von Akten zu beiden Seiten neben sich liegen. Der ganze Raum strahlte einen alten ehrwürdigen Muff aus. Ein verirrter Sonnenstrahl zeigte den Staub an, der in der Luft tanzte. Der Notar bat mich Platz zu nehmen und öffnete den Umschlag mit dem Testament des Herrn Döbberlin.

Er las vor: Mein Haus vermache ich meinem Sohn Günther Natschke. Mein Barvermögen geht an die Deutsche Krebsstiftung.

Dann kramte er in seinen Unterlagen und verlas die Barschaft von 4799,49 Euro. Ich hörte mit angehaltenem Atem zu und war verwundert über die Formulierung: „Meinem Sohn..."

Ich wusste, dass er nicht mein Vater war und er wusste es auch. Warum erkannte er die Vaterschaft an? Posthum sozusagen? Vielleicht hatte das etwas mit der Erbschaftssteuer zu tun, dachte ich bei mir, denn ich wollte auf keinen Fall eine Bemerkung machen und damit die Entscheidung Herrn Döbberlins in Frage stellen. War ich halt sein Sohn. Völlig in Ordnung für mich, in Anbetracht der Lage. Hauptsache, keiner stellte dumme Fragen. Der Notar gratulierte mir und nahm die Umschreibung für das Haus vor. Den Eintrag ins Grundbuch würde man mir zuschicken. Er händigte mir die Schlüssel aus und entließ mich.

Ich begab mich sofort zu meinem Haus in der Friesenstraße. Als Hausbesitzer wollte ich es in Augenschein nehmen und dann entscheiden, was mit dem Haus werden sollte. Ob ich einziehen oder verkaufen wollte. Ich war einige Monate nicht dort gewesen und der Garten war nun völlig verwildert. Zeitungen stapelten sich auf der Treppe und hatten sich durch Wind und Wetter zu einem Haufen Altpapier mit deutlicher Patina verwandelt. Warum ließen die Zeitungsausträger immer noch mehr von ihrem Papier liegen, wenn es doch offensichtlich war, dass niemand dort wohnt? Denen müsste mal jemand ordentlich Bescheid sagen! Mich machte so viel offensichtliche Ignoranz aggressiv.

Das Haus war in einem jammervollen Zustand. Es war komplett leergeräumt. Überall Staub, die Tapeten kamen von den Wänden, die Fenster blind vor Dreck. Spinnweben in jeder Ecke. Im Keller roch es sehr feucht und die Wände blühten. Man brauchte kein Experte sein, um zu sehen, dass man hier viel Geld reinstecken musste. Mein letztes Fünkchen Hoffnung, das Haus selbst bewohnen zu können, schwand. Mein Entschluss stand nach dem ersten Augenschein fest: Ich würde auf jeden Fall verkaufen. Viel Geld würde ich dafür sicher nicht bekommen. Die Immobilienpreise waren im Keller. Die Gegend war nicht attraktiv, der Zustand der Bausubstanz mies, ich hatte keine großen Hoffnungen, mehr als 20000 Euro zu bekommen. Doch das Geld war geschenktes Geld, ich hatte es einfach so bekommen, es stand mir nicht wirklich zu. Es sei denn, ich würde es als eine Art Entschädigung für meine verpasste, vaterlose Kindheit auffassen. Der Gedanke daran fühlte sich irgendwie richtig an.

## 11

Im Branchenbuch der Stadt fand ich ein Maklerbüro, das ich umgehend anrief. Ich hatte damit gerechnet, ins Büro gebeten zu werden, aber man machte mit mir einen Termin bei mir zu Hause aus. Das war mir nicht recht, doch nicht zu ändern. Ich hatte keine Lust, noch ein weiteres Büro anzurufen, also sagte ich zu. Man würde mich am Abend nach der Arbeit besuchen. Das bedeutete, ich musste Elisabeth schon morgens wegräumen und alles so herrichten, als wohnte ich allein und mein Haushalt sei ein Singlehaushalt. Elisabeth war nicht einverstanden, aber ich tröstete sie damit, ihr Geschenke machen zu können, wenn das Haus erst einmal verkauft sei und schob sie in die Abstellkammer.

Nach der Arbeit beeilte ich mich, pünktlich nach Hause zu kommen, saugte noch einmal durch und wartete auf das Klingeln. Immer wieder schaute ich auf die Uhr, lief nervös in der Wohnung herum, lauschte auf die Autos auf der Straße. Als es dann fünf Minuten zu spät endlich klingelte, schreckte ich zusammen und lief hektisch zur Tür.

„Guten Abend Herr Natschke, Wustermann, Maklerbüro Ernst und Wagner."

Vor mir reichte eine Dame ihre Hand in meine Richtung und

schaute mich professionell lächelnd an. Ich sagte artig guten Abend und bat Frau Wustermann hinein. Sie nahm im Sessel im Wohnzimmer Platz, stellte ihr Aktenköfferchen auf den Tisch und sah mich erwartungsvoll an.

„Sie möchten verkaufen? Um welche Art Immobilie geht es denn?"

„Ich habe geerbt, Friesenstraße 7, ein Einfamilienhaus älterer Bauart. Ich kann es selbst nicht bewohnen."

Frau Wustermann sah sehr adrett aus, trug ein Kostüm und schwarze Pumps. Ihre Haare hatte sie hochgesteckt und sie war dezent geschminkt. Ihr Gesicht war weder hübsch noch hässlich, einfach Durchschnitt. Ich schätzte sie etwa zehn Jahre älter, als mich selbst. Sie hatte eine angenehme Stimme und war mir sympathisch. Diese Tatsache sickerte allerdings erst langsam in mein Bewusstsein, denn Sympathie für einen Menschen zu empfinden, fiel mir bekanntlich nicht leicht.

Frau Wustermann erklärte mir den Ablauf eines Verkaufs, sie würde das Haus in den nächsten Tagen begutachten lassen, dann ein Exposé schreiben. Die Maklergebühr würde nach dem Verkauf fällig werden und musste von mir gezahlt werden. Das Haus würde bei verschiedenen Anbietern im Internet erscheinen und in der Zeitung ausgeschrieben werden. Die

Hausbesichtigungen würden von ihr organisiert, ich hätte mit allem nichts zu tun. Wenn es einen Käufer gäbe, würde sie einen Notartermin machen und die Umschreibung organisieren. Sie bat mich, den Maklervertrag zu unterschreiben. Für mich klang das alles paradiesisch, denn ich bräuchte nur abzuwarten, bis das Haus verkauft und das Geld auf meinem Konto wäre. So kinderleicht hatte ich mir das nicht vorgestellt.

Frau Wustermann stand auf und wandte sich zum Gehen. Sie reichte mir die Hand, nicht ohne ein paar nette Worte über meine schöne Wohnung zu verlieren, dann brachte ich sie zur Tür. In der Tür hielt sie noch einmal inne, um mich um den Schlüssel des Hauses zu bitten, damit sie hinein konnte. Ich war so nervös, dass mir der Schlüssel auf den Boden fiel, als ich ihn vom Bord nehmen wollte. Wir bückten uns gleichzeitig danach und wären fast mit den Köpfen zusammen gestoßen. Schüchtern lächelte ich sie an und überreichte ihr schließlich den Schlüssel. Sie lächelte zurück und verabschiedete sich.

Nachdem ich die Wohnungstür geschlossen hatte, befreite ich erst einmal Elisabeth aus ihrem Gefängnis. Ich schob sie in die Küche, machte Abendessen und erzählte ihr dabei alles über den Hausverkauf, die Maklerin und den Rest des Tages. Sie hörte zu wie immer und ließ ab und an einen Kommentar fallen. Ich hatte mich schon so an diese Gespräche gewöhnt, dass ich nicht mehr realisierte, dass ich eigentlich mit mir selbst sprach. Meistens waren unsere Gespräche harmonisch und Elisabeth unterstütze mich und sagte mir Nettigkeiten. Aber manchmal widersprach sie auch, schmollte und stritt mit mir. Sie konnte zum Beispiel nicht verstehen, warum niemand sie sehen durfte. Sie fing immer wieder damit an, doch mit mir in den Park zu gehen oder Besuch zu haben. Das bereitete mir Sorgen. Unser nächtlicher Ausflug in den Park war zwar schön, aber auch anstrengend und gefährlich gewesen. Ich hatte einfach keine Lust, dieses Risiko ein zweites Mal einzugehen. Und Besuch, die Erinnerung an Besuch jagte mir nach wie vor eine Gänsehaut über den Rücken und ließ meinen Hass hoch kochen. Nein, das konnte sie nicht wollen. Auf der anderen Seite konnte ich ja verstehen, dass sie einsam war und sich langweilte, wenn ich zur Arbeit musste. Vielleicht konnte ein Kind helfen. Ich könnte ihr ein Baby besorgen, mit dem sie kuscheln konnte, wenn ich nicht da war.

Im Internet bestellte ich eine lebensecht wirkende Babypuppe. Dazu nahm ich eine Wiege und diverse Babykleidung. Ich würde Elisabeth in Zukunft neben die Wiege mit dem Baby setzen, wenn ich nicht da war, dann wäre sie nicht allein.

Ein paar Tage später klingelte abends das Telefon und Frau Wustermann war dran. Sie sagte, das Exposé sei fertig und sie würde sich freuen, es mir vorstellen zu können. Ob wir uns bei meinem Haus in der Friesenstraße treffen könnten. Wir machten den darauf folgenden Samstagvormittag fest. Ich war ein wenig verwundert, dass sie mich sehen wollte, denn ich hatte damit gerechnet, dass der Verkauf auch ohne mich auskam. Aber vielleicht wollte sie mit mir über den Preis verhandeln oder was weiß ich. Ich hatte wirklich keine Ahnung. Allerdings machte es mir auch nichts aus, mich mit ihr zu treffen.

Am Samstag in der Friesenstraße war Frau Wustermann schon da und stand mit ihrem Aktenköfferchen vorm Haus, als ich kam. Sie begrüßte mich freundlich, wurde dann ernst und sagte, das Haus sei nicht so viel wert, wie sie am Anfang gedacht hatte. Sie schätzte es auf höchstens 25000 Euro. Ob ich immer noch verkaufen wolle oder ob ich warten wolle, bis sich der Immobilienmarkt etwas stabilisieren würde.

Ich machte mir keine Hoffnungen, dass mein Haus jemals mehr wert sein würde und sagte ihr, sie solle alles an den Verkauf setzen, egal wie viel dabei heraus kam. Frau Wustermann schaute mich ganz erleichtert an und fragte mich dann, ob ich vielleicht mit ihr in der Stadt eine Kleinigkeit essen wolle. Warum eigentlich nicht. In Gegenwart dieser Frau fühlte ich mich nicht beklemmt und die Sympathie zu ihr wuchs noch. Also stieg ich in ihren Wagen und fuhr mit ihr in die Innenstadt. Eine kleine Pizzeria auf dem Hauptplatz hatte geöffnet und so traten wir ein.

Frau Wustermann sah mich unablässig an und begann, über Belanglosigkeiten zu sprechen. Das Wetter, ein bisschen Tagespolitik, was man halt so spricht. Ich machte mir ein ganz klein bisschen Gedanken, warum sie ausgerechnet mit mir hier saß, als sie mir unvermittelt das Du anbot.

„Herma", sagte sie und reichte mir ihre Hand. „Lass uns du sagen."

„Günther", sagte ich und dann schwieg ich. Mir fiel einfach nichts ein, was man in einer solchen Situation sagte. Ich begann mir Sorgen zu machen, weil ich fast kein Geld dabei hatte und das „Du" eigentlich nur bedeuten konnte, dass ich zahlen sollte. Das machte mich dermaßen verlegen, dass mein Herz begann zu klopfen und ich keine Luft bekam.

„Du bist schüchtern, das ist ja süß", sagte sie. Flirtete sie etwa mit mir? Ich hatte darin keinerlei Erfahrung und es verwirrte mich noch mehr. Mein einziger Gedanke, zu dem ich noch fähig war, galt meiner Flucht aus diesem Restaurant.

Ich nuschelte: „Entschuldigung, ich muss hier raus" und war schon auf dem Weg zur Tür. Draußen atmete ich tief durch. Ich wollte so schnell wie möglich nach Hause. Es war mir egal, was Frau Wustermann von mir dachte. Also machte ich mich auf den Weg, ich rannte fast und kam atemlos zu Hause an. Elisabeth fragte mich zwar, wie mein Treffen gewesen sei, aber ich war nicht fähig, ihr zu antworten. Ich legte mich einfach in mein Bett und zog die Decke über den Kopf.

Nach kurzer Zeit kamen mir Bedenken. Es war mir plötzlich doch nicht so egal, was Frau Wustermann von mir dachte. Ich war einfach geflüchtet, das war kein männliches, kein erwachsenes Verhalten. Ich hatte mich benommen, wie ein kleiner Junge. Es war mir grottenpeinlich. Immer wieder spulten sich die Szenen in meinem Kopf ab und es wurde mir immer klarer, ich war ein Idiot. Wie konnte ich nur.

Das Telefon klingelte. Ich hörte es dumpf unter meiner Decke und ich wollte erst gar nicht reagieren. Dann entschloss ich mich doch, den Hörer abzunehmen und sagte meinen Namen.

„Günther? Bist du zu Hause? Ich habe mir Sorgen gemacht, ist alles okay bei dir?"

Frau Wustermann klang ernsthaft besorgt. Ich stotterte etwas

von Kreislaufschwäche und entschuldigte mich bei ihr. Dann sagte ich kühn: „Vielleicht sollten wir unser Treffen wiederholen. Wie wäre es mit nächsten Freitag?"
Frau Wustermann sagte freudig zu. Wir machten einen Treffpunkt aus. Ich bot ihr an, sie zu Hause abzuholen, aber das wollte sie nicht. Ich wollte das eigentlich auch nicht, aber ich wollte höflich sein. Als ich auflegte, war ich ganz benommen. Hatte ich mich gerade verabredet? Mit einer Frau? Mit einer lebendigen, realen, echten Frau? Ich konnte es selbst nicht glauben. Ich beschloss, das vor Elisabeth geheim zu halten. Ich würde ihr sagen, dass ich am Freitag länger arbeiten musste. Ich sagte mir, dass es eine harmlose Verabredung zum Essen war, rein geschäftlich sozusagen. Mich beeindruckte am meisten, dass Frau Wustermann sich Sorgen um mich machte. Noch nie hat sich jemand Sorgen um mich gemacht, glaubte ich wenigstens. Das tat gut. Warum auch immer, es fühlte sich toll an. Ich fühlte mich ernst genommen.
Ich bekam Lust auf Elisabeth und richtete sie her. Vor kurzem hatte ich Seidenstrümpfe für sie gekauft. Echte Seidenstrümpfe aus feinster Seide. Die waren sehr teuer und sie fühlten sich sehr, sehr gut an. Sie mussten an einem Mieder befestigt werden, damit sie nicht rutschten. Ich zog also Elisabeth das

Mieder an, klippte die Strümpfe daran fest, dann einen BH, der nur den unteren Teil der Brust bedeckte. Ich legte ihre Haare zurecht, schminkte sie und drapierte sie dann in aufreizender Pose auf unser Bett. So schaute ich sie eine Weile an. Dann zog ich mich aus, schaltete den Ton mit ihrem Stöhnen an und rieb mich an ihr. Ich rieb meinen Penis an den Strümpfen, dann riss ich ein Loch am Oberschenkel hinein und steckte mein Glied in dieses Loch. Ich rieb und rieb, sie stöhnte und ich kam.

Ein bisschen schämte ich mich, weil ich den teuren Strumpf zerrissen hatte. Es war so über mich gekommen, ich konnte mich nicht beherrschen. Einen kleinen Moment lang versuchte ich, Elisabeth dafür verantwortlich zu machen, doch sie widersprach vehement. Der Strumpf war hin und mit Sperma bekleckert. Es sah sehr hässlich aus. Ich putzte meine Hinterlassenschaft weg und reinigte Elisabeth. Dann zog ich ihr ein biederes Nachthemd an und legte sie schlafen.

Ich selbst begann, die gesamte Wohnung zu putzen. Ich fing in der Küche an und hörte im Bad auf. Weit nach Mitternacht brannten meine Hände und die ganze Wohnung roch nach Chlor. Ich ging duschen, schrubbte meinen ganzen Körper und ging dann ins Bett.

In der Nacht träumte ich von Frau Wustermann. Sie hatte ihre

Vagina im Gesicht und lächelte mich damit an. Sie rieb sich an mir und riss ein Loch in meinen Anzug. Ich erwachte schreiend und fühlte mich schrecklich. An schlafen war nicht mehr zu denken. Ich lag bis zum Morgen wach im Bett und ließ das Gedankenkarussel in meinem Kopf kreisen. Ich war mit Frau Wustermann verabredet. Doch konnte ich ihr je wieder unter die Augen treten? Dieses Bild von ihrem Traumgesicht ging mir nicht mehr aus dem Sinn. Es sah einfach schrecklich aus, vor allem die Schambehaarung am Kinn. Ich musste lachen. „Nein, am besten vergesse ich das alles wieder, es war doch nur ein Traum", sagte ich mir. Ich würde sie treffen und mich wie ein ganz normaler Mann verhalten. Das konnte doch nicht so schwer sein.

## 12

Als ich von der Arbeit kam, stand Frau Kosic im Flur und wartete auf mich. Ich hatte mir vorgenommen, mit dieser Frau nie wieder ein Wort zu wechseln, aber das ließ sich wahrscheinlich nicht immer umsetzen. Sie hatte ein Paket vor sich stehen und sah mich freundlich an.

„Herr Natschke, ich habe das Paket heute Morgen für sie angenommen. Bitte sehr." Ich murmelte ein „Danke" und würdigte sie keines Blickes. Ich schloss die Wohnungstür auf, schob erst das Paket mit dem Fuß und danach mich selbst durch die Tür und schloss sie schnell und vernehmlich hinter mir.

Die Bestellung hatte ich gar nicht mehr auf dem Schirm, ich hatte ganz vergessen, dass noch ein Paket ausstand. Ich öffnete es hektisch. Darin lag die Babypuppe samt Ausstattung. Ich hatte das aus einer Laune heraus bestellt und fragte mich nun nach dem Sinn. Elisabeth war seit Tagen friedlich und ich traute mich gar nicht, ihr die Puppe zu zeigen. Außerdem fand ich meine Aktion ein bisschen übertrieben. Ein Baby für Elisabeth, da musste ich einen Aussetzer gehabt haben. Das war ja völlig unrealistisch. Ich packte alles wieder ein und stellte das Paket in die Abstellkammer. „Nein", entschied ich,

„im Moment brauchte Elisabeth kein Baby". Vielleicht würde sie eines Tages eins wollen, aber im Moment wollte ich keine schlafenden Hunde wecken. Wenn sie selber davon anfing, dann vielleicht.

Die ganze Woche saß ich mit Elisabeth nach Feierabend entspannt auf dem Sofa und sah fern. Wir gingen früh zu Bett, kuschelten noch ein bisschen und schliefen dann.

Am Freitag ging ich wie gewohnt zu Arbeit, konnte mich aber nicht konzentrieren. Ich dachte die ganze Zeit an meine Verabredung mit Herma. Ich würde nach der Arbeit einen kleinen Spaziergang in die Innenstadt machen und dann mit ihr bei einem Griechen essen. Sollte ich vielleicht Blumen kaufen gehen? Ich beschloss, es zu tun, dann verwarf ich den Gedanken wieder. War das nicht irgendwie zweideutig? Was, wenn sie das falsch verstand? Schließlich war ich verheiratet.

Als ich auf dem Weg in die Stadt an einem Blumenladen vorbeikam, konnte ich es doch nicht lassen, hineinzugehen und einen kleinen Strauß zu kaufen. Nichts Aufregendes, eine kleine Sonnenblume mit ein bisschen Grünzeug, aber ganz hübsch.

Mit diesem Gebinde stand ich wenig später vor dem griechischen Restaurant und wartete auf Herma Wustermann.

Sie war etwas zu spät, begrüßte mich freundlich und ging mit mir hinein. Die Blumen drückte ich ihr in die Hand, noch bevor wir Platz genommen hatten. Sie freute sich ehrlich.

„Du möchtest bestimmt wissen, ob es schon einen Käufer für das Haus gibt? Es haben sich bisher drei Interessenten gemeldet. Das Haus ist sicher bald verkauft."

Ich schaute sie freundlich und dankbar an.

Dann bestellten wir das Essen. Ich nahm eine griechische Vorspeisenplatte und ein Wasser. Hoffentlich musste ich keinen Ouzo trinken, den vertrug ich nämlich nicht. Herma nahm einen Retsina zum Essen und plauderte munter drauf los. Ich nickte in regelmäßigen Abständen und hörte ihr zu. Ich wusste einfach nicht, was ich sagen sollte. Ich konnte ihr schlecht von meiner Beziehung zu Elisabeth erzählen. Und mein restliches Leben war einfach nur langweilig. Da gab es nichts zu berichten. Doch Herma schien das nicht zu stören. Sie erzählte Anekdoten aus der Arbeitswelt, von ihren Eltern, aus der Kindheit, sie plapperte, sie lachte, sie schaute mich an, manchmal direkt in die Augen und hielt dann kurz inne mit Reden.

„Ich hoffe, ich nerve dich nicht, Günther, ich rede immer so viel", sagte sie und kicherte ein bisschen. Ich schüttelte den

Kopf und lächelte freundlich. Wenn eine Frau nicht neben mir, sondern mir gegenüber saß, fühlte ich keinerlei Beklemmung und konnte es ganz gut aushalten mit ihr. Nach dem Essen wurde für uns je ein Ouzo gebracht, den Herma einfach auf Ex trank. Ich nippte einmal kurz und ließ ihn dann stehen.

„Magst du deinen Ouzo nicht?" Ich schüttelte den Kopf. „Darf ich?", fragte Herma und griff schon nach meinem Glas. Auch dieser Ouzo verschwand in ihrem Mund und rutschte sichtbar ihre Kehle hinunter. Sie schüttelte sich kaum merklich und bekam glasige Augen.

Es gefiel mir nicht, ich hatte das Gefühl, Herma trank zu viel. Sie fing auch schon wieder an zu reden und kicherte immer öfter dabei. Ich überlegte, wie ich sie jetzt am schnellsten loswerden konnte, denn ihre Gesellschaft wurde mir über. Ich hatte genug für heute, wollte nur noch nach Hause in mein Bett und Ruhe haben. Mir schwirrte der Kopf von ihren Geschichten.

Ich versuchte es mit Ehrlichkeit. „Herma, sei mir nicht böse, aber ich bin müde, ich möchte jetzt nach Hause."

„Ja, kein Problem, soll ich dich fahren?" Fahren?! Das kam überhaupt nicht in Frage.

„Du solltest jetzt auch nicht mehr fahren, Herma!" Ich sah sie betroffen an. Herma nickte zustimmend. „Du hast Recht", sagte sie, „ich nehme mir ein Taxi."

Nachdem ich bezahlt hatte, das war ich mir einfach schuldig nach dem letzten Desaster, traten wir in die kühle Abendluft. Ich wartete noch, bis das Taxi kam, dann verabschiedete ich mich von Herma. Sie kam mir entgegen und hauchte mir einen Kuss auf die Wange. „Bis bald", sagte sie, dann stieg sie in den Wagen.

Ich machte mich zu Fuß auf den Weg nach Hause und kam dort eine Stunde später an. Elisabeth saß vor dem Fernseher und erwartete mich schon. Ich wollte nicht reden. Ich setzte mich einfach zu ihr auf das Sofa, hielt ihre Hand und hing meinen Gedanken nach. Elisabeth stellte keine Fragen und schaute gerade aus. Als es Zeit war, rollte ich sie ins Bett und legte mich dazu. Ich schlief unruhig bis zum nächsten Morgen.

Den gestrigen Abend musste ich erst einmal verdauen. Ich putzte meine Wohnung wie an jedem Samstagmorgen und dachte dabei nach. Herma Wustermann war eine seltsame Person. Ich wüsste nicht, was meine Mutter für eine Meinung von ihr gehabt hätte. Mich verwirrte sie. Sie war mir nicht unsympathisch, auch nach dem gestrigen Abend nicht, aber sie schien Probleme zu haben. Sie redete ohne Unterlass, so als hätte sie etwas zu verbergen. Und sie trank zu viel. Ob sie das immer tat? Vielleicht war sie ja auch nervös und trank deshalb so viel. Eigentlich hatte sie bisher auf mich einen sehr souveränen Eindruck gemacht, aber mit dem Alkohol bröckelte die Fassade und sie kam mir ein wenig unreif vor. Wie ein Teenager. Ich glaubte nicht, dass ich mich noch einmal mit ihr verabreden würde.

Nach dem Putzen kümmerte ich mich um Elisabeth. Sie musste geduscht und gepudert werden, außerdem wollte ich mit Silikonkleber einen kleinen Riss in ihrem Mundwinkel ausbessern. Das nahm viel Zeit in Anspruch. Ich zog sie danach neu an, ich hatte ihr schon wieder ein neues Kleid bestellt, dass einfach entzückend war. Georgette, mit Schmetterlingen in ganz zarten Farben. Dazu trug sie fliederfarbene Sandalen. Ihre Haare steckte ich heute hoch und legte ihr eine Kette um, die ich bei eBay ersteigert hatte. An meinen Kontostand durfte ich dabei gar nicht denken. Ich konnte es einfach nicht lassen, für Elisabeth Sachen zu kaufen. Ich hatte mein Konto bereits bis zum Limit überzogen, mehr als ein Monatsgehalt. Das hätte meine Mutter nie geduldet. Und mich plagte deswegen auch ein sehr schlechtes Gewissen. Ich wollte das ja gar nicht, aber der Drang, etwas Schönes für Elisabeth zu kaufen war einfach stärker.

Als Elisabeth fertig war und adrett auf dem Sofa saß, schaute ich sie lange an. Sie war so schön. Die feine Haut, das zarte liebe Gesicht, ihre einzigartige Figur. Ich fühlte mich klein, unbedeutend und hässlich in ihrer Gegenwart. Ich hatte sie gar nicht verdient.

Elisabeth fragte mich nach dem gestrigen Abend. Sie bedauerte mich, dass ich so lange arbeiten musste. Mir wurde bewusst, dass ich Elisabeth angelogen hatte. Warum nur hatte ich ein Problem damit, ihr zu sagen, dass ich mit Frau Wustermann, meiner Maklerin zu einem Geschäftsessen war. War es der Kuss zum Abschied? Ich hatte in der Vergangenheit Elisabeth so eifersüchtig bewacht. Keiner durfte sie sehen, keiner durfte sie begehren, außer mir. Schon der Gedanke, dass jemand sie am Fenster sehen könnte, war mir unerträglich. Doch Elisabeth hatte gar keinen Grund, meinetwegen eifersüchtig zu sein. Trotzdem verheimlichte ich ihr etwas.

Abends klingelte es. Wenig später klopfte es an meiner Wohnungstür. Ich hatte Elisabeth gerade ins Bett gebracht und wollte mich dazu legen. Kurz überlegte ich, gar nicht zu öffnen, da hörte ich Hermas Stimme an der Tür.

„Günther, bist du zu Hause?" Ich öffnete und starrte sie an. „Darf ich reinkommen?", fragte sie und schob sich durch die Tür in meine Wohnung. Mein Herz klopfte bis zum Hals, ich war einer Panikattacke nah. Man konnte mich nicht einfach unangekündigt besuchen. Ich hatte schon einen Schlafanzug an. Herma stand im Flur und schaute mich verlegen an. „Ich hatte solche Sehnsucht nach dir, bitte lass mich eine Weile bei dir bleiben."

Ich sagte nichts und ging ins Wohnzimmer. Sie kam hinterher, setzte sich auf Elisabeths Platz auf dem Sofa.

„Wollen wir ein bisschen Fernsehen?", fragte ich sie. Ich setze mich neben sie und machte einen Film auf Arte an. Ein französischer Spielfilm, die Handlung verstand ich nicht, aber die Schauspieler sahen nett aus. Herma saß neben mir und schaute geradeaus. „Wie eben noch Elisabeth", dachte ich. Es fühlte sich gar nicht viel anders an, außer dass Herma nicht so schön war. Ich beruhigte mich. So saßen wir fast zwei Stunden nebeneinander. Herma seufzte gelegentlich, sagte aber nichts. Ganz gegen ihre Gewohnheit war sie still. Sie roch auch nicht nach Alkohol, was mich weiter beruhigte. Nach zwei Stunden stand sie auf und wandte sich zum Gehen. Ich begleitete sie zur Tür und verabschiedete mich. Unvermittelt drehte sie sich noch einmal um und fiel mir um den Hals. Sie drückte mir einen Kuss auf die Wange und hauchte ein „Auf Wiedersehen". Dann verschwand sie.

Was wollte diese Frau von mir? Dieses Verhalten konnte ich nirgends einordnen. Ich hatte dafür keine Vergleichsmöglichkeiten, kein Depot für Verhaltensweisen, die ich schon einmal erlebt und abgespeichert hatte. Ich war ratlos. Meine größte Sorge war allerdings, dass sie Elisabeth entdecken könnte. Was sollte ich dann sagen? Sie hatte mich ja geradezu überfallen, wenn Elisabeth noch im Wohnzimmer gesessen hätte, ich hätte sie gar nicht so schnell wegräumen können.

Als ich ins Schlafzimmer kam, in dem Elisabeth seit Stunden allein lag, stellte sie prompt Fragen. Wer war das, was wollte sie, was habt ihr so lange gemacht und so weiter. So ging das nicht. Ich konnte mich nicht mit Herma in meiner Wohnung treffen und es Elisabeth verheimlichen. Sie war eifersüchtig, ganz klar. Ein bisschen tat das ja gut, ich war ihr Mann und ihr offensichtlich nicht egal. Halt, in mein Hirn schob sich einmal mehr die Erkenntnis, Elisabeth war eine Puppe, ich hatte ihr keine Rechenschaft abzulegen und sie hatte gar nichts zu wollen. Statt weiterhin Erklärungen abzugeben, schob ich ihr Nachthemd hoch und fickte sie. Sie ließ es wie tot über sich ergehen. Ich hatte vergessen, den Ton unterm Bett anzuschalten.

Als ich am nächsten Tag von der Arbeit kam, stand Herma vor dem Haus in dem ich wohnte und erwartete mich. Ich hatte einen anstrengenden Tag hinter mir und war entsprechend müde. Eigentlich hatte ich mir vorgenommen, früh zu Bett zu gehen. Herma wollte ich auf keinen Fall in meine Wohnung lassen, rechnete aber auch nicht damit, sie so einfach wieder loszuwerden. Darum schlug ich ihr einen Spaziergang vor. Sie willigte dankbar ein und wir gingen in Richtung Park. Sie redete ohne Unterlass und in munterem Ton über Belanglosigkeiten. Ich hörte nicht zu, es rauschte einfach durch mich hindurch. Der Spaziergang tat mir ganz gut, die Luft war mild und ließ sich gut atmen. Plötzlich kletterte Herma auf das Geländer einer Brücke und versuchte, darüber zu balancieren. Ich war entsetzt, wollte sie zurückholen, sie von dieser Dummheit abhalten, sah sie schon in den Teich stürzen. Sie lachte und kasperte auf dem Geländer herum. Dann rutschte sie ab und konnte sich gerade noch festhalten. Einen Augenblick hielt sie sich mit nur einer Hand, dann fing sie sich und kletterte auf die Brücke. Ich war blass geworden und begann zu schwitzen. Vor meinem inneren Auge liefen Filme ab von einer Frau, die im Wasser auf dem Bauch trieb, herausgezogen und wiederbelebt werden musste, Krankenwagen, Polizei, das volle Programm. Ich bekam keine Luft mehr. Herma aber lachte. Sie hatte sich den Absatz ihres Schuhs abgebrochen und humpelte nun neben mir her. „Mach das nie wieder", fuhr ich sie an, dann drehte ich mich um und lief nach Haus. Diese dumme Kuh, was dachte sie sich eigentlich dabei, mich so zu erschrecken? Mit dieser Art Irrsinn wollte ich nichts zu tun haben.

Zu Hause ging ich duschen und legte mich ins Bett. Ich hatte genug für heute von dieser Welt.

## 13

Ich hörte sieben Tage nichts von Herma, am achten rief sie mich an, um mir mitzuteilen, dass mein Haus verkauft sei. Sie machte mit mir einen Notartermin aus, an dem ich erscheinen musste. Dort würde die Umschreibung ins Grundbuch stattfinden und ich würde mein Geld bekommen. Mich interessierte an dieser Sache einzig und allein das Geld. Ich wollte mein Konto sanieren und hatte Pläne, was ich Elisabeth kaufen wollte. Ich würde den Käufer treffen, ich würde Herma treffen, ich wusste nicht, was ich schlimmer fand, einen fremden Menschen oder diese Verrückte, aber egal, das Geld wollte ich. Nur das Geld.

Für den Notartermin musste ich wieder einen Tag Urlaub nehmen und ich ging vorher zum Frisör. Ich zog mir einen halbwegs neuen Anzug an und suchte meine beste Krawatte heraus. Den Notar kannte ich schon, es war derselbe, von dem ich auch mein Erbe entgegen genommen hatte. Frau Wustermann sah adrett wie immer und sehr geschäftsmäßig aus. Neben ihr stand eine junge Frau, die sehr hübsch war und doch völlig natürlich wirkte. Sie wurde mir als Sibille Fassbender vorgestellt. Der Notar verlas den Kaufvertrag, das war langweilig und wollte nicht enden. Ich hörte auch nicht richtig zu. Stattdessen überlegte ich die ganze Zeit, woher ich Frau Fassbender kannte. Sie hatte etwas Vertrautes an sich, obwohl das eigentlich nicht sein konnte. Fassbender, Fassbender... so hieß doch mein leiblicher Vater. Nein, das konnte nicht sein. Das war ein Schwerverbrecher, der konnte niemals eine so hübsche Tochter haben. Und wenn doch? Dann saß vor mir meine Halbschwester. Das war unmöglich. So viel Zufall konnte nicht sein. Ausgeschlossen! Das war ja wie im Kitschroman.

Ich ließ also diese Verkaufszeremonie über mich ergehen, leistete am Ende meine Unterschrift und war um 20000 Euro reicher. Beim Verabschieden sah mich Herma an und fragte schüchtern, ob sie mich mal anrufen dürfe. Ich sagte ebenso schüchtern ja und hätte dieses Wort am liebsten wieder zurück gestopft in meinem Mund und mich dafür in den Hintern beißen können. Aber es war passiert und sie lächelte.

Als das Geld auf meinem Konto war, kaufte ich für Elisabeth Kleider und Schmuck. Es durfte ruhig ein bisschen teurer sein, ich kam mir sehr großzügig vor und genoss jeden einzelnen Cent, den ich ausgab. Nie zuvor hatte ich so viel Geld zur Verfügung. Meine Mutter hatte mich Zeit ihres Lebens kurz gehalten und war geizig bis zur Selbstaufgabe. Ich hatte, ehrlich gesagt, bald keinen Überblick mehr über meine Finanzen. Ich bestellte, bekam fast täglich Pakete und ließ alles von meinem Konto abbuchen. Elisabeth zog ich jeden Tag anders an, dafür stand ich mittlerweile eine Stunde früher auf, damit ich das vor der Arbeit noch schaffte. Sie sollte nicht den ganzen Tag im Nachthemd vor dem Fernseher sitzen, sondern schön zurecht gemacht auf mich warten. Ich setzte sie jeden Morgen woanders hin, einmal in die Küche, mal in den Sessel, mal auf das Sofa. Dann versuchte ich zu vergessen, wo ich sie hingesetzt hatte und wenn ich von der Arbeit kam, war es, als hätte sie in meiner Abwesenheit ein Eigenleben geführt. Stets empfing sie mich mit ihrem zarten Lächeln und in erlesener Kleidung. Die Stoffe waren aus Seide und weich schwingend, sie trug ausschließlich Kleider, teure Strümpfe, feine Schuhe. Die Dessous waren das Teuerste an ihrer Ausstattung, da erfüllte ich mir regelrechte Träume. Auch Negligees zog ich ihr an, so durchscheinend, dass sich ihre herrlichen Nippel abzeichneten und mich erregten. Diese Frau brachte mich schier zum Wahnsinn und ich gab alles.

Ich hätte Elisabeth jeden Tag besteigen können, doch so ein Rohling wollte ich nicht sein. Sie entschied, wann ich mit ihr schlafen durfte und ich liebte es, wenn sie diesen Moment immer weiter hinauszögerte. Sie stellte sich bisweilen sehr zickig an, lockte mich und wies mich dann doch ab. Manchmal hielt ich es nicht aus und schlug auf meinen Schwanz, um mich beherrschen zu können. Manchmal bettelte ich auf Knien vor ihr, während sie auf dem Sessel saß und mich nicht anschaute. Manchmal hörte ich ihre Stimme sagen, ich solle mich vor ihr entblößen und ihr meinen Riemen zeigen und dann lachte sie.

Meine Tage bestanden ausschließlich aus Elisabeth und meiner Arbeit, zu der ich notgedrungen weiter ging. Aber ich ging widerwillig, meine Arbeit machte mir schon lange keinen Spaß mehr. Mit meinen Gedanken war ich bei Elisabeth, den ganzen Tag und mir passierten immer häufiger Fehler. Noch fiel das niemandem auf, aber das war nur noch eine Frage der Zeit, dachte ich.

Eines Tages hatte ich neben den üblichen Paketbenachrichtigungen auch einen Brief meiner Bank im Briefkasten. Sie schrieben mir, dass mein Kreditrahmen überschritten sei und ich dringend mein Konto sanieren solle. Man bot mir einen Kleinkredit an und ein Konto, das ich nicht mehr überziehen konnte. Es erschreckte mich maßlos, ich hatte seit Wochen keinen Kontoauszug mehr gezogen und auf den mitgelieferten Auszügen war ein dickes Minus. Wie konnte das sein? Es stand schwarz auf weiß, ich hatte mein gesamtes Geld ausgegeben. Natürlich wusste ich genau wofür, doch der Schock saß tief. Ich war nahe dran, einen meiner Panikanfälle zu bekommen, doch ich besann mich rechtzeitig.

Ich machte erst einmal eine Bestandsaufnahme. Elisabeths Kleiderschrank war übervoll. Ihre Schmuckschatulle war die einer Prinzessin. Das waren Werte. Ich brauchte nur einfach erst einmal aufhören, etwas zu kaufen, dann wäre bald alles wieder im Lot.

Doch dann sah ich im Internet dieses rote Samtkleid für 200 Euro und ich bestellte es. „Dieses eine noch und die passenden Schuhe dazu", dachte ich mir. Es musste einfach sein, ich konnte nicht anders. Ich hatte PayPal und schneller und einfacher bezahlen ging nicht. Erst ein paar Tage später wäre der Betrag von meinem Konto gebucht, vielleicht war dann ja schon mein Gehalt drauf. Stattdessen hatte ich ein paar Tage später einen Brief vom Amtsgericht im Briefkasten. Mir schrieb der Gerichtsvollzieher und kündigte seinen Besuch an. Ich konnte mir nicht vorstellen, dass das ernst gemeint war und öffnete einfach am besagten Tag die Tür nicht. Ich ließ es zwei Mal klingeln und rührte mich nicht. Der Gerichtsvollzieher ging wieder. Als ich die Sache schon fast wieder vergessen hatte, das rote Kleid war längst geliefert, bekam ich erneut Post vom Gericht. Diesmal war es ein gelber Umschlag, den ich unterschreiben musste. Ich öffnete diesen Umschlag zitternd. Mir wurde eine Kontopfändung angekündigt. Ich hatte ja ein regelmäßiges Einkommen, wovon mir knapp 1000 Euro blieben, der Rest würde gepfändet. Ich war schockiert. Wie sollte ich von dem bisschen Geld denn leben. Wie sollten WIR davon leben? Nach der Panikattacke nahm ich diese Tatsache einfach hin, ich kapitulierte. Am besten wäre, ich würde mein Internet kündigen und nie wieder etwas bestellen. Mama hatte Recht, diese Frau war nicht gut für mich. Ich konnte deutlich Mutters Stimme hören, die mich verhöhnte, mich einen Nichtsnutz nannte und mir vorwarf, noch nie mit Geld umgehen zu können. Meine Stimmung war am Boden, ich wollte nichts mehr sehen, nichts mehr hören. Aber das war noch längst nicht alles.

Auf der Arbeit ließ mich der Chef zu sich rufen. Ich hatte sehr selten mit ihm zu tun und einen ziemlichen Respekt vor ihm. Entsprechend aufgeregt war ich, als ich in seinem Vorzimmer stand und auf Einlass wartete. Seine Vorzimmerdame bot mir nicht einmal Kaffee an. Nach bangen 20 Minuten ging die Tür auf und Herr Chef stand raumfüllend im Rahmen.

„Herr Natschke. Bitte", sagte er und reichte mir die Hand. Ich trat ein und wartete artig, bis er mir einen Platz anbot. Er selbst setzte sich hinter seinen Schreibtisch und blickte über Aktenberge und sein Telefon zu mir. „Herr Natschke, ich habe darüber Kenntnis erlangt, dass gegen Sie eine Kontopfändung vorliegt. Ich will mal so sagen, ihre Privatangelegenheiten gehen uns als Firma eigentlich nichts an, aber da sie in der Finanzabteilung tätig sind, kollidieren hier Interessen. Ich kann sie unmöglich weiter beschäftigen."

Ich holte tief Luft, dann vergaß ich einfach zu atmen. Ich muss ein paar Minuten mit angehaltenem Atem gesessen haben und schon ganz rot gewesen sein, als Herr Chef reagierte: „Herr Natschke? Geht es?"

Ich traute mich nicht, eine Panikattacke hinzulegen und stand mühsam auf.

"Bitte lassen sie sich in der Personalabteilung ihre Papiere geben. Ich wünsche Ihnen für ihre Zukunft alles Gute." Damit ließ er mich stehen. Ich war wie betäubt. Ich war entlassen, einfach so, nach 18 Jahren. Ich hatte in dieser Firma gelernt, war immer da, fast nie krank und nun das. Für mich war das nicht nur eine Katastrophe, es war der Untergang. Was sollte ich denn jetzt machen? Einen Haufen Schulden, keinen Job und diese anspruchsvolle Elisabeth, wie sollte ich jetzt weiter leben? Ich konnte mir gar nicht vorstellen, dass der das überhaupt durfte, mich so einfach rausschmeißen. Vom nackten Entsetzen gepackt, bewegte ich mich wie ein Roboter. Ich ging in mein Büro, nahm das Bild meiner Mutter vom Schreibtisch und packte meine Brotdose in meine Aktentasche. Dann ging ich hinaus, an den anderen vorbei, ohne ein Wort. Es war der schwärzeste Tag in meinem Leben, noch viel schlimmer, als der, an dem Rolf meine Frau vergewaltigt hatte. Schlimmer als alles, was meine Mutter mit mir getan hat. Unbeschreiblich schlimm.

Auf der Straße begann ich zu weinen und lief tränenblind durch die Stadt. Ich nahm nichts wahr um mich herum und kam irgendwann zu Hause an, als meine Tränen längst versiegt waren. Elisabeth wartete auf mich, doch ich wollte ihr nicht unter die Augen treten, darum ging ich zuerst ins Bad und dann gleich ins Bett. Sie ließ ich auf dem Sofa sitzen und kümmerte mich nicht um sie. Für Erklärungen würde morgen genug Zeit sein.

Am nächsten Morgen wachte ich kurz vor dem Weckerklingeln auf, wie immer. Ich lag einige Zeit wach und starrte an die

Decke. Dann stand ich mechanisch auf und tat, was ich morgens immer tat. Ich frühstückte, ging zur Toilette, rasierte mich, zog mich an, packte meine Aktentasche und ging aus dem Haus. Unten auf dem Bürgersteig wurde mir klar, dass ich nicht zur Arbeit konnte. Meine Füße bewegten sich vorwärts und ich lief ziellos durch die Straßen. Die Menschen bewegten sich auf mich zu und an mir vorbei, ich ließ alles mit versteinerter Miene über mich ergehen. Es passierte wie in Zeitlupe.

Auf einer Bank im Park kam ich so langsam zu mir. Ich hatte meine Brotdose herausgeholt und aß ein Käsebrot. Ich musste mich arbeitslos melden, dachte ich. Beim Arbeitsamt am besten. Und ich musste meine Schulden regulieren. Ich konnte immer noch nicht fassen, dass das ganze Geld aus dem Hausverkauf weg war. Das Kleider und Schmuck derart viel gekostet hatten. Dass ich alles ohne zu überlegen getan hatte. Das war eigentlich gar nicht meine Art. Ich war immer sparsam gewesen, ganz Sohn meiner Mutter. Wenn der Gerichtsvollzieher in meine Wohnung kam, dann würde er Elisabeth finden. Ob sie pfändbar war? Gar nicht auszudenken. Aber der ganze Schmuck, den würde man mir wegnehmen können und ich würde bei weitem nicht das dafür bekommen, was ich gezahlt hatte. Ich musste den Schmuck verstecken. Ich könnte die Schatulle von unten an den Lattenrost des Bettes binden, dann könnte sie keiner finden.

Außerdem brauchte ich so schnell wie möglich einen neuen Job. Ich hatte einfach keine Traute, zum Arbeitsamt zu gehen. Vielleicht musste ich ja auch gar nicht, vielleicht ließ sich etwas finden. Am besten, ich schaute in der Zeitung nach. Doch dann kamen mir Bedenken. Ich konnte nur Buchhaltung. Ich konnte keine Regale einräumen oder Zeitungen austragen. Keinen Rasen mähen oder Hausmeistertätigkeiten. Das waren die einzigen Jobs, die bei uns in der Zeitung standen, wenn man mal von den hochdotierten Stellen absah, die auch immer mal angeboten wurden.

Bis vor kurzem hätte ich mir ein Leben ohne meine Arbeit nicht vorstellen können. Wenn ich nun wählen müsste zwischen einem Leben ohne Job und einem Leben ohne Elisabeth, dann war ein Leben ohne Job irgendwie denkbarer. Ohne Elisabeth wollte ich auf keinen Fall sein. Aber ich wollte auch nicht in die Mühlen der Ämter geraten. Ich war doch seit meine Mutter tot war immerhin so etwas wie selbstständig gewesen, keiner hatte mir etwas zu sagen. Nun sollte ich mich in die Hände von so einem Arbeitsamtsmitarbeiter begeben, der mir fortan vorschrieb, was ich zu tun hätte. Das wollte ich auf gar keinen Fall. Weniger als 1000 Euro, 1000 Euro hämmerte es in meinem Kopf, das wäre alles, was ich in nächster Zeit zur Verfügung hätte. Davon ging die Miete runter, Strom, Internet, Telefon… Vielleicht sollte ich mein Internet doch kündigen. Wenigstens für eine Zeit lang. Die Versuchung, wieder etwas zu bestellen, war einfach zu groß. Und Telefon brauchte ich eigentlich auch nicht. Außer Frau Wustermann würde mich niemand anrufen und auch sie hatte mich bisher mit ihrer Stimme verschont. Ich brauchte nichts und niemanden. Ich würde mich zurückziehen und nur noch für Elisabeth da sein.

Während ich so vor mich hindachte, lief ich automatisch auf die Friesenstraße zu, in der mein Ex-Haus stand. Ich wurde langsamer, als ich bemerkte, in welcher Straße ich mich befand und stand dann am Gartenzaun. Der Garten sah recht verwüstet aus, alles voller Bauschutt, das Haus war eingerüstet. Hier hatte jemand ganze Arbeit geleistet und war dabei, das Haus gründlich zu sanieren. Wer dort wohl einziehen würde? Ich konnte mir nicht vorstellen, dass die Käuferin des Hauses, Sibille Fassbender, in diesem Haus selbst leben wollte. Keine Ahnung, wie ich auf diesen Gedanken kam, ich hatte es einfach im Gefühl. Vielleicht sollte ich in nächster Zeit öfter mal vorbeischauen, um zu sehen, was aus dem Haus werden würde.

## 14

Zu Hause stellte sich bald wieder eine gewisse Routine ein. Ich erklärte Elisabeth, ich könne ihr in Zukunft nichts mehr kaufen, da ich arbeitslos sei. Sie nahm das in ihrer stoischen Ruhe auf und sagte dazu nichts. Erstaunlicherweise maulte sie auch nicht, als ich ihren gesamten Schmuck unter meinem Bett deponierte. Sie freute sich lediglich sichtbar darüber, dass ich nun immer zu Hause war und verwöhnte mich mit ihrer Zuwendung. Schon nach einer Woche konnte ich mir nicht mehr vorstellen, das Haus zu verlassen, um regelmäßig arbeiten zu gehen. Ich stand morgens immer später auf, meist nachdem ich mit Elisabeth geschlafen hatte. Da ich so oft mit ihr schlief, brauchte ich auch viel mehr Zeit, sie wieder herzurichten. Bis Mittag war ich also voll beschäftigt. Das Internet hatte ich abgemeldet und auch das Telefon war tot. Da ich noch Resturlaub hatte, war ich ja offiziell gar nicht arbeitslos, damit beruhigte ich täglich mein Gewissen, das mir sagte, ich solle mir endlich einen Job suchen oder wenigstens zum Arbeitsamt gehen.

Gelegentlich musste ich doch hinaus, um ein wenig einzukaufen. Ich ging mit meiner Ernährung auch ein wenig sparsamer um, die Völlerei hatte ein Ende. Es war nicht nötig, für zwei zu kochen, ich konnte mit etwas Geschick das Ganze auch anders einteilen. So aß ich zuerst meine halbe Portion und dann die von Elisabeth. Daran konnte man sich gewöhnen und meiner Figur tat das auch gut. In kurzer Zeit begann ich abzunehmen.

Bei einem dieser Einkäufe stand ich plötzlich vor Frau Wustermann. Sie war dabei, in den Supermarkt zu gehen, aus dem ich gerade herauskam. Herma war hocherfreut mich zu sehen. Sie sprach mich sofort mit einer ihrer üblichen Wortkaskaden an und redete munter auf mich ein. Ob ich schon beim Haus gewesen wäre, da täte sich ja gerade etwas mit der Sanierung, ob ich ihr ein Sonderangebot empfehlen könne, lauter Banalitäten. Ich musste ziemlich unglücklich dreingeschaut haben, denn sie hielt plötzlich in ihrem Redeschwall inne und sah mich eindringlich an.

„Geht es dir nicht gut, Günther?", fragte sie mich.

„Wie man es nimmt, ich habe gerade meinen Job verloren", brach es aus mir heraus. Eigentlich hatte ich das gar nicht erzählen wollen, aber diesem bohrenden Blick konnte ich nicht widerstehen. Er verlangte Ehrlichkeit und ich war außerstande, mich dagegen zu wehren. Herma sah mich mitleidig an, dann hellte sich ihre Miene auf. „Du bist doch Buchhalter, oder?

Willst du nicht bei Ernst und Wagner anfangen? Ich könnte dir einen Termin beim Chef machen. Wir suchen händeringend gute Leute."

Ob ich nun das war, was eine Immobilienfirma unter guten Leuten verstand, wusste ich nicht, trotzdem tat mein Herz einen Sprung. Einen neuen Job, das wäre mir gerade recht. Ich hatte zwar keine große Lust, schon wieder zu arbeiten, aber ich sah ein, dass es nötig war. So wie jetzt, das konnte nur vorübergehend sein. Doch ich bekam Angst. Wenn ich in dieser Firma anfinge zu arbeiten, würde ich Herma möglicherweise täglich sehen. Das war nicht gerade mein Traum. Der kurze innere Blick auf meine Finanzmisere überzeugte mich schließlich, es wenigstens zu versuchen.

„Ich ruf dich an", rief Herma im Gehen und ich vergaß völlig, ihr zu sagen, dass ich kein Telefon mehr hatte.

Als sie weg war, kamen mir sofort Bedenken, ob es richtig gewesen war, sich auf diesen Job zu bewerben. Ich hatte noch nicht einmal ein Zeugnis. Ich konnte mir auch nicht vorstellen, eins zu bekommen, denn ich war ja achtkantig rausgeflogen, fristlos, das war schon eine Hausnummer. Ich war auch eindeutig selber schuld daran. Ich konnte das, nach längerer Überlegung, durchaus genauso sehen, wie mein Chef. Ich war für so eine Firma als Finanzbuchhalter nicht tragbar mit einem Haufen Schulden. Ich hätte ja heimlich Gelder abzweigen können. Das würde ich natürlich nie tun, aber ich hätte gekonnt. Und das wusste auch der Chef. Einmal mehr kam ich mir vor wie ein Versager und mich wunderte im Nachhinein, dass man mich so lange behalten hatte in der Firma. Ich war altmodisch und mit den Kollegen nicht kompatibel. Am liebsten hätte ich so einen Arbeitsplatz in einem einsamen und staubigen Büro, in das niemand je käme. Morgens würde ich meine Aufgaben in Empfang nehmen und abends gäbe ich sie ab. So hatte ich das immer gemacht und ich konnte mir beim besten Willen nichts anderes vorstellen. In einem Büro mit anderen Menschen zusammen zu arbeiten, die ständig im selben Raum säßen und die ich nicht bloß auf dem Flur treffen würde, das machte mir Angst.

Ich begann zu schwitzen und meine Haut juckte. Ich beeilte mich, nach Hause zu kommen.

Elisabeth wartete schon auf mich. Ich erzählte ihr von der Begegnung mit Frau Wustermann und der Aussicht auf einen neuen Job. Sie gab mir zu verstehen, dass sie das wunderbar finden würde. So war meine Elisabeth, sie unterstützte mich bei all meinen Vorhaben! Ich schöpfte neuen Mut.

Wenn ich ehrlich war, immer zu Hause, das war auch nur am Anfang schön. Ich hatte ganz vergessen, wie viel meine Nachbarin arbeitete. Nach Feierabend hörte ich selten Laute aus der Nachbarwohnung, aber jetzt begann es mich doch wieder ziemlich aufzuregen. Ich traute mich nicht, die Polizei wegen Ruhestörung anzurufen, es war mir schlicht peinlich. Die würden viele Fragen stellen und sich wahrscheinlich amüsieren über mich. Ich hörte schon die Sprüche. „Guck mal, wieder so einer, der nicht rangelassen wird und sich beschweren will." Nein, das kam nicht in Frage. Ich schickte einmal mehr dampfende Hasspfeile in Richtung Nachbarwohnung und wünschte Frau Kosic die Pest an den Hals.

Als ich eines Morgens die Treppe wischte, kam Frau Kosic gut gelaunt aus ihrer Wohnung und sprach mich freundlich an.

„Na, Herr Natschke, wieder fleißig?"

„Das war auch so ein Spruch, den man lässt, wenn man eigentlich was ganz anderes meint", dachte ich noch. Dann warnte ich sie: „Vorsicht, frisch gewischt, es könnte glatt sein!" Sie schritt beherzt zur Treppe, ich wischte weiter. Irgendwie muss mein Schrubber zwischen ihre Beine geraten sein, anders kann ich mir nicht erklären, warum sie plötzlich mit viel

Getöse die Treppe herunter fiel.

Ich stand wie versteinert. In der unteren Wohnung ging eine Tür auf, eine Frau schaute heraus und schrie auf. Ich rannte die Treppe herunter, wäre selbst fast gestürzt und sah nun das ganze Ausmaß der Katastrophe. Frau Kosic lag seltsam verdreht auf der unteren Stufe, ihre Augen starrten blickleer und ein kleiner Blutfaden rann aus ihrem Mund.

„Einen Krankenwagen, schnell!", rief die Frau und verschwand in der Wohnung. Ich zitterte. Frau Kosic war tot. Das war ganz offensichtlich. Und ich hatte sie umgebracht.

Mir brach der kalte Schweiß aus und ich begann heftig zu atmen. Ich hyperventilierte und meine Hände verkrampften sich. Dann wurde mir schwarz vor Augen.

Als ich wieder sehen konnte, stach mir das aufdringliche Orange einer Warnweste in die Augen und ein Mann beugte sich über mich. Ich lag zitternd auf dem Boden im Erdgeschoss. Der Mann fragte mich, wie es mir ging. „Alles in Ordnung mit ihnen?" Nein, wonach sieht es denn aus, natürlich ist gar nichts in Ordnung. Ich bekam kaum Luft und mein Kreislauf rebellierte, ich zitterte, krampfte und der fragte mich, ob alles in Ordnung sei.

„Ja, es geht", sagte ich. Was sollte man sonst auch sagen. Dann begann ich zu schluchzen. Ich konnte nicht anders, ich wurde von einem Weinkrampf geschüttelt.

„Ich gebe ihnen mal was zur Beruhigung, sie stehen ja völlig unter Schock", sagte der Sanitäter zu mir. Ich fühlte mich allerdings nicht angesprochen, erst als er mir den Ärmel hochschieben wollte, realisierte ich die Spritze in seiner Hand. Mir wurde erneut schwarz vor Augen.

Diesmal erwachte ich im Krankenwagen mit einer Sauerstoffmaske auf dem Gesicht. Ich kapitulierte und versank in einen Dämmerzustand.

Wie durch einen Nebel hörte ich die Unterhaltung der beiden Sanitäter, einer saß neben mir und einer fuhr den Wagen.

„Den hat es ja ganz schön aus den Schuhen gehauen."
„Wundert mich nicht. So einen Unfall zu sehen, ist ja auch nicht ohne. Na ja, der wird schon wieder. Die Frau hat es ja viel schlimmer erwischt, die ist hin."

„Frau Kosic ist hin", dachte ich noch, bevor ich vollends weg dämmerte.

In einem Krankenhausbett kam ich zu mir. Ich fühlte mich ganz gut, etwas betäubt vielleicht, aber nicht unangenehm. Ich stand auf, ging auf den Flur und hielt Ausschau nach einer

Schwester. Ein Pfleger kam auf mich zu und fragte mich nach meinem Befinden.

„Ich muss zur Toilette", sagte ich.

„Die nächste Tür rechts. Wenn sie fertig sind, melden sie sich bitte bei mir."

Was konnte er von mir wollen? Wahrscheinlich meine Personalien und die Kassenkarte, was sonst.

Als ich wieder zu dem Pfleger kam, stand eine Frau neben ihm, die sich als Kommissarin Frank vorstellte. Man bat mich in einen Raum mit einem Tisch und vier Stühlen. Dort setzte ich mich und bekam ein Glas Wasser.

„Sind sie bereit, mir ein paar Fragen zu beantworten?"

Ich nickte nur.

„Wo waren sie, als Frau Kosic die Treppe herunter fiel?"

„Ich war oben auf dem Flur und wischte gerade. Sie grüßte mich und ich warnte sie, dass es glatt sein könnte. Sie sah mich doch wischen, aber sie war nicht vorsichtig, sondern ging ziemlich forsch auf die Treppe zu. Es passierte so schnell, ich weiß gar nicht, wie das…" Dann begann ich erneut zu weinen.

„Entschuldigung", schluchzte ich und man reichte mir ein Taschentuch.

Der Pfleger sah mich mitleidig an. „Möchten sie einen

Psychologen?", fragte er mich. „Ich könnte auch Pfarrer Habedank Bescheid sagen, der ist gerade im Haus."

„Danke, es geht schon. Ich möchte nach Hause", sagte ich und schluchzte noch einmal vernehmlich.

„Sie müssen erst noch zum Arzt rein", antwortete der Pfleger. „Ich bringe sie auf ihr Zimmer."

Am liebsten wäre ich sofort weggelaufen, nach Hause zu meiner Elisabeth, aber ich traute mich nicht. Die Polizei war da. Ich würde mich wahrscheinlich verdächtig machen, wenn ich jetzt einfach abhauen würde. Das sah doch zu sehr nach Flucht aus. Mir stand bestimmt im Gesicht geschrieben, dass ich meine Nachbarin getötet hatte, da half auch kein Schluchzen und Heulen. Noch hatte das keiner gesagt, alle waren sehr nett und verständnisvoll zu mir, aber sie würden es sicher bald merken. Und dann kam das mit meiner Mutter auch raus. Ich hatte solche Angst. Die dachten, ich stünde unter Schock, aber ich hatte einfach nur Angst. Ich war ein Doppelmörder. In meinem Hirn hämmerten die Gedanken und drehten sich immer schneller. Ab und zu flackerte der Gedanke daran auf, dass ich Frau Kosic für immer los sei. Doch dann überwogen die anderen Gedanken, die mir sagten, ich sei an allem Schuld. In das ganze Karussell kam plötzlich die

Erkenntnis, dass in Frau Kosics Wohnung noch einer sein könnte, einer ihrer Kunden, mit Handschellen an die Sprossenwand gefesselt oder in Plastikfolie eingewickelt völlig hilflos auf der Streckbank. Bei dem Gedanken daran musste ich hysterisch lachen. Für die Altlasten von Frau Kosic war ich nicht zuständig. Doch wenn den keiner fand, dann würde der erst herumschreien und nach Hilfe winseln, dann immer leiser werden und am Ende verrecken. Nach kurzer Zeit würde er anfangen bestialisch zu stinken. Und ich hatte einen dritten Menschen auf dem Gewissen.

Ich musste so schnell wie möglich nach Hause.

Es war ganz leicht, aus dem Krankenhaus zu kommen, ich ging einfach hinaus. Keiner hielt mich auf, keiner schaute nach mir. Das war ich gewohnt, ich war eigentlich unsichtbar, weil derart unbedeutend, dass ich nicht weiter auffiel. Zu Hause war alles ganz normal. Ich hatte zum Glück meinen Schlüssel dabei. Ich räumte den Putzeimer und den Schrubber weg und legte mich auf mein Sofa. Ich brauchte erst einmal ein paar Minuten, um durchzuatmen.

Dann ging ich in mein Schlafzimmer und legte mein Ohr an die Wand zur Nachbarwohnung. Ich konnte nichts hören. Von draußen drangen Motorengeräusche herein, denn das Fenster war offen. Ich schloss es und lauschte wieder. Nichts. Ich war einigermaßen beruhigt, als ich dann doch ein leises Knacken vernahm und dann einen hohen Schrei. Meine Nackenhaare sträubten sich. Doch aus dem Schrei wurde ein Kinderlachen auf der Straße. Aus dem Fenster konnte ich das Kind mit seiner Mutter beobachten. Also doch nichts. Keine Geräusche aus der Nachbarwohnung. Kein winselnder Kunde.

Langsam beruhigte ich mich. Ich legte mich in mein Bett und versuchte, mit dem Grübeln aufzuhören. Darüber schlief ich irgendwann ein.

## 15

Irgendetwas musste ich tun. Frau Kosic würde nie wieder lebendig werden, aber ich hatte das Gefühl eine Strafe verdient zu haben. Erst wollte ich mich mit dem Lineal schlagen, doch das erschien mir absurd. Die Zeiten waren vorbei. Ich brauchte eine härtere Strafe. So setzte ich Elisabeth nackt in ihren Rollstuhl und schob sie in die Abstellkammer. Dann nahm ich einen Koffer, packte all ihre Kleider hinein und stellte den Koffer zu Elisabeth. Ich konnte sie leise wimmern hören, aber ich blieb hart. Elisabeth musste für eine Weile aus meinem Leben verschwinden. Ich musste erst einmal wieder klar kommen. Außerdem konnte jeden Augenblick die Polizei hier auftauchen. Oder der Gerichtsvollzieher. Da war es schon besser, wenn sie weg war.

Ich räumte noch den ganzen Morgen alles, was an Elisabeth erinnerte, in die Abstellkammer. Dann baute ich die Türklinke ab und tapezierte die Tür über. Ab sofort gab es diesen Raum nicht mehr.

Schon nach einer Stunde bereute ich meine Aktion, aber ich blieb hart gegen mich.

Stattdessen putzte ich meine Wohnung sehr gründlich. Alle Ecken mussten mit einer Zahnbürste geschrubbt werden. Im

Bad scheuerte ich die Fliesen bis unter die Decke. Keinen einzigen noch so winzigen Wasserfleck ließ ich übrig. In der Küche räumte ich die Geschirrschränke aus, putzte sie von innen, wusch alles ab und räumte wieder ein. Die Ritzen zwischen den Fliesen kratzte ich mit einem Messer aus. Am Ende waren meine Hände wund und ich körperlich völlig erledigt. Doch genau das war mein Plan, ich wollte so todmüde sein, dass ich, ohne einen Gedanken, ins Bett fallen konnte und einfach nur schlafen.

Ich wurde jäh von dem Geräusch der Klingel geweckt. Ich wusste weder, wie spät es war, noch wie lange ich geschlafen hatte. Mir tat beim Aufstehen das Kreuz weh und eigentlich wollte ich lieber liegen bleiben, doch die Neugier siegte. Ich schlich zur Tür und schaute durch den Spion nach draußen. Nichts. Stattdessen klingelte es erneut. „Dann ist unten die Tür zu", dachte ich. Sollte ich aufmachen? Ich entschloss mich dagegen und ging in die Küche, um ein Glas Milch zu trinken. Ich erwartete niemanden und konnte mir auch im Moment niemanden vorstellen, der mir angenehm genug war, ihn hineinzulassen.

Plötzlich hörte ich ein Poltern auf der Treppe und ein Rufen auf dem Flur.

„Mistress Ivana, sind sie zu Hause?"

Das musste ein Kunde von Frau Kosic sein. Nicht auszuhalten, wenn die jetzt jede Stunde bei mir klingeln würden, um zu fragen, wo sie sei. Auf gar keinen Fall würde ich ihnen Auskunft geben, da konnten sie lange klingeln. Und tatsächlich trat der Mann an meine Tür, klopfte und klingelte. Ich verhielt mich ganz still, konnte es aber nicht lassen nachzuschauen, wer draußen stand. Ein älterer Mann im Anzug ging nervös auf dem Flur auf und ab. Durch den Türspion konnte ich ihn gut erkennen, kannte ihn aber nicht. Hoffentlich ging der Mann bald wieder. Ganz schön dreist, ein Kunde einer Prostituierten macht Randale auf dem Flur. - ich schüttelte widerwillig den Kopf. Würde das denn nie aufhören? Da kam mir die Idee, einen Zettel an Frau Kosics Wohnungstür zu hängen. Damit die Herren freiwillig wieder gingen. Mistress Ivana ist leider verstorben. Oder sollte ich bedauerlicherweise schreiben? Ich könnte den Zettel schon unten ans Haus hängen, dann würden die Typen gar nicht erst hochkommen und ich hätte endlich meine Ruhe. Diese Frau nervte über ihren Tod hinaus. Ich wusste ja aus Erfahrung wie hartnäckig ihre Kunden waren, ich dachte da an Rolf vom Schlüsseldienst. Oder sollte ich vielleicht eine Todesanzeige aufgeben? Das würde Geld kosten, das ich nicht hatte und außerdem wusste ich ja auch gar nicht ihr Geburtsdatum und was sonst noch so in Todesanzeigen stand. Ob sie Verwandte hatte? Wenn ja, dann wohnten die womöglich im ehemaligen Jugoslawien. Ich hatte ja mal Briefe in kyrillischer Schrift bei ihr entdeckt und der Name war auch nicht gerade deutsch. Ich war gespannt, was mit der Wohnung passieren würde. Wahrscheinlich würde sie eine Weile leer stehen. Der Gedanke daran gefiel mir, ich wollte möglichst lange meine Ruhe haben.

Der Mann auf dem Flur ging wieder und ich beruhigte mich langsam. Ich war nun hellwach und hatte Hunger. Durch das viele Schlafen außer der Zeit hatte ich völlig meinen Rhythmus verloren und keine Ahnung, wie spät es war. Draußen war es dunkel. Auf der Uhr stand acht. Aber war es morgens oder abends? Wenn es in der nächsten halben Stunde hell werden würde, wäre es morgens und ich könnte frühstücken. Wenn es allerdings nicht hell werden würde, wäre es abends und ich könnte zu Abend essen. „Das sind Probleme, die ich gestern noch nicht hatte", dachte ich bei mir. Ich atmete tief durch und machte mir ein Brot. Dann schaltete ich den Fernseher ein und sah gerade noch den Wetterbericht. Also doch abends. Anschließend lief so eine dämliche Verwechslungskomödie, der ich nicht folgen konnte. Das Bild und der Ton rauschten einfach an mir vorbei, während meine Gedanken wieder um den Unfall von Frau Kosic kreisten. Ich war mir nicht sicher, ob sie einfach nur ausgerutscht war oder ob ich nachgeholfen hatte. Ich hatte einfach gewischt, mit dem Schrubber hin und her, wie man halt wischt. Dabei hatte ich ihr den Tod gewünscht, zum wiederholten Mal. War ich schuldig? Moralisch oder im Sinne des Gesetzes? Ich wusste es einfach nicht. Wie sollte ich das herausbekommen? Ich konnte Frau Kosic nicht fragen und ich konnte auch mit niemandem darüber sprechen. Außerdem hatte ich sie ja gewarnt, dass es glatt sein könnte. Man muss den Flur ja mal wischen, immer nur Fegen reicht halt nicht. Was hätte ich noch tun können? Das Schlimmste war, dass mir Frau Kosic kein bisschen leid tat. Ich hörte immer wieder eine Stimme in mir, die harte Worte flüsterte. „Die alte Nutte ist doch selber schuld, die hat bekommen, was sie verdient, was kann ich dafür, nun ist sie endlich hin und ich habe meine Ruhe." Immer wieder hämmerte diese Gedankenkette an die Innenseite meiner Stirn und ließ sich nicht abstellen.

Nach dem Film ging ich wieder ins Bett. Ich wollte schlafen, doch mich überfiel das Gefühl grenzenloser Einsamkeit.

Elisabeth fehlte mir. Ich hielt es kaum aus ohne sie. Elisabeth war so sehr Teil meines Lebens geworden und sie war für mich ein lebendiges Wesen. Ich hatte sie gekauft, also war sie ein Ding und kein Mensch, aber kaum war sie in meiner Wohnung, wurde sie zu einem Menschen, zu der Frau, nach der ich mich immer gesehnt hatte, ohne es zu wissen. Ich liebte sie. Mir war gar nicht bewusst, dass ich überhaupt zur Liebe fähig war. Doch nun traf es mich tief in meinem Inneren. Ich spürte einen entsetzlichen Verlust.

Ich rollte mich unter meiner Decke zusammen und weinte. Erst rannen nur die Tränen, dann begann ich zu schluchzen und wurde immer lauter dabei. Ich heulte und schrie wie ein Kleinkind, ich verlangte nach meiner Mutter und nach Elisabeth. Darüber musste ich irgendwann dann doch eingeschlafen sein.

Ich träumte in dieser Nacht von Frau Kosic, die mit der Reitpeitsche im Flur stand und mich verhöhnte. Ich stieß sie mit dem Besen die Treppe herunter, doch sie kam nicht unten an, sondern flog auf mich zu und würgte mich. „Du wirst deine gerechte Strafe kriegen", krächzte sie mit der Stimme einer Hexe. Dann flog sie in meine Wohnung und kam mit Elisabeth wieder heraus. Elisabeth schrie, aber Frau Kosic war unerbittlich. Sie fand bei Elisabeth einen Stöpsel, den sie herauszog und mit einem zischenden Geräusch wurde Elisabeth immer kleiner, bis sie schließlich nur mehr ein Stück labberiger Plastikfolie war.

Ich erwachte und atmete schwer. Das enge Gefühl der würgenden Hände war deutlich an meinem Hals zu spüren. Ich hatte wahnsinnige Angst, mein Herz raste, mein Puls fühlte sich an wie Frösche auf der Haut und ich hatte das deutliche Gefühl, mein Leben sei vorbei.

Dann zwang mich mein Magen plötzlich aufzuspringen, weil er sich in der Toilette entleeren musste. Ich kotzte mir die Seele aus dem Leib und brach neben dem Klo zusammen. Dort lag ich, bis ich vor Kälte zu zittern begann und mich zwang aufzustehen. In der Küche trank ich ein Glas Wasser. Mit dem Wasserglas in der Hand setzte ich mich im Schneidersitz neben die Tür, die ich zugeklebt hatte und versuchte zu Elisabeth Kontakt aufzunehmen. Ich flüsterte zaghaft ihren Namen, raunte Koseworte, wurde lauter und energischer, am Ende schrie ich und hämmerte mit den Fäusten an die Wand. Es kam keine Antwort. Da packte mich das blanke Entsetzen. War ich bis dahin noch irgendwie fähig, meine Gefühle zu kontrollieren, zumindest als solche zu erkennen, stieg nun ein unendliches Grauen in mir auf. Dieses Grauen war unbeschreiblich, riesig, unförmig und allumfassend unerträglich. Ich krümmte mich vor Schmerz und stöhnte laut. Dann rollte ich mich wie ein Embryo auf dem Fußboden zusammen und schluchzte. Elisabeth war tot, so tot wie Frau Kosic und ich hatte es verdient, dass sie mir weggenommen wurde. Frau Kosic hatte Helfer, die waren verantwortlich dafür. Es gab einen geheimen Eingang in die Abstellkammer, vom Flur aus, anders konnte ich mir das nicht erklären. Elisabeth wurde geraubt und zu einem Leben als Sexsklavin gezwungen. Ich würde sie niemals wieder sehen!

Stundenlang musste ich dort so gesessen haben. Zeit und Raum verschwammen zu einem großen wabernden Nichts. Mitten in dieses Gefühlschaos, es war bereits später Nachmittag, drängte sich die Türglocke in mein Ohr. Gleichzeitig klopfte jemand an meine Wohnungstür und rief meinen Namen.

Frau Wustermann stand auf dem Flur und begehrte eingelassen zu werden. Ich hatte keine Lust, sie zu sehen, aber es war zu spät. Ihre Stimme klang sehr besorgt und sie redete mir gut zu, ihr zu öffnen.

Ihr Gesicht drückte Entsetzen aus, als sie mich in meinem desolaten Zustand sah. Das machte meinen grenzenlosen

Alptraum nicht besser, im Gegenteil. Durch ihren Gesichtsausdruck bekam ich noch mehr Angst. Ich atmete schwer, dann brach ich auf dem Flur zusammen. Herma beugte sich zu mir herunter, rief meinen Namen und tätschelte mein Gesicht. Dann griff sie in ihre Handtasche und holte ihr Handy heraus.

„Es kommt gleich jemand", sagte sie und hielt meine Hand. Ich rührte mich nicht und versuchte, langsamer zu atmen. Dann dämmerte ich weg.

Ich spürte noch wie durch einen Nebel eine Spritze in meinem Arm, dann wurde ich auf eine Trage gelegt und in einen Krankenwagen gebracht. Mit Blaulicht ging es in ein Krankenhaus. Mein einziger Gedanke war: „Was für ein Aufwand für meine Person. Das lohnt sich doch gar nicht, was soll das Theater...

Schon wieder ein Krankenwagen und diesmal sogar mit Blaulicht und Martinshorn, das alles drang wie durch einen Nebel in mein Hirn. Ich fühlte mich wie in Watte und merkte kaum das Schaukeln, Anfahren und Bremsen des Wagens. Neben mir saß ein Sanitäter, der vielleicht auch lieber Feierabend haben wollte. Er schaute ziemlich mürrisch drein.

Plötzlich stoppte der Wagen und es ging nicht weiter. Der Sanitäter neben mir stand auf und kletterte zum Fahrer. Ich versuchte ebenfalls aufzustehen, doch ich war festgeschnallt auf dieser Trage. Meine Hände tasteten nach den Gurten und ich löste die Verspannung. Dann stand ich auf. Von vorn kamen nur die Stimmen, ungeduldig hörten sie sich an und mürrisch. Ich öffnete ganz leise die Tür im Heck und sprang auf die Straße. Vor mir war ein Stau, Autos standen kreuz und quer, jemand hupte. Der Asphalt war regenfeucht und glänzte blau, rot und weiß. Lichter flackerten. Ich war nur spärlich bekleidet und barfuß, es war kalt. Aber ich wollte nur nach Hause. Es war für mich einfach unvorstellbar, schon wieder in eine Klinik gebracht zu werden, zumal ich noch nicht einmal wusste, in welche.

Also lief ich in die Richtung, aus der wir gekommen waren, immer am Straßenrand entlang. Niemand beachtete mich, ich war unsichtbar. Meine Füße schmerzten, ich zitterte vor Kälte, ich taumelte. Die Menschen, denen ich begegnete, schauten betreten zur Seite. Sie mussten mich für betrunken halten oder für irre, oder beides. Irgendwann nahm ich nichts mehr wahr, als die Straße unter meinen nackten Füßen und lief, mir kam es endlos vor, durch die Nacht. Ich kam tatsächlich zu Hause an, unbehelligt und ohne weitere Zwischenfälle. Die Haustür war verschlossen, ich hatte keinen Schlüssel. Ich traute mich nicht, irgendwo zu klingeln, weil ich nicht wusste, wie spät es war. Meinen Körper spürte ich schon eine ganze Weile nicht mehr und so beschloss ich, mich im Eingang einfach hinzusetzen und zu warten, bis vielleicht jemand die Tür öffnen würde. Dort saß ich in Unterwäsche, Feinripp, ehemals weiß mit diversen Flecken und harrte aus.

In mein Hirn sickerte der Gedanke, am Ende zu sein und am besten gleich zu sterben. Ich konnte mir beim besten Willen nicht vorstellen, aus dieser Nummer jemals wieder herauszukommen. Arbeitslos, hochverschuldet, irre, krank, verhaltensgestört, mit einer Silikonpuppe in der Abstellkammer und zweifacher Mörder. Wie sollte man damit leben? Genau, gar nicht. Nur stirbt man nicht so leicht. Man kann sich nicht einfach zwingen, die lebenserhaltenden Funktionen des Körpers abzuschalten. Ich atmete weiter, mein Herz schlug vernehmlich. Für einen Selbstmord war ich zu feige. Ich konnte mir einfach nicht vorstellen, von einem Hochhaus zu springen, vor den Zug zu laufen, mir einen Strick zu nehmen. Eine Pistole hatte ich nicht, die Pulsadern aufschneiden wollte ich mir nicht, das gab so eine fürchterliche Sauerei, das wollte ich der Nachwelt nicht zumuten. Ich hätte mich halt einfach gern aufgelöst, um mit einem leisen „Plopp" zu verschwinden. Aber das war nicht möglich.

Plötzlich öffnete sich die Haustür und ich kippte in den Flur. Vor mir stand, völlig überrascht, Frau Wustermann. Sie musste bis eben in meiner Wohnung gewesen sein und wollte augenscheinlich gerade gehen. Ich schaute zum zweiten Mal an diesem Abend in ein völlig entsetztes Gesicht. „Warum dieser Wirbel um meine Person", dachte ich bei mir. „Ich bin es nicht wert."

Herma half mir auf und begleitete mich nach oben. Ich verschwand im Bad und nahm eine heiße Dusche. Danach zog ich mich an und ging dann in mein Wohnzimmer, in dem Herma auf mich wartete. Ich wollte nichts erklären und auch nicht reden, aber Herma sah mich derart fragend an, dass ich wohl oder übel den Mund öffnete.

„Bin abgehauen. Aus dem Krankenwagen."

„Günther, was machst du für Sachen? Ich mache mir ernsthaft Sorgen. Ich versuche seit Tagen dich zu erreichen, aber dein Telefon scheint nicht zu funktionieren."

„Ich hab es gekündigt."

„Warum? Du musst doch erreichbar sein! Ich habe einen Job

für dich, dein Leben geht weiter, Günther, alles ist gut."

Sie wollte mir Mut machen, das merkte ich, aber es kam nicht an. Ich fühlte mich völlig tot, taub, ohne Bezug zur Welt. Sie hätte auch aus dem Fernseher zu mir sprechen können.

„Ich muss schlafen", sagte ich und verschwand in mein Schlafzimmer. Dort rollte ich mich auf meinem Bett zusammen.

Herma kam zu mir, deckte mich zu und hauchte mir einen Kuss auf die Wange. Dann legte sie sich neben mich. Ich war einfach zu schwach, um mich dagegen zu wehren.

# 16

Es war hell als ich erwachte und es ging mir gar nicht mal so schlecht. Ausgeruht lag ich auf meinem Bett und ließ den gestrigen Tag Revue passieren. Es könnte mir besser gehen, wenn nicht neben mir immer noch Herma Wustermann gelegen hätte. Ich schloss die Augen, öffnete sie erneut, aber sie lag dort immer noch. Mir fehlte einfach die Phantasie, mir vorzustellen, was Herma von mir wollte. Warum ging sie nicht einfach nach Hause und ließ mich in Ruhe? Kurz hob ich meinen Kopf an und machte Anstalten, aufzustehen, ließ mich dann aber wieder in die Kissen sinken. Ich würde heute einfach liegen bleiben und sehen, was passierte. Herma konnte ja wohl nicht ewig bleiben. Sie würde sicher bald gehen. Dann könnte ich mir immer noch überlegen, wie es nun weiter gehen sollte mit mir und meinem Elend.

Herma reckte sich und sah mich lächelnd an.

„Guten Morgen Günther, alles okay? Ist was zum Essen in der Küche, oder soll ich schnell einkaufen gehen?"

Herma stand auf und hüpfte barfuß in die Küche. Sie schaute in den Kühlschrank, klapperte mit Geschirr und setzte Wasser auf. Es begann nach Kaffee zu duften. Aus der Küche klang der Gesang eines kleinen Mädchens, hell und klar und gut gelaunt.

Zu gut für meinen Geschmack und Zustand.

In mir weigerte sich etwas vehement aufzustehen, etwas das viel stärker war als ich. Ich fühlte mich schwer und wie ans Bett gefesselt. Eine andere Kraft wollte mich in die Küche treiben, um nachzusehen, was Herma dort machte. Es war für mich kaum zu ertragen, jemanden in der Küche zu wissen ohne mein Beisein, ohne meine Kontrolle. Es dauerte nicht lange, da kam Herma mit einem Tablett in mein Schlafzimmer. Sie hatte Kaffee gekocht, mir ein Brot mit Käse belegt und einen Apfel aufgeschnitten. Notgedrungen setzte ich mich auf und sie das Tablett auf meinen Schoß.

„Guten Appetit!"

„Danke Herma, lieb von dir", sagte ich matt. Ich nahm einen Schluck Kaffee und biss in mein Brot. „Isst du nichts?"

„Später" lächelte sie. „Komm du erst mal wieder zu Kräften."

Als ich fertig war, nahm sie mir das Tablett ab und legte sich wieder neben mich ins Bett. Sie rückte näher, so nahe, dass ich ihren Atem an meinem Hals spüren konnte und kroch dann unter meine Decke. Ihre Hand wanderte umher, bis sie meinen Bauch fand und ihre Finger strichen an meiner Behaarung entlang. Ich hielt die Luft an, wollte protestieren, doch sie ließ sich nicht beirren und griff tiefer. Schon hatte sie meinen

Schwanz in der Hand, der sofort reagierte. Mit kundigen Bewegungen bearbeitete sie mein Glied. Ich stöhnte auf und kam. Sperma im Bett finde ich ekelig und so sprang ich sofort danach auf und rannte ins Bad. Völlig verwirrt stand ich dort und schaute an mir herunter. Herma hatte mir einen runtergeholt. Das war ungeheuerlich. Ich hatte sie nicht darum gebeten. Zurück im Schlafzimmer schaute Herma mich freundlich an. Ich wurde aus ihrem Blick nicht schlau, konnte nicht deuten, was sie dachte. Warum hatte sie das getan? Einfach so, ohne Vorwarnung. Ohne selbst etwas zu wollen? Das fragte ich mich am meisten, wollte sie etwas von mir? Warum gab sie mir etwas von sich, ohne eine Gegenleistung zu verlangen? Oder kam das noch, würde sie beginnen zu fordern, zu wollen, zu verlangen?

Ich bekam plötzlich eine unmenschliche Sehnsucht nach Elisabeth. Ich hatte sie betrogen und dieser Gedanke fing an in meinem Kopf zu hämmern und sich zu verselbständigen. Aber hätte ich mich wehren können? Herma musste weg und ich wollte diesen unsäglichen Zustand der Einsamkeit beenden, indem ich die Tapete wieder von der Wand reißen, den Eingang wieder freilegen, Elisabeth retten würde. Ich konnte Herma schlecht sagen, dass ich eine Frau hatte, die in der

Abstellkammer eingesperrt war. Was sollte ich sagen? Herma, ich muss dir was gestehen, ich bin verheiratet. Meine Frau sitzt im Rollstuhl nackt in der Abstellkammer und ich muss mich jetzt um sie kümmern? Dann hätte ich endgültig verloren und sie würden mit der weißen Jacke kommen. Nein, Herma musste weg.

Sie machte keinerlei Anstalten zu gehen. Sie wirkte munter und gut gelaunt und schaute mich ständig aus erwartungsfrohen Augen an. Nur was sie erwartete, das wusste ich nicht. Ich wich ihr aus, sie wich mir hinterher. Bis sie mich direkt ansprach.

„Günther, ab dem nächsten 1. kannst du in unserer Firma anfangen. Ich habe alles geklärt. Herr Fischer erwartet dich schon. Wir brauchen dringend einen kompetenten Menschen für die Buchhaltung. Das kannst du doch, Buchhaltung, oder?"

„Ja, schon." Wenn ich bei Herma arbeiten würde, müsste ich sie jeden Tag sehen, ständig mit ihr zusammen sein, womöglich ein Büro mit ihr teilen, was weiß ich. Ich hatte Angst. Ich hatte schon immer Angst vor allem Neuen und ich hatte kein Bild, konnte mir diesen neuen Arbeitsplatz nicht vorstellen, konnte mir überhaupt nicht mehr vorstellen, jemals wieder aus dem Haus zu gehen.

„Du gehst jetzt mal duschen, ziehst dir was Vernünftiges an und wir fahren in die Firma. Dort kannst du dir alles in Ruhe anschauen und dich dann entscheiden."

Im ersten Teil klang sie wie meine Mutter, das kannte ich und darauf reagierte ich auch brav. Auf dem Weg ins Bad fiel mir auf, dass sie mir Entscheidungsfreiheit ließ. In Ruhe anschauen und dann entscheiden. Okay, wenn das ging. Allerdings kam mir das nur vorgeschoben vor, denn in Wirklichkeit hatte ich keinerlei Freiheit, mich zu entscheiden. Wenn ich den Job nicht nahm, war ich am Ende. Wenn ich mit Herma aber dort hinging, um mir den Laden anzuschauen, war Herma zumindest einmal aus meiner Wohnung und ich war mir nicht sicher, ob ich sie jemals wieder hinein lassen würde.

Das Büro war in einem ganz normalen Wohngebiet in einem Einfamilienhaus untergebracht. Die Friesenstraße musste ganz in der Nähe sein. Es gab einen Eingangsbereich, einen Besprechungsraum und ein Büro. Darin standen: drei Schreibtische, ein Kopierer, Telefonanlage und was man noch so braucht. Ich würde also mit zwei Kollegen in einem Büro sitzen. So etwas Ähnliches hatte ich befürchtet. Herr Fischer war der Chef, Herma kannte ich ja schon und dann gab es noch

Frau Heinjohann, sie saß an der Anmeldung. Herr Fischer klopfte mir jovial auf die Schulter.

„Wir duzen uns hier alle, Günther, ich hoffe, es ist dir Recht. Ich bin Friedrich."

Hatte ich eine Wahl? Duzen war mir gar nicht Recht, aber Herma duzte ich bereits und wenn das dort so Usus war, musste ich mich wohl fügen.

Nicht, dass mich jemand falsch versteht, ich hatte keine Angst vor der Arbeit, ich hatte Angst vor den Menschen, die ständig irgendwelche komplizierten Beziehungen mit mir eingehen wollten. Und ohne eigenes Büro würde man sich eng auf der Pelle sitzen und es würde nicht ausbleiben, zu sprechen. Erzählen konnte ich nichts, was auch, mein Leben war so ereignislos wie langweilig. Die einzigen interessanten Dinge drehten sich um Elisabeth und darüber konnte ich mit niemandem sprechen.

„Der 1. ist erst Ende nächster Woche, könntest du eigentlich auch schon morgen anfangen?" Die Stimme von Friedrich Fischer drang an mein Ohr und ließ mich zusammenzucken. Morgen? Morgen?? Damit hatte ich nun gar nicht gerechnet. Nein sagen wollte ich allerdings auch nicht, das konnte ich mir nicht leisten. Da das ja nun geklärt war, wollte ich mich sofort aus dem Staub machen.

„Okay, bis morgen also, ich freu mich", presste ich durch die Lippen und bewegte mich auf den Ausgang zu.

„Warte, Günther, wo willst du denn so schnell hin, ich fahre dich." Herma kam mir nach und hakte sich bei mir unter. Das ging mir entschieden zu weit. Ich sah ihr in die Augen und sagte nein. Ich käme allein klar, ich müsse noch vieles erledigen, vielen Dank für die Mühe, aber...

Es wirkte. Erleichtert ging ich durch die klare kalte Luft und beeilte mich, nach Hause zu kommen. Es wartete jemand auf mich.

Im Flur meiner Wohnung lauschte ich angestrengt. Ich bildete mir ein, ein leises Wimmern und Kratzen zu hören. Das musste Elisabeth sein. Sie lebte! Sie war dort. Wie im Fieber riss ich die Tapete von der Wand und steckte die Türklinke ein. Ich riss die Tür auf und mir bot sich ein jammervolles Bild. Hatte ich das wirklich getan? Elisabeth hing nackt in ihrem Rollstuhl und sah mich entsetzt an. Ihre Augen waren voller Trauer und Angst. Ich nahm sie in die Arme und schluchzte. „Elisabeth, meine Liebste, meine Kleine, Elisabeth..." Auf dem Flur sank ich unter ihr zusammen und küsste und streichelte sie überall. Dann legte ich sie vorsichtig aufs Bett und zog sie an. Ihre

Kleidung lag in einem Koffer verstaut in der Abstellkammer. Meine Hände glitten über die schönen weichen Stoffe. „Was für ein Luxus, diese Kleider", dachte ich und mir fielen meine Schulden wieder ein. Wie hatte es nur dazu kommen können? Eigentlich war ich doch ein ganz bescheidener Mensch, es hätte niemals passieren dürfen, so über die Stränge zu schlagen. In Gedanken machte ich Inventur. Elisabeth hatte nun wirklich alles, was sie brauchte. Ich durfte einfach nichts mehr kaufen und musste mit dem zufrieden sein, was da war. Dann konnte mir nichts geschehen. Ich hatte eine Arbeit. Selbst wenn heute noch der Gerichtsvollzieher vor der Tür stand, ich könnte ihm sagen, dass ich morgen meine neue Arbeit anfangen würde und alles zurückzahlen könnte. Ich würde mit ganz wenig Geld auskommen und in null Komma nichts meine Schulden los sein. Alles war gut. Ganz langsam beruhigte ich mich, während ich liebevoll meine Frau ankleidete und ihre Haare richtete. Ich stammelte Worte der Erklärung und Entschuldigung vor mich hin, ich küsste sie immer wieder, ich streichelte ihr Gesicht, ich weinte und schluchzte. Elisabeth sagte nichts. Sie sah nur unendlich traurig aus. Sie ließ alles über sich ergehen und schaute leer durch mich hindurch. Ihre Stimme war verstummt. Was, wenn sie nie wieder mit mir sprechen würde? Diesen

Gedanken konnte ich kaum ertragen. Es war, als wüsste sie alles über mich und hätte allen Grund, mir für immer böse zu sein. Doch anstatt zu schimpfen, zu weinen, zu schreien sah sie einfach durch mich hindurch. Und ich, ich hatte es gar nicht anders verdient. Ich war ein Nichts, ein Niemand, ein Loser, fett, hässlich, gehirnkrank und dämlich wahrscheinlich auch. Und ein Mörder, ein perfider Mörder. Ich hatte es absolut verdient, dass man mit mir nicht sprach. Und dann noch die Sache mit Herma. Wenn Elisabeth das wusste, dann hatte sie wirklich alles Recht der Welt, mich nie wieder anzuschauen. Genau, Herma war an allem Schuld. Sie hätte bleiben sollen, wo sie war und mir nicht derart auf die Pelle rücken. War mir etwas vorzuwerfen? Hätte ich etwas tun können? Ich war das Opfer, ganz klar und was Herma gemacht hatte, war sexuelle Nötigung oder etwa nicht? Oder sogar Missbrauch. Sie hatte meine hilflose Situation schamlos ausgenutzt. Meine anfängliche Erleichterung, Elisabeth wieder zu haben wich einer grenzenlosen Agonie. Ich fühlte mich hilflos der Welt ausgeliefert, hatte jedes Gefühl der Kontrolle über mein Leben verloren. Die Farben wichen aus meinem Blickfeld, ich sah nur noch grau in grau.

## 17

In den nächsten Tagen hatte ich keine Zeit, mir irgendwelche Gedanken zu machen. Ich reagierte nur. Die Arbeit war nicht das Problem, ich konnte die Anforderungen leicht erfüllen. Nur Herma wollte sich jeden Abend mit mir verabreden und ich musste mir jedes Mal eine andere fadenscheinige Ausrede ausdenken. Ich fühlte mich einfach nicht dazu in der Lage, sie zu treffen. Zu Hause lauschte ich dann auf jedes kleinste Geräusch in der Angst, Herma könnte vor meiner Tür stehen und sich nicht abwimmeln lassen. Ich machte schon kein Licht an in den Zimmern, die zur Straße hinausgingen. Mich störte das nicht, denn ich saß mit Elisabeth im Arm im Dunkeln und redete leise mit ihr. Mit ihr zu schlafen traute ich mich nicht, ich wollte erst ihre Zustimmung, aber die gab sie mir nicht. Also schlief ich mit ihr ein, wachte mit ihr auf, ging zur Arbeit, kam nach Hause, schlief mit ihr ein... alles lief im Kreis.
Eines Abends stand dann Herma im Hausflur hinter einem Mauervorsprung. Sie hielt sich zurück, bis ich meine Tür aufschloss, um dann mit einem Satz mit hindurch zu schlüpfen und in meiner Wohnung zu stehen. Ich geriet in Panik, weil ich vergessen hatte, wo Elisabeth lag oder saß, ob sie bekleidet oder nackt war und ich auf gar keinen Fall wollte, dass Herma

sie sah.

Herma ging ins Wohnzimmer und setzte sich auf die Couch. Da sie keine ungewöhnliche Reaktion zeigte, konnte ich davon ausgehen, dass Elisabeth dort nicht war. Gut, dann war sie im Schlafzimmer. Dort durfte ich Herma nicht hinein lassen und am besten musste ich sie so schnell wie möglich wieder loswerden.

Sie machte allerdings keinerlei Anstalten zu gehen oder auch nur zu fragen, ob es mir recht sei, dass sie da war. Sie fragte mich sogar, ob ich ihr etwas zu essen machen könnte und was es im Fernsehen gab. Als wenn sie hier wohnen würde. Es empörte mich und ich fühlte mich einmal mehr völlig hilflos.

Herma redete in einer Tour Belanglosigkeiten und lachte immer wieder. Ich hörte eigentlich gar nicht zu, bis dann doch ein Satz von ihr näher kam, als die anderen. „Günther, wir sind doch jetzt zusammen", das kam nicht als Frage, das kam als Feststellung. Und ich war so perplex, dass ich nichts dazu sagte. Es verschlug mir einfach die Sprache. Ich war doch nicht mit ihr zusammen! Wie kam sie nur darauf? Sie hatte einmal bei mir übernachtet und ich hatte sie noch nicht einmal angefasst. Mir fielen lauter schlaue Dinge ein, die ich hätte sagen können, um die Lage klarzustellen, aber ich brachte sie nicht heraus. Ich war einfach stumm. Als wenn Herma das als Zustimmung werten würde kam sie auf mich zu und umarmte mich. Dabei seufzte sie und grub ihr Gesicht in meinen Hals. Was, wenn sie mich jetzt mit ihrer bestimmten Art in mein Schlafzimmer schieben würde, wo Elisabeth lag? Ich stand da wie versteinert.

„Günther?"

„Günther!", sie schaute mich fragend an.

„Das geht mir viel zu schnell", begann ich zu stammeln. „Ich kann das nicht. Ich hatte noch nie eine Beziehung."

„Ach Günther, du bist süß, so schüchtern." Herma ließ mich los. „Kann ich heute Nacht bei dir schlafen, bei mir ist die Heizung ausgefallen, die wird erst morgen gerichtet", sagte sie dann und setze sich wieder auf mein Sofa.

Die Hoffnung, sie heute Abend wieder loszuwerden, zersprang wie eine Scheibe Buntglas in der Hitze eines Feuers. Tausende Scherben flogen um mein Hirn und ließen mich verzweifelt zurück. Elisabeth. Ich musste sie verschwinden lassen.

„Komme gleich...", meine Stimme versagte und ich ging aus dem Raum in mein Schlafzimmer. Elisabeth lag auf meinem Bett in ihrem teuren Seidennachthemd und schaute mich aus großen Augen an. Es war, als wollte sie etwas sagen. Ich hob sie auf und zog sie zum Schrank. Irgendwie musste ich sie so schnell wie möglich dort verstauen und nebenbei Bettzeug für Herma herausholen. Ich wollte ihr ein Bett auf dem Sofa richten. Doch Elisabeth war schwer und ließ sich nicht einfach so hinbiegen, dass sie in den Schrank passte. In der Eile legte ich sie zurück in mein Bett, deckte sie mit meiner Decke zu und drapierte alle Kissen darüber, damit die Wölbung nicht auffiel.

Dann raffte ich das Bettzeug für Herma zusammen und verließ den Raum.

Wenn Herma gehofft hatte, in meinem Bett mit mir schlafen zu können, ließ sie sich ihre Enttäuschung nicht anmerken, als sie mich mit der Decke unterm Arm sah. Sie rückte nur ein wenig zur Seite, um mir auf meinem Sofa Platz zu machen. Dann legte sie ihre Beine auf meinem Tisch ab, nahm die Fernbedienung und schaltete RTL 2 an. Mir standen die Haare zu Berge. Ich hasste diese Art von Unterschichtfernsehen und war nicht bereit, mir das anzuschauen. Entschlossen schaltete ich auf Arte um und schon schwammen Fische durch mein Wohnzimmer und beruhigten mich. Ihren leisen Protest in Form eines angehaltenen und dann stoßweise ausströmenden Atems überhörte ich beflissentlich. So saß ich neben ihr und versuchte sie zu ignorieren. Irgendwie war es nicht anders als die Fernsehabende mit meiner Mutter. Nur dass meine Mutter keinen Sex mit mir wollte, Herma wahrscheinlich aber schon. Was würde wohl passieren, wenn ich im Bett lag. Würde sie nachkommen und versuchen, sich dazu zu legen, oder würde sie akzeptieren, auf dem Sofa zu schlafen? Ich dachte an meine weiche wunderbar kühle und schöne Elisabeth und diese seltsame Frau neben mir begann mich zu ekeln. Wir waren zusammen, das klang wie ein Echo in meinen Ohren und war absurd. Ich hatte überhaupt keine Ahnung, was Frauen wirklich wollten. Warum war sie da? Ich konnte ihr wirklich nichts geben, was wollte sie dann von mir?

Auf dem Sofa rutschte Herma immer näher an mich heran und ich versuchte, ihr auszuweichen. Ein unmögliches Unterfangen, denn schnell war das Ende der Sitzfläche erreicht, ich hatte schließlich nur ein kleines Sofa. Herma drehte sich zu mir, legte ihr Bein über meinen Schoß und drückte mir ihre Zunge in den Mund. Ich bekam keine Luft und wehrte mich. Das schien sie nur wild zu machen, denn sie ließ nicht von mir ab und küsste mich überall, wo sie mich erwischen konnte. Ihre geschickten Finger öffneten meine Hose und schon saß sie auf meinem Schoß. Dann ging alles sehr schnell, sie rutschte auf mir herum, stöhnte, sabberte, kam. Meine Hose war nass von ihrer Feuchtigkeit, oder war es mein Sperma, ich fühlte mich so hilflos ausgeliefert und mein Schwanz reagierte wie immer anders, als ich das wollte. Dann nahm sie meine Hand und steckte sie zwischen ihre Beine. Sie lächelte mich glücklich an, stöhnte und rieb ihre Scham an mir. Hatte sie noch nicht genug? Ich riss mich los, sprang auf und rannte ins Badezimmer, schloss die Tür zu und stellte mich so wie ich war unter die kalte Dusche. Langsam wurde das Wasser warm, meine Kleider nass und ich ruhiger. Ich versuche, die Kleidung vom Körper zu bekommen, was gar nicht so leicht war. Am Ende saß ich zusammengekauert auf dem Haufen nasser Kleidung, von oben regnete es und ich fühlte mich unendlich allein.

Irgendwann schob sich diese Kontrollinstanz zwischen mein Hirn und mich, die sich immer dann meldete, wenn bei mir ein Totalausfall drohte und mich die Hilflosigkeit übermannte. Die Stimme meiner Mutter rief mich zurück in die Realität. „Günther, verbrauch nicht so viel Wasser, das ist teuer!" Ich stellte den Wasserhahn ab und nahm mein Handtuch. Ich musste nachschauen, was Herma machte. Ich wollte sie nicht zu lange unbeaufsichtigt lassen.

Meine Sorge, Herma könnte irgendwo herumschnüffeln und Dinge entdecken, die sich nichts angingen, war völlig unbegründet. Herma saß auf dem Sofa und schaute RTL 2. Ich gab auf. Ihr war nicht zu helfen und ich wollte, was ihre Fernsehgewohnheiten anging, auch gar nicht missionarisch tätig werden. Ich wünschte ihr eine gute Nacht und ging in mein Bett. Vorher schloss ich noch die Tür zu meinem Schlafzimmer mit einer Zange und dem krummgebogenen Nagel ab, damit sie mich nicht mitten in der Nacht vergewaltigen konnte. Diese Frau war zu allem fähig.

Endlich lag ich auf meiner Matratze und ich spürte meine wirkliche Frau neben mir. Meine Elisabeth lag geduldig und still unter meiner Decke. Ich ertastete mit meiner Hand ihre Brust und streichelte sie. So wunderbar kühl und weich war ihre Haut, dass es mich erregte. Ich rieb mich an ihr und wollte eindringen, aber sie sagte nichts. Früher, als wir noch miteinander kommunizierten, gab sie mir immer erst ihre Zustimmung und nun kam einfach gar nichts. Stille. Das irritierte mich normalerweise so, dass meine Männlichkeit wieder ganz klein wurde und ich mich schuldbewusst auf meine Bettseite rollte. Doch heute wollte ich nicht klein beigeben, ich wollte es wissen. In Anbetracht der Erlebnisse mit Herma wollte ich endlich eine Entscheidung. Also rieb ich mich weiter an Elisabeth, ließ meinen Schwanz zwischen ihren Brüsten auf und ab gleiten und drückte dabei ihre wundervollen Titten mit den Händen zusammen. Ich spritzte ihr mitten ins Gesicht und hatte einen Moment das Gefühl, sie zuckte dabei mit den Augen. Dann kam ihre kleine Zunge aus ihrem Mund und sie leckte mein Sperma. Ich war so glücklich darüber, küsste sie überall und weinte dabei. Eine starke Welle von Gefühlen überschwemmte mich und ließ mich innerlich erzittern. Das war sie, meine Frau, meine Elisabeth!

Selig rollte ich mich neben ihr zusammen und schlief augenblicklich ein. In der Nacht träumte ich von Herma und Elisabeth. Eine lag rechts, eine links neben mir im Bett und ich lag in der Mitte wie ein Pascha und ließ mir die Eier kraulen. Das fühlte sich unendlich gut an, ich fühlte mich stark und männlich und meine beiden Weiber hatten mir zu gehorchen. Dann tauchte plötzlich meine Mutter im Schlafzimmer auf und sorgte dafür, dass die Frauen verschwanden. Sie schlug mich und beschimpfte mich, wovon ich erwachte und mich einmal mehr richtig schlecht fühlte. Es war kurz nach Mitternacht, ich ging im Dunkeln in die Küche, um mir ein Glas Wasser zu holen. Meine Zunge klebte an meinem Gaumen, wahrscheinlich hatte ich geschnarcht. In meiner Wohnung war es ruhig, im Wohnzimmer brannte kein Licht, Herma musste wohl schlafen. Kurz kam mir die Idee, Herma mit irgendwas zu fesseln und zu knebeln, um ihr Angst einzujagen. Doch ich ließ es, da ich die Folgen in keiner Weise übersehen konnte. Mich erschreckte auch mein Wunsch, sie ein bisschen zu quälen. Besser, ich ging wieder in mein Bett und schlief weiter, da konnte ich niemandem etwas tun und mir auch keiner was Böses wollen.

Als ich am nächsten Morgen von meinem Wecker erwachte, roch es in der Wohnung nach Kaffee. Herma hatte Frühstück gemacht und kam gerade aus der Dusche. Sie hatte sich schon angezogen, ihr Kostüm sah adrett aus wie immer und ihre Bluse wirkte gebügelt. Wie sie das gemacht hatte, war mir schleierhaft. Ich frühstückte mit ihr wortkarg, dann fuhren wir gemeinsam zur Arbeit. Ich verschanzte mich hinter meinem Schreibtisch mit mehreren Aktenordnern und wollte nicht gestört werden. Am besten konnte ich arbeiten, wenn ich eine überschaubare Menge Akten auf dem Tisch stehen hatte, die ich in Ruhe abarbeiten konnte. So konnte ich lange Zahlenkolonnen in meine Rechenmaschine eingeben. Zahlen lügen nicht, Zahlen betrügen nicht und sie wollen auch nichts von einem. Deshalb mochte ich sie. Sie waren berechenbar. Was man von Menschen nicht sagen konnte. Die Gespräche im Raum, das Telefon, das Kommen und Gehen der Anderen konnte ich ausblenden, bis es sich zu einem leisen Summen reduzierte. Für mich war das der Idealzustand eines erfolgreichen Arbeitstages. Und am liebsten hatte ich es an meinen Feierabenden auch so. Ruhig, überschaubar und ungestört.

Kurz vor Büroschluss kam Herma vom Außentermin zurück und fragte mich, vor allen anderen, ob sie mich heute Abend noch sehen würde. Ich war schon wieder völlig entnervt und wusste kaum, wie ich mich wehren sollte, da kam mir die Idee, sie zu fragen, ob ich nicht zu ihr kommen könne. Sie würde dann bei sich zu Hause auf mich warten müssen und wenn ich nicht kam, hatte sie Pech und ich meine Ruhe. Doch sie war erstaunlich deutlich in ihrer Ansage. „Das geht auf gar keinen Fall, Günther!"

„Okay", sagte ich, „zu mir kannst Du heute aber auch nicht kommen, ich brauche einen Tag Ruhe." Ich dachte keine Sekunde daran, dass sie diese Absage akzeptieren würde, doch sie tat es. Ohne Rückfrage, ohne Drängeln. Wahrscheinlich würde sie sich gar nicht darum scheren und dann doch heute Abend vor meiner Tür stehen. Doch ich war gewappnet, ich würde nicht aufmachen. Würde mich einfach ganz still verhalten und stur bleiben.

Warum sie allerdings nicht wollte, dass ich zu ihr kam, konnte ich beim besten Willen nicht verstehen. Das mit der Heizung glaubte ich ihr nicht, sie hatte sicher nur eine Ausrede gesucht, bei mir übernachten zu dürfen. Wenn ich ehrlich war, wusste ich noch nicht einmal, wo sie wohnte. Und wie schon gar nicht. Herma verdiente sicher nicht wenig und ich stellte mir vor, dass sie eine hübsche Eigentumswohnung in bester Lage haben müsse. Sie saß, was Wohnungen betraf, ja sozusagen an der Quelle. Ich nahm mir vor, es herauszufinden, denn ich war neugierig geworden. Es konnte ja nicht sein, dass Herma mir zwar völlig distanzlos zu Leibe rückte, mir aber nicht einmal zugestand, ihre Wohnung kennen zu lernen.

## 18

Als Herma das Büro verließ, um nach Hause zu gehen, packte auch ich schnell meine Sachen zusammen und ging. Unten vorm Haus sah ich gerade noch, wie Herma um die Ecke bog und auf ihr Auto zuging. Sie öffnete die Beifahrerseite und setzte sich hinein. Dann konnte ich nur noch sehen, wie sich der Beifahrersitz senkte und Hermas Kopf in der Tiefe des Autos verschwand. Wollte sie etwa im Auto schlafen? Mich erstaunte das und ich konnte mir keinen Reim darauf machen. Ich war mir sicher, sie würde nun nach Hause fahren, aber auch nach fünf Minuten startete kein Motor und das Auto bewegte sich nicht. Mir wurde es bald zu langweilig und ich begann zu frieren. Ich befand mich in der Siedlung, in der mir einmal ein Haus gehört hatte und ich beschloss, vorbei zu gehen und zu sehen, ob es schon fertig renoviert war.

Ich dachte nicht oft an dieses Haus und bereute es auch nicht, es gleich verkauft zu haben. Doch immer wieder ging mir der Gedanke im Kopf herum, dass es meine Schwester sein könnte, die es gekauft hatte und dass mein leiblicher Vater darin wohnte. Eigentlich hatte ich das Thema leiblicher Vater mit dem Tod von Herrn Döbberlin abgeschlossen. Ich wollte einfach glauben, er sei mein Vater, diese andere Geschichte mit seinem Arbeitskollegen, der auf einer Betriebsfeier meine Mutter vergewaltigt hatte, das ließ ich gar nicht weiter an mich heran. Es gibt Dinge, die muss man nicht wissen. Und es gibt Dinge, in die denkt man sich lieber nicht so tief rein, sonst findet man unter Umständen nicht wieder hinaus. Ich ging also in Richtung Friesenstraße und stand nach kurzer Zeit vor meinem Ex-Haus. Ich musste innerlich lachen über meine Wortschöpfung, eine Exfrau hatte ich ja nicht und irgendein Ex muss man haben im Leben, da war ich mir sicher. Nun also ein Ex-Haus. Und dieses Ex-Haus sah sehr einladend aus. In der kurzen Zeit, in der es nicht mehr meines war, hatte man ganze Arbeit geleistet und es gründlich saniert. Nur der Garten wies noch Spuren von Bauarbeiten auf, sonst war alles perfekt. Neue Fenster, eine neue Tür, die Fassade gestrichen, das Dach neu eingedeckt. Fast nicht wieder zu erkennen. Da steckte eine Menge Geld drin, Geld, das ich nie gehabt hätte.

Am Gartenzaun hing ein weißes Praxisschild mit schwarzer Schrift. Sibille Fassbender, Psychotherapeutin stand darauf und die üblichen Praxiszeiten. So war das also, Sibille, meine vermeintliche Halbschwester war Psychologin. Vielleicht sollte ich mir bei ihr einen Termin geben lassen. In meinem Leben lief ja nicht alles wirklich rund, um es vorsichtig auszudrücken.

Vielleicht könnte sie mir helfen, es zu sortieren und ich könnte nebenbei herausfinden, ob sie wirklich meine Schwester wäre. Ein bisschen kitzelte mich der Neid. Ich war ein Loser und sie hatte studiert. Es war schwierig für mich zu akzeptieren, dass es ihr besser gehen sollte, als mir. Den Gedanken, bei ihr eine Therapie zu beginnen, verwarf ich aber schnell wieder. Ich wollte mir von ihr nicht in die Seele blicken lassen, wo wir doch die gleichen Gene hatten. Doch eigentlich konnte ich das nicht wissen. Vielleicht war sie ja auch nur eine Nichte von Herrn Fassbender oder seine Schwiegertochter. Auf jeden Fall machte mich das Ganze neugierig und ich wollte es unbedingt herausfinden. Doch einen Termin bei der Psychologin? Heute jedenfalls nicht. Ich machte mich auf den Heimweg, lief lange durch den kühlen Abend und freute mich auf mein kleines Zuhause, auf Elisabeth und mein Sofa ohne Frau Wustermann.

Als ich am nächsten Morgen zur Arbeit kam, war Herma schon da, adrett wie immer und sie wirkte ausgeschlafen. Unmöglich hatte sie die Nacht in ihrem Auto verbracht, das konnte ich mir beim besten Willen nicht vorstellen. Als in der Mittagspause alle zu Tisch waren, ging ich durch das Haus. Ich war bisher nur auf der einen Etage gewesen, in der das Büro war. Diesmal ging ich die Treppe hoch. Dort oben war eine abgeschlossene

Wohnung. Es war still und sah verlassen aus. Eine weitere Treppe führte auf den Dachboden. Die Bodentür war offen.

Der Dachboden war ganz klassisch für ein altes Siedlungshaus, nackte Ziegel, Balken, in einer Ecke hingen Wäscheleinen. Hinter dem Schornstein standen ein paar zusammengerückte Möbel, die verstaubt waren und alt aussahen. Ich ging darauf zu und schaute genauer. Es war ein Sofa dabei, auf dem eine Decke lag, ein Kissen und ein paar getragene Kleider, die ich als Hermas identifizierte. Konnte das wahr sein, Herma schlief hier auf dem Dachboden? Aber warum nicht in ihrer Wohnung? Hatte sie keine, war sie obdachlos? Ich konnte mir beim besten Willen nicht vorstellen, wie man auf einem Dachboden hausen und dabei stets adrett und gepflegt wirken konnte. Das überstieg meine Phantasie. Und ich wollte unbedingt wissen, was mit Hermas richtiger Wohnung war. Schnell stapfte ich die Treppen wieder hinunter und schaute in den Personalakten nach Hermas Adresse. Hopfenweg 13 stand da. Der Hopfenweg war am Stadtrand, nicht unbedingt erste Adresse. Ich war schon einmal dort gewesen, wusste aber nicht mehr warum und was ich dort gewollt hatte. Nun nahm ich mir vor, in den Hopfenweg zu gehen und nach Hermas Wohnung zu suchen. Am besten heute noch, gleich nach der Arbeit.

Zum Stadtrand nahm ich den Bus, es war zu weit, um zu Fuß zu gehen. Herma hatte ich wieder vertröstet, ich hätte keine Zeit für sie. Sollte ich sie wider Erwarten im Hopfenweg antreffen, würde mich das zwar in Verlegenheit bringen, aber sei's drum, mir würde schon was einfallen.

Am Stadtrand angekommen ging ich durch Straßen mit typischen Siedlungshäusern aus der Nachkriegszeit, Betonfassade, dreigeschossig, miefig und heruntergekommen. Hier wollte man nicht freiwillig wohnen, hier landete man. Nummer 13 sah genauso trostlos aus wie Nummer 11 und Nummer 15. Verbogene Briefkästen, Kippen vorm Haus, die Haustür offen. Ich suchte auf dem Klingelschild nach Hermas Namen und fand ihn nicht. Es wohnte dort eine Mischung aus Serbien, Türkei und Deutschland, aber Wustermann stand nirgends. Ich beschloss hinein zu gehen und mir die Türen anzuschauen. Hinter der ersten Tür hörte ich einen lauten Fernseher, hinter der zweiten stritt ein Mann mit seiner Frau. Im oberen Flur kreischten kleine Kinder und ein Hund bellte. „Was machst du hier eigentlich, Natschke", fragte ich mich und wollte gerade wieder gehen, als sich eine Tür öffnete und ein Mann mit Bierflasche und Feinrippunterhemd vor mir stand. „Wen suchst du", fragte er mich. Ich stotterte verlegen herum, nannte Frau

Wustermanns Namen, weil mir grad keine Ausrede einfallen wollte und schaute auf meine Schuhe. „Frau Wustermann... warte, Herma im Kostümchen, meinste die?" Der Mann lachte. Ich nickte.

„Die wohnt ganz oben, wenn se noch da ist. Eigentlich sollte ihre Wohnung geräumt werden. Das ist doch diese Messiefrau, der man das nicht ansieht, wie es bei ihr aussieht." Er lachte wieder, wohl über seine sprachliche Gewandtheit.

Dann zog er eine Kippe aus seiner Hosentasche, bog sie gerade und steckte sie mit einem Feuerzeug an. Ich hasste Zigarettenrauch und suchte schnellstmöglich das Weite.

Mir rauschte der Kopf wegen dieser Information. Herma ein Messie, das konnte doch nicht wahr sein. Aber doch, es rundete mein Bild von ihr ab und ich begann so einiges zu begreifen. Warum sie sich nicht abwimmeln ließ, wenn sie zu mir kam. Warum sie mich nicht in ihre Wohnung einlud. Man kann den Leuten ja bloß immer nur bis vor den Kopf gucken. Schlimmes Deutsch, aber ich sprach es ja nicht aus, ich dachte ja nur. Ein bisschen tat sie mir leid. Und ich war auch ein wenig erleichtert, weil ich begriff, dass sie nicht so sehr an meiner Person, sondern vielmehr an meiner aufgeräumten Wohnung interessiert war, duschen wollte und etwas zu essen brauchte.

Vielleicht wollte sie auch gar keinen Sex mit mir, sondern nur bezahlen? Ich beschloss, mit ihr zu sprechen und sie mit ihrer Wirklichkeit zu konfrontieren. Ich wollte Klarheit zwischen ihr und mir.

Auf dem Weg nach Hause dachte ich wieder an Elisabeth. An die heiße Nacht mit ihr und ihr Verstummen. Sie hatte sich doch aber eindeutig bewegt. Sie kommunizierte mit mir, immer noch, da war ich mir ganz sicher. Vielleicht sollte ich sie doch nach ihrem Kinderwunsch fragen. Das hatte sie vor einer Zeit einmal erwähnt und ich hatte ihr sogar ein Kind besorgt, es ihr aber bis heute vorenthalten. Ich würde es ihr geben, gleich, wenn ich nach Hause kam und mich mit ihr und dem Kind auf das Sofa setzen, einen auf heile Familie machen und dann würde sie sicher wieder mit mir sprechen.
Zu Hause musste ich nicht lange nach dem Baby suchen, es war noch original verpackt in der Abstellkammer. Ich packte das Kind aus, dann kümmerte ich mich um Elisabeth. Ich redete leise mit ihr, versprach ihr eine Überraschung und brachte sie im Rollstuhl ins Wohnzimmer. Dort setzte ich sie auf mein Sofa und legte ihr die Babypuppe in den Arm. Es sah so echt aus, dass mir vor Rührung die Tränen kamen. Elisabeth

sah mich aus ihren treuen großen Augen an und dann vernahm ich einen Seufzer. Ich setzte mich neben sie und umarmte sie und das Baby. Es fühlte sich wundervoll an. Einfach wundervoll.

Meine schöne Stimmung wurde jäh durch die Türklingel gestört. Ich fuhr hoch, mein Herz klopfte bis zum Hals. Das hatte mir gerade noch gefehlt. Schon hörte ich Herma auf dem Flur rufen und gegen die Tür schlagen. Sie begehrte Einlass und wusste scheinbar ganz genau, dass ich daheim war. Wohin so schnell mit Elisabeth und dem Kind? Mir fiel einfach nichts ein. Derweil lärmte Herma draußen weiter und ich sah mich genötigt, die Tür einen Spalt zu öffnen. Ich wollte sie abwimmeln, aber das war gar nicht so einfach.

„Günther, lass mich rein!"

„Herma, das geht nicht."

„Günther, wenn dir dein Job lieb ist, lässt du mich jetzt rein!" und zack, hatte sie einen Fuß in der Tür. Sie drückte mich einfach weg und stürmte die Wohnung. Hinter sich her zog sie einen Trolley. Sie funkelte mich an. „Was wird das?", fragte ich sie hilflos, aber diese Frage war völlig überflüssig, es war offensichtlich, dass Herma gerade bei mir einzog.

Es war der Super-GAU. Ich begann zu zittern und zu hyperventilieren. Sie ließ das völlig unbeeindruckt. Betont langsam ging sie auf die Tür zum Wohnzimmer zu, öffnete sie und drehte sich in der Tür zu mir um. „Wir sind zusammen, Günther, schon vergessen? Erst mit mir ficken und mich dann links liegen lassen, das gibt es bei mir nicht." Sie drehte sich erneut in Richtung Wohnzimmer, schritt durch die Tür und wie durch einen Nebel erreichte mich ein hohes Kreischen, das in einem kichernden, nicht enden wollenden Lachen endete.

„Ist das der Grund, warum du mich nicht reinlassen wolltest? Willst du mich nicht vorstellen? Deine Frau, dein Kind, nehme ich an?"

„Das ist Elisabeth und unser gemeinsames Kind." Hoffentlich fragte sie mich nicht nach dem Namen, darüber hatte ich mir nämlich noch keine Gedanken gemacht. Herma lachte und lachte, sie verhöhnte mich, lachte mich aus. Es machte mich wütend und hilflos zugleich, diese Art von Wut, die ich empfand, wenn meine Mutter mich ungerecht behandelte und der ich mich nicht stellen konnte.

„Ich weiß alles über dich", presste ich zwischen den Zähnen hervor.

„Was weißt du?"

„Dass du Messie bist, dass du obdachlos bist. Sonst würdest du dich doch kaum mit mir abgeben. Aber lass mich einfach in Ruhe. Wenn du bei der Arbeit erzählst, was mit mir los ist, erzähle ich das von dir."

Ich war unheimlich stolz auf mich, ihr Paroli geboten zu haben. Sie ließ sich allerdings in keiner Weise beeindrucken und sagte nur, sie würde bleiben. Ansonsten könne sie ja erzählen, ich hätte sie vergewaltigt und dann würde ich schon sehen, wo ich bleiben würde.

„Und deine Gummipuppen kannst du ins Schlafzimmer räumen." Ich war absolut erschüttert. Hilflos. Ich schüttelte nur den Kopf, mir kamen die Tränen, ich sah meine kleine Familie und dann diese Furie, die hier nicht hergehörte, aber dennoch nicht wieder ging. Ich setzte mich demonstrativ zu Elisabeth auf das Sofa, schaltete den Fernseher ein und versuchte, Herma zu ignorieren. Eine Weile stand sie irritiert mitten im Raum, dann setzte sie sich in den Sessel und sagte nichts mehr.

Jemanden zu ignorieren, der so präsent war wie Herma, mit einer Wut im Bauch, die überzukochen drohte, war wirklich nicht einfach. Ich konnte mich natürlich überhaupt nicht auf den Film konzentrieren, der Ton zog einmal quer durch meinen Kopf und nicht ein einziges Wort blieb darin hängen. Mir kam das Bedürfnis nach Horrorfilmen, Splatter am besten, Folter,

Qual, Heulen und Zähneklappern. Wie zum Henker wurde ich diese Frau wieder los? Ich hatte das Gefühl, in einem dicken Sumpf aus klebriger Masse zu sitzen und nie, wirklich nie wieder herauszukommen. Ich tat doch niemandem etwas zu Leide, warum musste man mich ständig ärgern? Warum konnte ich nicht einfach in Ruhe mit meiner Frau und meinem Kind hier sitzen und ungestört ich selbst sein?

Am späten Abend, an meiner Situation hatte sich von selbst nichts geändert und ich fühlte mich zu schwach, etwas zu ändern, setzte ich Elisabeth in den Rollstuhl, das Baby auf ihren Schoß und schob in mein Schlafzimmer. Um ins Bad zu gehen, schloss ich vorsorglich das Zimmer ab, damit Herma nicht in meiner Abwesenheit hinterherkam und sich womöglich in meinem Bett rekelte, wenn ich mit Zähneputzen fertig war. In mein Bett würde ich sie nicht lassen, nie wieder. Mein Bett war nur noch für mich, meine Frau und mein Kind. Ich erklärte es postwendend zu meinem Heiligtum, meinem Sanktuarium und ich würde es bis aufs Blut gegen jedwede Eindringlinge verteidigen.

Ich lag schon eine Weile neben Elisabeth im Bett, als ich ihre Stimme hörte. Erst ganz leise, fast flüstern und dann immer deutlicher.

„Die Frau muss weg", sagte sie. Immer wieder, flehend, bestimmt, wütend und hilflos. „Die Frau muss weg!"

„Ich weiß, aber wie? Meine Liebste, ich werde sie wegschaffen. Ich überlege mir was", flüsterte ich ihr zu.

Elisabeth ließ nicht locker. „Du hast es doch schon einmal getan, tu es einfach wieder. Die Frau muss weg!"

Elisabeth sprach meine geheimsten Gedanken einfach aus, ja sie ermunterte mich geradezu, Herma umzubringen. Und ich würde es tun, wenn ich nur wüsste wie. Ich hatte in diesem Fall keinerlei Skrupel, wenn ich nur anschließend meine Ruhe hätte und mit meiner kleinen Familie in Frieden leben könnte. Die Frau muss weg, dieser Satz hämmerte fortan in meinem Hirn und ließ kaum einem anderen Gedanken Raum. Nachts wurde ich ein paar Mal wach und immer hörte ich diesen Satz, gesprochen von meiner kleinen Frau. Erst am nächsten Morgen wurde mir klar, dass Elisabeth mit mir gesprochen hatte. So lange hatte ich mich nach ihrer Stimme gesehnt und nun hatte ich diesen besonderen Augenblick gar nicht als solchen erkannt. Hastig stand ich auf und horchte an meiner Schlafzimmertür in den Flur hinaus, ob sich auf der anderen Seite der Wohnung schon etwas tat. Und tatsächlich, es klangen

Geräusche aus der Küche. Herma war schon wach. Widerwillen regte sich in mir, ich wollte ihr nicht begegnen. So schlich ich mich ins Bad, kümmerte mich um meine tägliche Morgenhygiene, tat das sehr gründlich, um Zeit zu schinden und musste dann doch in die Küche, mich auf meine Arbeit vorbereiten, frühstücken, Brot machen, etwas trinken. Herma grüßte mich freundlich und tat, als wäre nichts gewesen zwischen uns. Mit einem „Wir sehen uns gleich auf der Arbeit" verschwand sie aus der Wohnung. Ich konnte nicht deutlich später anfangen, als sie, denn dann musste ich abends länger bleiben. Sie würde dann auf mich warten und ich hätte meine Wohnung wieder nicht für mich allein. Am liebsten wäre ich ganz zu Hause geblieben, aber dann würde mir mit Sicherheit der Gerichtsvollzieher alles wegnehmen. Einschließlich meiner Elisabeth, davor hatte ich die meiste Angst. Man konnte Silikonpuppen auch gebraucht kaufen, dafür gab es durchaus einen Markt. Meine Elisabeth an einen anderen verkaufen, dabei konnte ich nicht gelassen zuschauen, das würde mich umbringen.

Ich beeilte mich also ebenfalls zur Arbeit zu kommen und wappnete mich innerlich für den Tag. Mein Chef, Herr Fischer war eigentlich ganz in Ordnung, wenn man einmal davon absah, dass er einem immer so nahe kam. Er latschte direkt in meine Aura und klopfte mir ständig auf die Schulter. Ich hasse diese Art der Distanzlosigkeit und habe immer gern mindestens drei Schritte Sicherheitsabstand zwischen mir und dem Gegenüber. Herr Fischer stellte sich allerdings immer genau hinter mich, schaute mir über die Schulter und begutachtete meine Arbeit. Meist kam ich dann aus meiner Zahlenkolonne und musste von vorn beginnen. Er registrierte das jedes Mal, es hatte aber keine Änderung seines Verhaltens zur Folge. Er hätte ja sensibel sein können und mich nicht mehr so von hinten bedrängen, aber nein, jeden Tag mehrmals kam er und stellte sich direkt hinter mich. Wie ein Ritual. Meist legte er noch seine Hand auf meine Schulter, was mich augenblicklich auf der einen Seite einknicken ließ und ich schief auf meinem Bürostuhl hing. Grauenhaft! Zum Glück war er genau wie Herma den größten Teil des Tages irgendwo in der Stadt unterwegs um Immobilien zu begutachten und sich mit Kunden zu treffen. Ich war allein mit der Vorzimmerdame, die ich nur wahrnahm, wenn das Telefon klingelte und sie ranging. Frau Heinjohann war eine junge Frau, die etwas vom Leben wollte, das sah man. Sie schaute dem Chef hinterher, immer wenn er da war und machte ihm schöne Augen. Sie saß an ihrer

Anmeldung mit perfekt lackierten Fingernägeln und hatte sich jeden Tag die Haare anders hochgesteckt. Ihre perfekte Figur steckte sie in perfekte Kleidung, die wahrscheinlich ihr gesamtes Gehalt verschlangen. Auf dem Gebiet war ich Experte.

Im Maklerbüro Ernst und Wagner gab es weder einen Herrn Ernst noch einen Herrn Wagner. Warum es so hieß, wusste ich nicht. Den Zahlen nach zu urteilen lief es gut und das Telefon klingelte im Takt der Viertelstunden. Wie gesagt, ich hatte bei der Arbeit nichts auszustehen. Nach wenigen Tagen kannte ich alle für mich relevanten Vorgänge, danach arbeitete ich selbstständig in meinem Bereich. Ich machte mich unsichtbar und rechnete. So war ich das gewohnt und so sollte es bleiben.

Doch heute hörte ich während der Arbeit die Stimme von Elisabeth. Das ist mir noch nie passiert und irritierte mich. Elisabeth war zu Hause und konnte nicht hier mit mir sprechen. Und doch verstummte die Litanei nicht in meinem Kopf, die immer wieder sagte „Die Frau muss weg!" Ich konnte mich kaum konzentrieren und bald wurde dieser Satz eine Endlosschleife, gebetsmühlenartig mehr gesungen, als gesprochen. Ein echter Ohrwurm eben. Ich besann mich auf meine Technik, mich voll und ganz zu konzentrieren, aber es wollte mir nicht gelingen. Nachdem ich schon zum zweiten Mal einen Zahlendreher in meiner Rechnung hatte, stand ich auf und ging nach draußen. Ich brauchte ein bisschen Frischluft. Prompt lief ich auf der Treppe Herma in die Arme, die gerade von einem Termin zurückkam.

Ich stolperte ungeschickt, verdrehte mir den Knöchel und musste mich am Geländer abfangen. Der Schmerz verzog die Mimik meines Gesichtes, was Herma natürlich sah und auch sofort reagierte.

„Günther, ist dir was passiert? Brauchst du Hilfe?"

Ich brauche vor allem meine Ruhe, brüllte es innerlich in mir. „Geht schon", stieß ich mit zusammengebissenen Zähnen hervor und humpelte hinaus. Ich konnte mir nichts Schlimmeres vorstellen, als jetzt auch noch von Herma bemuttert zu werden. Der Schmerz ließ schon nach, sicher war es keine große Sache und es lohnte sich auch nicht, davon ein Aufheben zu machen.

Zurück an meinem Schreibtisch schwoll mein Knöchel an und schmerzte. „Jetzt bloß nicht den Schuh öffnen, den bekomme ich sonst nicht mehr zu", dachte ich bei mir und riss mich zusammen. Immerhin war nun Ruhe in meinem Kopf und ich konnte den Rest des Tages arbeiten. Ich würde zu Hause

Elisabeth sagen, dass sie nicht mit mir sprechen soll, wenn ich arbeitete. Sie würde das sicher verstehen, denn schließlich arbeitete ich ja auch für sie und das Kind.

# 19

Eigentlich müsste ich Herma einfach vor die Tür setzen. Ihren kleinen Koffer packen, das Schloss austauschen, nicht mehr öffnen, wenn sie vor der Tür stünde. Aber ich traute mich nicht. Ich fürchtete die Konsequenzen, sie könnte bei der Arbeit über mich tratschen, über meine Schulden sprechen oder auch mich anzeigen wegen sexueller Vergehen, Vergewaltigung, was auch immer. Ich hatte von solchen Frauen gehört und ich konnte mir nicht vorstellen, dem irgendetwas entgegen setzen zu können. Als ich nach der Arbeit mit schmerzendem Knöchel die Treppe hoch stolperte und die Wohnungstür öffnete, fühlte ich mich hilfloser als je zuvor. Ich horchte angestrengt in den Flur. Herma war noch nicht zu Hause und Elisabeth schwieg. Ich warf einen Blick in mein Wohnzimmer und schluckte. In der kurzen Zeit, in der Herma nun bei mir wohnte, hatte sie mein Wohnzimmer völlig verändert. Überall lagen Verpackungen und Essensreste herum, der Tisch wirkte überladen, auf meinem Regal stand Nippes der billigsten Sorte. Eine chinesische Winkekatze blickte mich feist an, ich war mir sicher, sie noch gestern vorm Haus auf dem Sperrmüll gesehen zu haben. Sie konnte doch nicht all das Zeug hier in so kurzer Zeit angehäuft haben. Was wollte sie damit? Ich war so froh über meine aufgeräumte, saubere und geschmackvolle Wohnung, ich hätte mir nie so einen Kram aufgestellt. Grauenhaft.

Ich raffte den Müll zusammen, um ihn zu entsorgen und nahm mir fest vor, Herma zur Rede zu stellen. Messie hin oder her, bei mir nicht! So etwas duldete ich nicht. Mit dem Müll in der Hand ging ich in die Küche. „Am besten stopfte ich gleich alles in eine Tüte", dachte ich und stellte es vor die Tür. Wenn Herma nach Hause kam, könnte sie es gleich nach unten bringen.

Dann ging ich ins Schlafzimmer, schloss die Tür hinter mir und atmete tief durch. Elisabeth lag auf unserem Bett und sah mich an. Sie sah so lieb aus, so rein und unschuldig. Ich hörte sie nicht und doch sprach sie zu mir mit ihren Augen, mit ihrem ganzen Wesen, sie drückte all ihre Liebe aus. Ach könnte ich nur ungestört mit ihr leben! Ich legte mich zu ihr und horchte in mich hinein. Stille, wunderbare Stille. Angekuschelt an meine Frau schlief ich augenblicklich ein.

Mich weckte kurz ein Geräusch an der Tür, dann war es wieder still. Ich war so unendlich müde, wollte nur noch schlafen und vergessen, in welch absurder Situation ich mich befand. So verdämmerte ich die Nacht, Traumsequenzen und Tiefschlaf wechselten sich ab, bis mich der Hunger weckte. Es war früher Morgen. In der Wohnung war alles still. Ich schlich mich auf den Flur, lauschte in die Küche, horchte ins Wohnzimmer - nichts. Herma war nicht da. Im Wohnzimmer brannte jedoch Licht und ich ging nachschauen. Alles war wie gestern. Ich stutzte. Alles war wie gestern, bevor ich aufgeräumt hatte. Diese abscheulich grinsende Winkekatze war wieder da, der Müll, die Plastiktüten, nur die Essensreste waren nicht dieselben. Das konnte doch nicht wahr sein. In meinem Kopf hämmerte genau ein Satz in Endlosschleife: „Die Frau muss weg!" Ich hörte diesen Satz mit Elisabeths und meiner Stimme gleichzeitig, dazu ein Wimmern unseres Kindes. Doch mir wollte beim besten Willen keine Lösung einfallen. Ich hatte alle Todesszenarien innerlich durchgespielt, nichts kam davon in Frage. Ich konnte sie nicht einfach umbringen, das würde Konsequenzen haben, die ich nicht bereit war zu tragen. Ich musste sie irgendwie anders loswerden. Vielleicht kam mir der Zufall zur Hilfe und es ergab sich eine Gelegenheit, die nach Unfall aussah, das war meine einzige Chance. So wie bei Frau Kosic. Wobei mir immer noch nicht klar war, ob ich es getan hatte oder nicht. Daran zweifelte ich nach wie vor. Ein Teil meines Gehirns war sich sicher, den Besen genau im richtigen

Augenblick zwischen ihre Beine gesteckt zu haben, ein anderer Teil hielt das für unmöglich. Ich war doch kein Monster. Ich war doch zu so etwas gar nicht fähig. Ich war der netteste Mensch der Welt, konnte keiner Fliege etwas zu leide tun. Mit Mutter war es auch etwas ganz anderes gewesen, die hatte ich schließlich erlöst von ihrem Leid. Nein, auch Elisabeth war davon überzeugt, ich sei ein unschuldiger und netter Mann. Auf jeden Fall würde ich keinen weiteren Mord begehen. Vielleicht sollte ich einfach heimlich ausziehen und ihr nicht sagen, wohin. Das würde zwar einiges an Vorbereitung bedeuten, war aber wahrscheinlich die sauberste Lösung. Doch, wohin sollte ich ziehen? Woher sollte ich eine Wohnung bekommen? Ich konnte ja nicht einmal in derselben Stadt bleiben, Herma würde mich finden, da war ich sicher.

Meine Gedanken türmten sich zu riesigen Gebäuden auf, mit schiefen Wänden und falschen Perspektiven. Immer wieder brach alles zusammen, um sich erneut wieder aufzublähen wie eine Blase aus schillernder Seife. Ich selbst saß inmitten dieser Blase auf einem Karussell, das nicht mehr anhalten wollte. In meinem Kopf wurde es immer lauter, meine Gedanken begannen zu raunen, dann zu lärmen, bis ich aus voller Kehle zu schreien begann. Erst dieser Schrei brachte mich zur

Besinnung. „Günther, bleib ruhig! Jetzt keine Panikattacke, geh zur Arbeit, lass es auf dich zukommen, es wird früher oder später eine Lösung geben." Diese einfachen Sätze halfen mir, meine Panik zu unterdrücken und mich in die Lage zu versetzen, den Tag zu beginnen.

Doch an manchen Tagen ist der Wurm drin, wie man so schön sagt. Ich hatte Schwierigkeiten, in meinen Schuh zu kommen. Mein Knöchel war blau und angeschwollen, er schmerzte fürchterlich. Was war ich auch so tollpatschig. Ich suchte in der Abstellkammer nach ausgelatschten Schuhen, die ich natürlich nicht fand, weil ich alles Alte immer gleich entsorgte. Ich war ein Anti-Messie, schoss es mir durch den Kopf, auch nicht immer praktisch, wie ich erkennen musste. Wobei ich gedanklich wieder bei Herma war, obwohl ich mich mit ihr nun gerade gar nicht beschäftigen wollte. Wo war sie? Wann war sie gekommen, wann gegangen? Mir war unbegreiflich, wie sie es schaffen konnte, unbemerkt von mir in die Wohnung und wieder hinauszukommen. Die Nacht Tür an Tür mit mir zu verbringen und ich merkte nichts davon. Wahrscheinlich war sie längst bei der Arbeit, wohin ich mich nun auch endlich begeben sollte. Ich zog mir ein paar Schuhe mit Klettverschluss an, einen ließ ich offen. Die Schuhe mochte ich nicht, sie sahen so sehr nach Sportschuh aus wie ein Jogginganzug, welchen man nicht zum Laufen, sondern ausschließlich auf dem Sofa trägt.

Ich machte noch schnell mein Bett, legte Elisabeth mit dem Baby hübsch hin und schloss dann die Tür von außen ab. Schließlich wollte ich keine unangenehmen Überraschungen erleben, wenn ich nach Hause kam. Dann humpelte ich die Treppe hinunter und zum Bus.

Im Bus kam mir der Gedanke, dass ich das Wochenende mit Herma würde verbringen müssen. Morgen war Samstag und ich hatte keine Vorstellung, wie ich damit umgehen sollte. Vielleicht sollte ich mich doch besser mit ihr gut stellen und das Ganze gütlich regeln. Ich war nicht so das Kommunikationsgenie, aber ich hatte mal gelesen, dass Reden bei Problemen oft hilft. Vielleicht mussten wir beide einmal in Ruhe über alles sprechen. Vielleicht war dieses Wochenende genau der richtige Zeitpunkt, es zu tun. Ich wollte nicht kämpfen, ich wollte nur einfach meine Ruhe. Ich wollte ihr auch nichts Böses, sondern nur allein, mit meiner Elisabeth und dem Kind, in meiner kleinen, feinen Wohnung leben.

Im Büro verkroch ich mich, ohne viele Worte, hinter meinem Schreibtisch und begann zu rechnen. Niemand beachtete mich,

ich hörte wie durch Watte ab und zu ein Gespräch, manchmal das Telefon. Herma sah ich nicht. Ich machte mir schon Hoffnungen, sie sei vom Erdboden verschluckt worden, durch eine unheilbare Krankheit dahingerafft, Dengue-Fieber oder SARS, unbemerkt von der Welt auf irgendeinem Sperrmüllhaufen, an dem sie nicht vorbei gehen konnte. Gegen Feierabend zerschlugen sich meine Hoffnungen Herma nie wieder zu sehen, denn sie kam zur Tür herein, in ein lebhaftes Gespräch mit Herrn Fischer verwickelt, zwinkerte mir kurz freundlich zu, dass mir der Atem stockte und mein Herz unrhythmische Aussetzer bekam. „Die Frau muss weg" hämmerte es wieder in meinem Hirn und ich hatte diesem Gedanken nichts entgegenzusetzen.

Das Aufstehen fiel mir schwer, ich hatte mich praktisch den ganzen Tag nicht von meinem Schreibtisch wegbewegt und der Knöchel meldete sich vehement zurück. Ich musste es irgendwie schaffen, nach Hause zu kommen, auf gar keinen Fall wollte ich Herma allein in meiner Wohnung wissen. Sie hatte ein Auto, konnte schneller da sein, als ich mit dem Bus. Ich wollte mich dennoch nicht von ihr fahren lassen. Niemals würde ich sie darum bitten und selbst wenn sie fragen würde - unter keinen Umständen würde ich in ihr Auto einsteigen. Also setzte ich einen schmerzhaften Schritt vor den anderen und betrachtete jeden als persönliche Niederlage, als Strafe für all meine Verfehlungen, verfluchte meine Zwanghaftigkeit und die Ungerechtigkeit der Welt, biss die Zähne zusammen und kam tatsächlich zu Hause an. Ich hatte zwei Tage Zeit zum Ausspannen und Regenerieren. Als erstes machte ich mir mal ein Fußbad, eiskalt mit Eiswürfeln, um den Knöchel zu beruhigen. Viel Ahnung vom Heilen mit Hausmitteln hatte ich nicht, nur eine vage Vorstellung davon, dass ein heißer geschwollener Knöchel nach Kälte verlangt. Das kalte Wasser schmerzte bis in die Haarspitzen. Ich atmete durch die Zähne aus und ein bis der Schmerz nachließ. Das Wasser wurde wärmer, der Knöchel kälter, nach einer Weile ließ sich das ganz gut ertragen. Ich bekam Hunger. Ein schönes gemütliches Abendessen zu zweit in meiner kleinen gemütlichen Küche, das wäre jetzt genau der Balsam für meine Seele. Allein mit Elisabeth, ich könnte ihr alles vom heutigen Tag erzählen, sie würde mir geduldig zuhören, dazu ein Glas Wein... Mein Kühlschrank war leer. Ich hatte das letzte Mal so eingekauft, dass es für das Wochenende reichen müsste, noch bevor ich mir den Fuß vertreten hatte und nun war nichts mehr da außer einem halben Glas Senf und einer gelben Plastikzitrone. Wie konnte das sein, hatte Herma sich einfach bedient? Hatte sie denn vor nichts Respekt? Statt einer Antwort hörte ich, wie sich der Schlüssel im Schloss umdrehte und Herma stand leibhaftig in der Tür. Sie stellte ächzend drei prallgefüllte Einkaufstüten auf den Küchentisch und hauchte mir mit „Hallo Schatz, ich war noch kurz einkaufen" einen Kuss entgegen. Aus einer der Tüten holte sie zwei Verpackungen mit asiatischen Schriftzeichen hervor, stellte mir eine davon hin und wünschte mir einen guten Appetit. Ich esse nicht gern chinesisch, hatte allerdings wirklich Hunger und so aß ich. Ade, schöner ruhiger Abend mit Elisabeth, tschüss Candlelight-Dinner. Herma rannte in der Küche umher, verstaute den mitgebrachten Einkauf im Kühlschrank, nahm zwischendurch immer wieder einen Happen aus ihrer Pappverpackung und redete dabei munter von der Arbeit. Ich verfolgte sie mit den Augen, wie in einem Film, nahm sie nicht als Realität wahr, sondern eher als eine Art Heimsuchung, als ein Hologramm der besonderen Sorte, bis sie sich direkt vor mir aufbaute, mir streng in die Augen sah und sagte: „Günther, wir sollten heiraten!"

Durch mein hektisches Einatmen löste sich ein Reiskorn von meinem Gaumen und verschwand direkt in den Tiefen meiner

Luftröhre. Ich begann zu husten, bekam keine Luft, röchelte. Sie schlug mir auf den Rücken, wurde blass, sah hilflos aus. Aus meinen Augen schossen die Tränen, der Rotz lief aus meiner Nase, ich hustete weiter und hatte völlig die Kontrolle über mich verloren. Irgendwann spürte ich, wie sich das Reiskorn aus meiner Luftröhre löste und nach oben gedrückt wurde, wo es auf meinem Gaumensegel liegen blieb. Ich bekam zwar wieder Luft, begann nun aber zu niesen und brach dann heulend zusammen. Das hätte sie mir wirklich ersparen können. Heiraten, Herma? Nein!

Herma sah wirklich besorgt aus. Sie bot mir ein Glas Wasser an, fragte, ob sie mir Tabletten aus dem Bad holen sollte, wollte den Arzt anrufen. Ich wollte nichts dergleichen. Ich wollte nur etwas ganz Entscheidendes klarstellen.

„Herma, ich bin schon verheiratet", stieß ich mit heiserer Stimme hervor. „Das mit uns kann nichts werden. Ich liebe dich nicht. Ich möchte, dass du gehst."

Sie wich einen Schritt zurück, schaute mich unendlich traurig an und tat das Schlimmste, was sie hätte tun können - sie weinte. Ihr liefen die Tränen erst zaghaft, dann in deutlichen Rinnsalen über das Gesicht, sie wischte mit dem Ärmel, zog die Nase hoch, lief rot an und schluchzte vernehmlich. Dabei schaute sie nicht weg, sondern genau in mein Gesicht. Es war ein jammervoller Anblick und obwohl ich vermutete, sie würde simulieren, ihre Tränen wären keinesfalls echt, sondern eine Fälschung erster Güte, konnte ich nicht anders, ich hatte Mitleid.

„Lass es uns doch wenigstens versuchen!", stieß sie hervor und schluckte. „Eine Woche, bitte Günther, du wirst sehen, es wird alles gut."

Dann musst du aber aufhören, hier Müll reinzuschleppen, dann musst du aufhören, mich zu belästigen, mir den Kühlschrank leerzufressen, mich wegen Elisabeth zu verhöhnen, aufhören mich zu erpressen, mich zu vergewaltigen. Ein stummer Schrei war das, der aus mir heraus wollte und irgendwo schmerzhaft zwischen Brustbein und Kehle steckenblieb. Stattdessen nickte ich matt.

Herma fiel mir um den Hals und küsste mich. Sie drückte mich, herzte mich, lachte, weinte, die ganze Palette Gefühle, zu der Frauen wohl fähig sind und ich stand einfach nur da, unfähig mich zu wehren, unfähig, Bedingungen zu stellen, Kompromisse auszuhandeln, überhaupt irgendwie zu kommunizieren. Stattdessen ließ ich sie stehen, kramte umständlich nach dem rostigen Nagel, der meinen Schlafzimmerschlüssel ersetzte, öffnete die Tür, schloss hinter mir wieder ab und fiel völlig kraftlos zu Elisabeth und dem Kind in mein Bett.

Doch ich sollte keine Ruhe finden an diesem Tag. Deutlich vernahm ich Elisabeths Stimme.

„Günther, ich habe alles mit angehört. Warum hast du dich nicht gewehrt? Warum hast du zugelassen, dass diese Frau hier wohnt? Günther, ich rede mit dir! Sieh mich an, wenn ich mit dir rede!"

Elisabeth sah aus wie immer, aber ihr Ton war schneidend. Aus ihrer lieben sanften Stimme war die Stimme meiner Mutter geworden, die mich zur Rede stellte, von mir eine Stellungnahme verlangte. Doch ich wusste selbst nicht, wie es zu dieser Misere hatte kommen können. Ich wollte doch auch nichts sehnlicher, als meine Ruhe. So fühlte ich mich unverstanden und zurückgewiesen, dabei sehnte ich mich nach Zuwendung, brauchte sie wie die Luft zum Atmen. Erst wollte ich mich auf meine Bettseite drehen und schmollen. Doch dann besann ich mich. Ich streichelte Elisabeth sanft und kuschelte mich an ihre Brust.

# 20

Mitten in der Nacht wurde ich durch einen Alptraum geweckt. Ich saß nackt auf der Straße, im Arm hielt ich Elisabeth, die ebenfalls nackt war. Vor mir stand Herma mit einer Reitpeitsche und verhöhnte mich. Sie schimpfte mich einen feigen und impotenten Mistkerl, der niemals ein Mann werden würde. Dabei ließ sie die Peitsche in der Luft knallen und funkelte mich böse an. Ich zitterte vor Angst und Kälte, die Menschen gingen an uns vorüber und beachteten uns nicht. Niemand erkannte meine schlimme Situation, niemand bot mir Hilfe an. Ein Auto fuhr nah am Bordstein durch eine Pfütze und besprizte mich und meine Frau mit Dreck. Auf der gegenüberliegenden Straßenseite formierte sich plötzlich ein Mob, starrte hinüber zu uns und begann zu skandieren:
Günther du Sau - fickst mit der Gummifrau!
Ich wünschte mir, die Erde würde sich auftun, mich verschlucken und alles dabei mitreißen, was jemals in meinem Leben von Bedeutung war. Schweißgebadet erwachte ich, mir war hundeelend, mein Mageninhalt stand kurz unterhalb des Kehlkopfs und wollte unbedingt noch höher. Ich sprang aus dem Bett, um in mein Bad zu kommen, riss die Tür auf, rannte in den dunklen Flur hinaus und lag plötzlich mitten auf dem

Boden, weil ich über etwas Großes, Weiches gestolpert war, das sich vor meiner Tür befand. Mit dem Gesicht auf dem Linoleum liegend hörte ich grummelnde Laute einer weiblichen Stimme. Ich musste über Herma gefallen sein, doch was in aller Welt tat sie mitten in der Nacht vor meiner Schlafzimmertür? Bewachte sie mich jetzt?

Und weil ich so perplex war, so wütend und überrascht, brüllte ich sie in die Dunkelheit hinein an:

„Was tust du hier, du Schlampe, schau was du angerichtet hast! Mach, dass du in dein Zimmer kommst!"

Seltsamerweise stand sie auf, entschuldigte sich bei mir und verschwand. Ich hatte mir bei dem Sturz nichts Nennenswertes getan, mein Knöchel war eh schon kaputt und die paar kleinen Schrammen zusätzlich, über die konnte ich hinwegsehen. Für mich allerdings völlig unbegreiflich war die Reaktion von Herma auf meinen verbalen Angriff. Sie tat tatsächlich, was ich ihr sagte. Und ich war keinesfalls höflich zu ihr. „Wenn das so war", dachte ich, „dann würde ich sie morgen früh anschreien, dass ihr Hören und Sehen verging. Diese einmalige Gelegenheit, einer Frau zu zeigen, wo der Hammer hängt. wollte ich mir nicht entgehen lassen. Bevor es dazu kam, was ich gerade geträumt hatte. Sie würde mich kennen lernen! Ich wollte mich einmal im Leben auch rücksichtslos verhalten. Sie würde mir nie wieder solche Träume bereiten!

Am nächsten Morgen stürzte ich in das Wohnzimmer, in dem sie auf dem Sofa schlief. Ich schrie sie an, sie solle aufstehen und hier Ordnung schaffen, aber subito! Vorher bekam sie nichts zu essen.
Dabei schlug mir das Herz bis zum Hals, meine Knie waren weich und es zuckte ein warmes Gefühl durch meinen Unterleib. Ich fühlte mich völlig absurd in meiner neuen Rolle und hätte fast gelacht. Aber ich hielt durch und sie sprang vom Sofa auf und tat, was ich ihr sagte. Warum nur reagierte sie auf eine so schlechte Behandlung?
Nach einer halben Stunde erschien sie mit einer Tüte voll Müll in der Küche, sah mich devot an und versprach, den Müll nach dem Frühstück herunterzubringen. Ich erlaubte ihr, sich zu mir an den Tisch zu setzen, beachtete sie aber nicht weiter. Nach dem Frühstück duschte ich, ging wieder in mein Schlafzimmer und legte mich zu Elisabeth. Diese Schönheit, Sanftheit und Zartheit konnte keine reale Frau übertreffen. Elisabeth blickte mich aus ihren wunderbaren großen Augen an, ihr voller sinnlicher Mund war leicht geöffnet und die Brüste quollen aus

ihrem Nachthemd. Ich griff nach der Gleitcreme, beschmierte meinen Penis damit und schob ihn dann zwischen ihre Lippen. Ihre Hände legte ich auf meinen nackten Hintern und drückte die Finger so zusammen, dass sie hielten und nicht abrutschten. Dreimal hin und her reichten aus, um zu kommen, aber Elisabeth nahm mir das nicht übel. Sie schluckte. Eigentlich wollte ich sie ja nicht mehr schlucken lassen, weil die anschließende Reinigungsprozedur so aufwendig war, aber ihn vorher herauszunehmen gelang einfach nicht immer.

Es ergriff mich ein Gefühl von Macht. Dieses Gefühl machte sich normalerweise rar in meinem Leben. An diesem Morgen jedoch stand es unmittelbar und groß im Raum. Ich bekam Lust, diese Macht auszuweiten, auszukosten und bis an den Rand des Möglichen zu gehen. Ich würde Herma weiter autoritär behandeln, nahm ich mir vor. Ich würde sie einfach so behandeln, wie meine Mutter mich behandelt hatte. Dazu musste ich nicht lange überlegen, ich brauchte nur alles so zu machen, wie es mir selbst widerfahren war. Mir war bewusst, dass das pervers war, dass es keine Lösung meiner Probleme war und dass es Herma wahrscheinlich nicht aus meiner Wohnung treiben würde. Doch ich hatte einfach Lust mich zu rächen. Rache an allem, was mir jemals angetan wurde auf

Herma zu projizieren und sie leiden zu lassen. Es sollte für sie die Hölle werden.

Um meine Gedanken zu bekräftigen betrat ich mit dem Lineal in der Hand das Wohnzimmer. Herma saß im Sessel und las. Sie schaute auf, lächelte verhalten und wartete ab, was geschah. Ich deutete mit dem Lineal auf die Winkekatze im Regal und schnauzte: „Die kommt weg, sofort!"

Herma sprang auf, nahm die Katze in die Hand, streichelte einmal darüber, wie um sich von ihr zu verabschieden und brachte sie dann hinaus auf den Flur.

Ein Teil von mir war mitten in dieser Szene und ein anderer Teil schaute erstaunt und fast belustigt von oben zu, was geschah. Ich verstand Herma nicht, doch darüber wunderte ich mich nicht. Denn Frauen habe ich nie verstanden. Vielleicht gab es da auch gar nichts zu verstehen, vielleicht waren diese Wesen gar keine Menschen, sondern irgendetwas Anderes, Unbegreifliches. Warum sonst gab es so viele Missverständnisse zwischen Männern und Frauen. Wahrscheinlich hatte der liebe Gott sie gar nicht aus Adams Rippe geschaffen oder aus einem Klumpen Ton, sondern sie von einem anderen Stern geholt, weil ihm auf Erden das Material ausgegangen war und Adam so gejammert hatte.

Silikon war schließlich noch nicht erfunden.

Nachdem Herma den Müll und diese unsägliche chinesische Katze entsorgt hatte, kam sie mit devotem Blick auf mich zu und griff nach meinen Händen. Sie sah mir in die Augen und hauchte ein: „Danke, Günther!" Dann machte sie den Vorschlag, den heutigen Tag mit einem Ausflug zu verbringen und lud mich ein, mit ihr an einen See zu fahren, anschließend essen zu gehen, die Sonne zu genießen, eben das, was andere Paare auch machten. Ich war zufrieden, satt, sauber und einigermaßen gut gelaunt und so sagte ich zu. Ich richtete kurz mein Schlafzimmer, brauchte etwas länger im Bad, um Elisabeth zu reinigen, zu pudern, hübsch anzuziehen und wieder in mein Bett zu legen und war danach bereit, in Hermas Auto zu steigen und mich herumkutschieren zu lassen.

Ich tat nichts an diesem Tag, dackelte hinter Herma her, ließ sie reden, ließ sie bezahlen, war noch nicht einmal besonders freundlich. Ich wich ihren Versuchen aus, mit mir Körperkontakt aufzunehmen, war einsilbig, stimmte ihr niemals zu und doch sah Herma am Ende dieses Tages vollkommen glücklich aus. Zurück in meiner Wohnung sagte ich nur, es sei spät und verschwand in mein Schlafzimmer.

Wenn ich ganz ehrlich mit mir selbst war und ich mir etwas

wünschen dürfte, würde ich mir wünschen, ich könnte mit Elisabeth so einen Tag erleben. Der Tag war perfekt, alles war schön, nur meine Begleitung war nicht perfekt. Und so meldete sich auch prompt Elisabeths Stimme und sagte zum wiederholten Mal: „Die Frau muss weg!"

Doch ich begann das erste Mal zu überlegen, dass es auch Vorteile haben könnte, mit Elisabeth und Herma zusammen zu leben. Herma war führbar, ich konnte sie nach meiner Pfeife tanzen lassen. Elisabeth war schön, ich konnte mit ihr Sex haben. Ich begann mir in meiner Rolle als Pascha zu gefallen. Zwei Frauen, das bekam plötzlich einen ganz besonderen Reiz. Ich stellte mir plötzlich vor, wie ich Herma dazu zwingen würde, nackt mit einer Zahnbürste die Ritzen im Badezimmer zu putzen. Ich selbst würde hinter ihr stehen, mit dem Lineal in der Hand und ihr bei der kleinsten Verfehlung auf den Hintern schlagen. Dieser Gedanke erregte mich. Da diese Erregung nichts mit Elisabeth zu tun hatte, ging ich ins Bad, holte mir am Waschbecken einen runter und wusch mich anschließend. Ich war verwirrt. Meine Exkursionen in die Welt des Sado-Maso fielen mir wieder ein, Frau Kosic und ihre Kunden, meine Befürchtungen, auch einer dieser Männer zu sein und nun erregte es mich ganz eindeutig, Gewalt auszuüben. Meine

Gefühlswelt machte mir Angst. Mein Leben hatte entschieden aufgehört, in ruhigen Bahnen zu verlaufen, seit meine Mutter tot war. Mein Kopf wurde ganz wirr von der Vorstellung, was alles seitdem passiert war. Durch welche Abgründe ich gegangen war. Viel zu viel hatte ich mit mir machen lassen und sah nun keinen Sinn mehr darin, still zu halten und die Dinge auszusitzen. Ich wollte mein Leben endlich in meine eigenen Hände nehmen, ich wollte Macht. In mir keimte das angenehme Gefühl auf, durch ein tiefes dunkles Tal gegangen und nun endlich auf dem Weg nach oben zu sein. Was konnte geschehen? Ich hatte einen Job, ich würde meine Schulden bezahlen können. Herma konnte einen Teil der Miete übernehmen, ich würde sie einfach dazu zwingen. Ich hatte eine schöne Frau, die mir nicht widersprach und eine Frau, die alles tat, was ich wollte, wenn ich den richtigen Ton traf. Ich hatte es in der Hand! Was für ein Gefühl! Ich war Mitte dreißig und endlich ein Mann. Ich nuckelte noch ein bisschen an Elisabeths Brustwarze, dann schlief ich selig ein.

Am nächsten Morgen wurde ich durch Kaffeeduft geweckt. Herma schaute vorsichtig zur Tür herein, sagte mir guten Morgen und lud mich zum Frühstück in meine Küche ein. Sie hatte den Tisch hübsch gedeckt, Eier gekocht und sogar

Brötchen geholt. Der Anblick des Frühstücks stimmte mich milde, ich vergaß meinen Vorsatz, Herma schlecht zu behandeln und plauderte mit ihr gut gelaunte Belanglosigkeiten. Nach dem Frühstück wollte ich wieder in mein Schlafzimmer verschwinden, doch Herma kam hinterher. Sie stand schüchtern in der Tür und fragte mich, ob sie Elisabeth kennen lernen durfte. Sie sagte mir, wie schön sie sei und nachdem sie die Hand über ihr Gesicht gleiten ließ, wie sanft und wunderbar sie sich anfühlte. Elisabeth schaute aus ihren Rehaugen und ich war verwundert und fasziniert. Dann legte sich Herma neben Elisabeth in mein Bett. Sie begann, meine Frau zu streicheln, ihre Brüste in die Hand zu nehmen und sie zu küssen. Ich wollte protestieren, doch es erregte mich sehr, ihr dabei zuzuschauen.

„Komm doch zu uns, Günther", hauchte sie. Und Elisabeth schien ihr zuzustimmen. Ich legte mich ebenfalls ins Bett, Elisabeth lag in der Mitte und ihr halb geöffneter Mund mit den vollen Lippen war die Verheißung schlechthin. So streichelte auch ich sie und knetete ihre Brust. Herma saugte sich an der anderen Brust fest, stöhnte leise und rieb ihren Unterleib an Elisabeths Beinen. Ich tat es ihr nach, wurde immer erregter und kam gleichzeitig mit Herma zum Höhepunkt. Matt sank ich ins Kissen. Meine Hose war klebrig und ich sah Herma mit geschlossenen Augen lächeln. Sofort legte sich in mir ein Schalter um und ich begann Herma anzuschimpfen.

„Was tust du hier, du Schlampe, das darf doch nicht wahr sein, mach das du hier raus kommst!"

Irritiert wollte Herma protestieren, ließ es aber sein und trollte sich. Ich selbst konnte nicht begreifen, was eben passiert war. War das gerade ein Dreier? War Herma auch noch lesbisch? Mich hatte es sehr erregt, aber ich wollte einfach nicht, dass mir jemand Elisabeth wegnahm. Mit ihr Spaß hatte. Und Herma schon gar nicht. Sorgfältig schloss ich meine Zimmertür ab und ging ins Bad, um mich einem ausgiebigen Reinigungsritual zu widmen.

Unter der Dusche dachte ich einmal mehr darüber nach, wie ich Herma wieder loswerden konnte. Im Moment sah es so aus, als würde ich mich immer tiefer in ein Netz klebriger Fäden verstricken und nie wieder dort herausfinden. Wenn ich gestern noch gedacht hatte, Herma sei führbar, wurde mir heute klar, wie kompliziert die Dinge lagen. Herma war keinesfalls führbar. Sie würde immer wieder quer schlagen, sich Nischen suchen und hinten herum für sich Vorteile erwirken. Sie würde mich in den Wahnsinn treiben, mein kleines empfindliches Ego komplett platt machen, mich verwirren, ausnutzen. Ihre devote Haltung? Alles nur Show, um mich dazu zu bewegen, sie bei mir wohnen zu lassen. Ich würde Herma jetzt sofort rausschmeißen. Sollte sie zusehen, wie sie klar kam.

„Herma, pack deine Sachen und geh", übte ich vorm Spiegel. Noch einmal mit mehr Nachdruck und ein drittes Mal, nur. um zu sehen, wie stark ich sein konnte. Dann zog ich mich an und verließ das Bad.

„Herma, pack deine Sachen und geh!", fuhr ich sie an, denn sie stand schon wieder auf dem Flur herum und wartete darauf, dass ich das Bad verließ. Sie sah mich blass an und weinte wieder.

„Das eben tut mir leid, Günther. Es kam so über mich. Elisabeth ist so schön, ich konnte nicht anders. Du wolltest es doch auch, bitte Günther, lass mich bei dir bleiben, ich mache alles, was du willst, aber lass mich nur bei dir bleiben!"

„Du machst alles, was ich will? Zieh dich aus und putz das Bad, ich will dabei zusehen. Na los, mach schon!"

Völlig fasziniert sah ich dabei zu, wie sie sofort reagierte. Sie zog sich aus, legte ihre Kleidung säuberlich zusammen auf den Flur und betrat das Bad. Sie begann mit der Toilette, putzte diese gründlich, nahm dann einen Schwamm und wischte die

Fliesen ab. Sie kroch auf dem Boden herum, wischte die Ecken aus und ich sah dabei die ganze Zeit auf ihren nackten Hintern. Ich reichte ihr eine alte Zahnbürste und wies sie an, die Fugen der Fliesen zu reinigen. Auch das nahm sie klaglos hin. Ich dachte an das Lineal, mit dem ich immer geschlagen wurde und mit dem ich mich bis vor kurzem noch selbst schlug, aber es lag in der Küchenschublade. Das nächste Mal hätte ich es dabei, nahm ich mir vor, denn die Vorstellung, sie auf den nackten Arsch zu schlagen wurde übermächtig in mir. Doch ich wollte sie nicht mir der Hand anfassen.

Als sie fertig war und vom Boden unterwürfig zu mir aufschaute, erlaubte ich ihr zu duschen.

Im Laufe des Tages kamen mir Bedenken. Ich war damit beschäftigt, meinen Schrank aufzuräumen und die Bilder des Morgens schoben sich immer wieder in mein Hirn. Warum ließ sich Herma so von mir erniedrigen. Das war doch widerwärtig. Und warum erregte es mich. War ich pervers? Doch auch die Szene mit Elisabeth und Herma erregte mich. Dazwischen blitzen aber immer wieder Gedanken auf, die diese Bilder bewerteten, negativ bewerteten, so als würde Mutter hinter mir stehen und mir sagen, ich sei ein abartiges Schwein. Ich hätte schlechte Gene, was kann man erwarten von einem Sohn, der aus einer Vergewaltigung stammte. Diese Gedanken nagten an mir, den ganzen Tag fraßen sie sich durch meinen Kopf und am späten Nachmittag hämmerte ein heftiger Schmerz über meinem linken Auge.

# 21

Ich hatte die ganze Nacht nicht richtig geschlafen, mich herumgewälzt und vor Schmerzen fast geweint, doch am nächsten Morgen klingelte unerbittlich der Wecker. Ich schüttelte den letzten unerfreulichen Traum von mir ab und stand auf. „Disziplin war mein zweiter Vorname", dachte ich und begab mich ins Badezimmer. Die blitzende Sauberkeit in diesem Raum erinnerte mich an den gestrigen Tag, an meine Ausflüge ins Land der Sadisten. Ich schämte mich. Mit einem Kopf, der sich pochend bemerkbar machte und nach Tabletten verlangte, schaute ich in den Spiegel. Der Schmerz war mir anzusehen, ein zerknittertes Gesicht blickte mir entgegen, das mit dem Bild, das ich von mir hatte nicht übereinstimmen wollte. Zähne putzen, rasieren, ein paar Mitesser ausdrücken und das eine oder andere Haar aus dem Gesicht zupfen, wobei der Schmerz, den das verursachte unerträglich war, zu mehr war ich an diesem Morgen nicht fähig. Dann drehte ich mich um und mein Blick fiel auf den Badewannenrand. Dort lag eine mir unbekannte kleine und längliche Schachtel, ein Beipackzettel schaute heraus. Ich wollte mich gerade über Herma ärgern, die überall ihren Müll liegen ließ, doch dann zwang ich mich zu genauerem Hinsehen. Meine Knie wurden weich, ich musste mich setzen und begann, ganz flach zu atmen. In meinen Händen hielt ich die Packung eines Schwangerschaftstests.

Mein Hirn begann zu rattern wie eine alte Registrierkasse. Die unschöne Szene auf dem Sofa fiel mir wieder ein, Herma saß auf mir, öffnete meine Hose und rieb sich an mir, bis ich kam. Das hatte ich als Vergewaltigung empfunden und es stellte sich als der Anfang vom Ende heraus. Herma war mir seither nicht mehr von der Seite gewichen, die Dinge nahmen ihren Lauf, um unweigerlich in einer Katastrophe zu enden. Wenn das stimmte und Herma schwanger war, von mir schwanger war, dann konnte ich mir einen Strick nehmen. Ich würde nie wieder aus dieser Sache herauskommen. Verzweifelt begann ich nach dem Rest des Tests zu suchen. „Das Ergebnis", dachte ich fieberhaft. Ich wollte es wissen. Doch ich fand es nicht. Nicht im Müll, nicht im Schrank, nirgends. Was hatte das zu bedeuten? Wollte sie mich vielleicht schocken? Mir Angst machen? Versuch gelungen! Mir war schlecht vor Angst. Jede verdammte Schweißperle auf meiner Stirn war eine manifestierte scheiß Angst! Lieber Gott mach, dass sich der Boden unter mir öffnet und mich für immer verschlingt! Etwas in mir wollte sich gehen lassen, eine gepflegte Panikattacke wäre jetzt angebracht, doch ich straffte meinen Rücken und besann mich. Diese perfide Schlampe wollte mich fertig machen, ganz klar. Und es war ihr auch gelungen. Aber Herma war doch bestimmt nicht in der Lage, schwanger zu werden. Sie war viel älter, als ich. Wie lange konnten Frauen denn Kinder bekommen? Nein, ich wollte mir keine Sorgen machen, wollte lieber an Gemeinheiten und fiese Taten glauben, als an die Möglichkeit, Vater zu werden. Dann fiel mir Hermas Heiratsantrag mit dem dazugehörenden Erstickungsanfall meinerseits wieder ein und mir wurde schmerzlich bewusst, in welch auswegloser Situation ich mich befand. Es riss mich innerlich von einer Seite zur anderen und das Schlimmste daran war, dass ich keine Antwort wusste auf die Frage, ob sie schwanger war oder nicht. Es wäre möglich. Es war unerträglich. Und wenn überhaupt, war es Samenraub. Es lag nicht in meiner Macht, es verhindert zu haben. Ich hatte keine Sekunde lang eine Chance gehabt, nicht die geringste. Das Kind, das da heranwuchs war wie ich das Produkt einer Vergewaltigung!

Ich hörte ein zaghaftes Klopfen an der Badezimmertür und öffnete. Vor mir hatte Herma es sehr eilig, hineinzukommen. Nachdem sie die Tür hinter sich geschlossen hatte, hörte ich auf dem Flur, wie sie sich erbrach.

Panisch rannte ich auf dem Flur auf und ab. Meine Hände zitterten, mein Herz schlug bis zum Hals, diese Geräusche aus dem Bad gaben mir den Rest. Das war's. Zu Ende, mein Leben eine Ruine, zum Abriss freigegeben. Ich konnte nicht mehr. Wie durch einen Nebel nahm ich Herma wahr, die jetzt vor mir stand und lächelte.

„Alles in Ordnung, Günther?" Sie wirkte völlig normal, wie immer. Nicht das Geringste deutete darauf hin, dass sie sich gerade übergeben hatte. Pfeifend ging sie in die Küche und machte Frühstück. Sie schnatterte drauf los, sprach von der Arbeit, ihren Terminen, belangloses Zeug. Ganz langsam kam das normale Leben zurück in meinen Körper und ich beruhigte mich. Wenn Herma schwanger war, dann würde sie mir das ja wohl sagen. Sie würde mich damit erpressen, auf eine Heirat bestehen, verlangen, dass ich Elisabeth und ihr Baby weggebe und mich ganz der Aufzucht ihres eigenen Nachwuchses widmen würde. Nein, sagte ich mir, sie war nicht schwanger. Aus dem Augenwinkel beobachtete ich sie, schaute auf ihren Bauch, ihre Brüste. Unverändert, entschied ich erleichtert.

Während meiner Arbeit schoben sich immer wieder Gedanken

der Ungewissheit in mein Hirn und hinderten mich daran, mich zu konzentrieren. Mir wurde klar, dass Herma sicher nicht erzählen würde, schwanger zu sein, bevor nicht die Frist abgelaufen war, in der man abtreiben konnte. Sie würde mich vor vollendete Tatsachen stellen, dessen wurde ich mir immer sicherer. Wenn ich sie fragen würde: „Herma, bist du schwanger?", sie würde es leugnen. Solange sie es leugnen konnte, solange man noch nichts davon sah, würde sie es vor mir verheimlichen wollen. Dazu passte allerdings die leere Packung auf dem Badewannenrand nicht. Das war doch offensichtlich, dass ich darüber stolpern sollte. Doch dann fiel mir ein, wie schlampig Herma war, wie unordentlich. Es gab kein stimmiges Gesamtbild, ich konnte es drehen und wenden wie ich wollte, die Puzzleteile passten einfach nicht zusammen. Hatte sie also die leere Packung aus irgendeinem Müll gefischt und mir hingelegt als Zeichen, als Warnung, als was auch immer? Oder hatte sie nur vergessen, sie wegzuräumen und wollte auf keinen Fall, dass ich mitbekam, was los war? Wollte sie mich scheibchenweise weichkochen, mich fertig machen mit einer ganz perfiden Methode? Mich im Ungewissen lassen, sich an mir rächen, mich dazu bekommen, dass ich aufgab und sie heiratete? So konnte ich nicht arbeiten, unmöglich. Ich stand auf und nahm meinen Mantel. Die Mittagspause würde ich draußen verbringen, durch die Straßen laufen, mich irgendwie abreagieren.

Die klare Luft ließ auch meine Gedanken klarer werden. Ich war mir auf einmal sicher, selbst wenn Herma schwanger war, dann bestimmt nicht von mir. Wer weiß, mit wem sie noch schlief oder wessen Samen sie raubte. Das konnte ich nicht wissen. Und so beruhigte ich mich vollends, nicht das erste Mal hatten sich Dinge in meinem Leben ganz von selbst geklärt. Wenn ich mir nichts anmerken ließ, dann würde sie merken, dass ihre Rachefeldzüge ins Leere liefen und sie aufgeben. Hoffte ich zumindest. Stattdessen sollte ich mich vielleicht naheliegenderen Problemen widmen. Zum Beispiel mal wieder einen ruhigen Abend mit Elisabeth zu verleben. Ein gemeinsames Essen, eine kuschelige Zeit vor dem Fernseher. Dafür müsste aber erst Herma aus dem Haus. Unlösbar erschien mir dieses Problem, das wurde mir leider klar. Diese Person würde mir nie im Leben von der Pelle rücken. Alles was ich tat, würde ich in irgendeiner Weise mit Herma abstimmen müssen. Ihre bloße Anwesenheit hinderte mich an meiner persönlichen Freiheit, an meinem selbstbestimmten Leben mit Elisabeth. Da half es auch nichts, sie zu quälen, sie schlecht zu behandeln, sadistisch zu sein. Nein, das machte die Sache nur schlimmer. Sie würde nach mehr verlangen, statt das Weite zu suchen.

Ich war mir nicht sicher, ob mein Sadismus ihr gegenüber bei ihr sexuelle Gefühle auslösen würde. Ich war weit entfernt davon, mit ihr Sex haben zu wollen. Ich wollte sie einfach nur quälen. Ich wollte sie auf dem Boden sehen, bis zur Unkenntlichkeit erniedrigt, frierend, sabbernd vor Angst und Ekel. Das machte mir Angst, denn ich wusste nicht, wie weit ich gehen würde. Es ließ mich in meine persönlichen Abgründe blicken, in deren Tiefe es sehr, sehr dunkel war.

Ich war so damit beschäftigt, mein düsteres Gedankenkarussel beim Drehen zu beobachten, dass ich gar nicht merkte, wohin ich ging. Als ich aufsah, war ich in der Friesenstraße. Ich stand vor dem Haus, das Hermann Döbberlin mir vererbt hatte und das sich in Kleidung und Schmuck für Elisabeth und einen Haufen Schulden aufgelöst hatte. Das Praxisschild der Psychologin hing immer noch geputzt am Eingang und wartete auf Patienten. Vor längere Zeit schon hatte ich überlegt, ob ich nicht die Hilfe von Sibille Fassbender in Anspruch nehmen sollte. Sie sah immerhin sympathisch aus und vielleicht konnte sie mir ja doch helfen. Obwohl ich mir im tiefsten Inneren sicher war, mir war nicht zu helfen! Meine Hand griff nach dem Knauf des Gartentors, mein Herz schlug bis zum Hals, als dieser sich mit einem leisen Quietschen drehte und wie im Traum ging ich langsam den Plattenweg in Richtung Eingang. Vor mir ging die Haustür auf und mir kam ein Mann entgegen, meiner Statur nicht unähnlich, ein leicht verwirrter Gesichtsausdruck war nicht zu übersehen und er hatte es augenscheinlich eilig.

Fast wäre ich wieder umgekehrt, doch ich wollte diesem Menschen nicht das Gefühl geben, ihn zu verfolgen und ich wollte auch nicht unentschlossen wirken. Also ging ich die drei Stufen auf die Haustür zu, öffnete diese und stand im Flur. Ein dezenter Klingelton kündigte mein Kommen an und eine sympathisch aussehende Frau begrüßte mich. Anfangs war ich nicht in der Lage, einen Ton herauszubringen, doch sie sah mich geduldig und freundlich an, bis ich mich gefasst hatte.

„Termin", stieß ich heiser hervor. Ich räusperte mich. „Ich brauche einen Termin", versuchte ich es noch einmal. Ich hatte schließlich gelernt, in ganzen Sätzen zu sprechen.

Die Frau ließ sich davon nicht irritieren. Sie öffnete ihren Kalender, schlug mir einen Termin in drei Monaten vor, fragte nach meinem Namen und meiner Krankenkasse und sah mich dann erwartungsvoll an.

„Drei Monate? Das halte ich nicht durch!", entfuhr es mir und ich begann zu zittern. „In drei Monaten, wer weiß was dann ist, die Katastrophen häufen sich, wenn sich das summiert, dann bin ich in drei Monaten ein Wrack, ich... ich...", ich begann zu schluchzen und hektisch zu atmen. Dann fasste ich mich wieder.

„Was glauben Sie, was mich das für eine Überwindung gekostet hat, hier her zu kommen und nun soll ich drei Monate warten?"

„Schschscht", die Frau versuchte mich zu beruhigen. „Ganz ruhig. Einfach nur atmen. Ich sehe schon, es ist ein Notfall. Wollen Sie vielleicht erst einmal in eine Klinik, bevor Sie bei Frau Fassbender mit der Therapie beginnen? Ich kann Ihnen wirklich nicht versprechen, früher dran zu kommen. Vielleicht springt jemand ab und dann würde ich mich bei Ihnen melden."

„Keine Klinik, auf gar keinen Fall!", ich schnappte nach Luft.

„Herr Natschke, wie kann ich Sie erreichen, wenn früher was frei wird, können Sie mir Ihre Telefonnummer geben?"

Telefonnummer? Ich hatte kein Telefon. Das hatte ich ja abgemeldet. Warum nur war alles so schwierig in meinem Leben? Warum drehte sich immer alles so im Kreis? Ich sah die Frau an und nahm wortlos den Terminzettel entgegen, dann ging ich hinaus. Mir standen die Tränen in den Augen, das wohlbekannte Gefühl des Selbstmitleids begann mich zu überschwemmen, eine regelrechte Springflut diesmal, die mir die Knie weich werden ließ und meine Seele hinweg spülte, direkt in die Kanalisation.

Auf dem Weg zurück zur Arbeit war mir die ganze Sache einfach nur noch peinlich. Was hatte ich mir da wieder geleistet? Hatte ich wirklich gehofft, die Tür würde aufgehen, Sibille würde hindurch gehen, mich in den Arm nehmen, „Mein Bruder" hauchen und dann mit der Therapie beginnen? Träum weiter, Günther! Ich war mir sicher, den Termin nicht wahrnehmen zu wollen. Ich würde dort nie wieder hin gehen. Klinik, dieses Wort allein. So weit war es schon gekommen, dass Wildfremde mir meinen Irrsinn ansahen. Dass ich mich aber auch nie zusammenreißen konnte, wenn es darauf ankam. Peinlich, einfach nur peinlich!

Dass Sibille meine Halbschwester war, erschien mir plötzlich als völlig absurd. So selten war der Name Fassbender ja nun auch nicht. Ganz sicher war sie nicht die Tochter von diesem Monster, das meine Mutter eiskalt vergewaltigt, seinen Samen in sie reingepumpt, sie befruchtet hatte, nur um mich, ausgerechnet mich, entstehen zu lassen. So ein Mann zeugt nicht wenige Jahre später eine schöne intelligente Frau, die Psychologie studiert, um dann eine erfolgreiche Praxis zu führen. Niemals!

## 22

Das Thema Therapie war für mich ein für alle Mal vom Tisch. Ich hatte überhaupt kein Bedürfnis mehr, irgendetwas an mir zu ändern. Nach dieser peinlichen Begegnung mit Sibille Fassbenders Sprechstundenhilfe konnte ich auch meinen Fuß nie wieder in dieses Haus setzen. Unmöglich! Ich würde nie erfahren, ob sie meine Schwester war. Ich würde nie etwas über meinen echten Erzeuger erfahren, doch wollte ich das überhaupt? Ich war mir plötzlich sicher, wenn mich die Welt endlich in Ruhe lassen würde, dann würde es mir auch gut gehen und alle Schwierigkeiten in meinem Leben würden sich in Luft auflösen.

Mir wurde klar, wie viel Glück ich eigentlich bisher gehabt hatte. Ein paar Mal war ich ja schon in der Notaufnahme des Krankenhauses gelandet, wie leicht hätte man mich in eine Nervenklinik bringen lassen können. Ich stand mehr als einmal kurz davor, da war ich mir sicher. Im Krankenhaus hatte man mir Medikamente zur Beruhigung gegeben, wenn ich so etwas dauerhaft wollte, brauchte ich nur zum Hausarzt gehen. Aber ich wollte nicht. Ich wollte einfach nur in Ruhe gelassen werden und mit meiner Frau zusammen sein.

Längst hatte ich mich an die Anwesenheit von Herma gewöhnt.

Sie musste sich irgendwann einmal einen Schlüssel kopiert haben, denn sie kam und ging wie sie wollte. Wenn sie da war, war sie devot und abwartend, sie war freundlich und zuvorkommen, wie, als wollte sie mir beweisen, dass es eine Chance auf Beziehung mit mir gab. Oft war sie aber auch nicht da, kam spät und verschwand dann sofort ins Wohnzimmer. Ich betrat diesen Raum nur mehr selten, eigentlich nur noch, um Herma zu kontrollieren und Müll zu entdecken. In dieser Beziehung blieb ich gnadenlos. Ich zwang Herma zur Ordnung, ahndete jeden noch so kleinsten Fetzen Müll in meiner Wohnung mit einem Anranzer. Sie konnte von mir aus RTL 2 gucken, aber Müll war tabu! Ich ließ Herma einkaufen, manchmal kochen, ich verlangte jeden Monat einen Teil der Miete von ihr und zog mich ansonsten in mein Schlafzimmer zurück und lebte mit Elisabeth. Dabei fühlte ich mich wie ein Untermieter in meiner eigenen Wohnung, traute mich meist nicht hinaus aus dem Zimmer und konnte mich einfach nicht frei entfalten. Elisabeth war es nicht recht, immer nur in diesem Schlafzimmer zu sein, sie wollte alles so wie früher, tagsüber vor dem Fernseher sitzen und mich erwarten, wenn ich von der Arbeit kam. Doch das konnte ich ihr im Moment leider nicht bieten. Sie war entsprechend zickig zu mir, ich hörte ständig ihre Stimme und sie sagte immer das Gleiche: „Die Frau muss weg! Die wundervolle dunkle Tönung ihrer Stimme wandelte sich immer öfter in den schneidenden Tonfall meiner Mutter. Sie konnte auch lieb sein, sanft und rein, doch es mischte sich dieser zynische Unterton ein, den ich nicht mochte, der mich klein machte und schuldbewusst zurückließ.

So dachte ich in jeder freien Minute darüber nach, wie ich Herma Wustermann den Garaus machen könnte. In meinem Kopf entstanden Bilder, die immer realer wurden und so schrecklich waren, dass ich mich davor zu fürchten begann. Ich fesselte sie an die Heizung und fuhr für eine Woche in den Urlaub. Bei meiner Rückkehr wäre sie tot, würde aber noch nicht stinken, sodass ich sie unbemerkt aus dem Haus schaffen könnte. Ich ging mit ihr in den Park und zwang sie, auf das Brückengeländer zu steigen, um sie von dort hinunter zu schubsen. Bei ihrem Versuch, aus dem schlammigen Teich zu steigen, würde ich sie so lange mit dem Fuß zurückstoßen, bis sie am Schlamm erstickte. Ich knebelte sie mit einem Klebeband, fesselte sie am Sofa und klebte ihr dann auch die Nase zu. Um ihre erstickten Schreie unhörbar zu machen, würde ich den Fernseher sehr laut stellen. Ich zwang sie in einen Karton zu steigen, den ich dann mit Klebeband so lange umwickelte, bis sie luftdicht verschlossen aufgab sich zu wehren und starb. Diese Gedanken zogen mich unaufhaltsam in einen Abgrund, aus dem es kein Entrinnen gab. Sie ergriffen von mir Besitz, ließen mein ganzes Dasein in den Hintergrund rücken, wurden immer stärker und realer, so real, dass ich manchmal dachte, es wäre längst vollbracht, Herma wäre unter den Toten wie Frau Kosic und meine Mutter. Wenn ich sie umbrachte und lebenslänglich bekam, würde ich dann Elisabeth mit ins Gefängnis nehmen dürfen? Diese Aussicht gefiel mir fast, Isolationshaft für einen Dreifachmord zu bekommen. Es kam meinem Naturell entgegen, allein zu sein. Und bei näherer Betrachtung kamen weitere Vorteile zu Tage. Ich hätte ausgesorgt, bräuchte mich nie mehr um irgendetwas zu kümmern, vorausgesetzt natürlich, Elisabeth wäre bei mir. Dann fiel mir ein, dass es auch andere Männer geben würde, andere Straftäter, die mich und Elisabeth mit Sicherheit nicht in Ruhe lassen würden. Männer wie Rolf... also war auch das keine Option. Bei einer Inhaftierung hätte ich mein Leben noch weniger in der Hand als jetzt. Nein, ausgeschlossen, das durfte nicht passieren. Noch wollte ich an eine positive Wendung glauben. Daran, dass sich Herma besinnen würde und von selbst auszog. „Nie!", durchschnitt die Stimme meiner Mutter meine Gedanken und ließ einen Schwall negativer Formulierungen bezüglich meiner Unfähigkeit folgen.

Herma hatte sich bisher nicht zu ihrer möglichen Schwangerschaft geäußert und ich fand sie unverändert, sodass ich auch nicht mehr daran glaubte. Dennoch stand diese Möglichkeit wie ein Schreckgespenst im Raum. Jedes Mal wenn ich Herma sah, beäugte ich sie argwöhnisch von der Seite, ob sie nicht doch zugenommen hätte oder sonstige Anzeichen zu sehen waren. Diese lächerliche Verpackung eines Schwangerschaftstests hatte mich letztendlich völlig aus der Bahn geworfen. Es wäre nur mehr eine Frage der Zeit, wann ich mich nicht mehr konzentrieren, nicht mehr arbeiten könnte, wann man mir anmerkte, dass ich nicht bei der Sache war. Immer öfter machte ich Fehler, musste ganze Seiten nachrechnen, bemerkte diese Unstimmigkeiten zum Glück noch selbst, denn wenn mich jemand anderes erst darauf aufmerksam machen würde, wäre es zu spät, dann könnte ich einpacken.

Meinen Tötungsfantasien vergesellschafteten sich mit Selbstmordfantasien, doch einen Suizid in die Tat umzusetzen, dazu war ich einfach zu feige. Dabei plante ich gar nicht den fulminanten Abgang, ich würde es ganz bescheiden machen,

Tabletten nehmen zum Beispiel. Doch allein die Tatsache, keine brauchbaren Tabletten zu haben, sondern erst zum Arzt zu müssen, um sie zu bekommen, machte einen Suizid für mich unmöglich. Ich hatte kein Auto, um Autoabgase einatmen zu können, nicht einmal ein Gasherd stand in meiner Küche. Die blutigen Varianten lehnte ich kategorisch ab, auch konnte ich mir nicht vorstellen, von etwas Höherem herunter zu springen. Und was wäre, wenn es nicht klappt? Dafür fehlte mir jegliche Vorstellungskraft. Und wie immer, wenn ich versuchte, solche Gedanken konsequent zu Ende zu denken, fühlte ich mich als Versager. Die ganze Ausweglosigkeit meiner Situation türmte sich vor mir auf, wie der schiefe Turm von Pisa. In mir entstand ein Hass auf alles, auf jede Person in meinem Umfeld, auf die Ungerechtigkeit, die mir ständig widerfuhr, ein Hass auf die gesamte Menschheit. Warum ich? Ich hatte niemandem etwas getan, warum war die Welt so gemein zu mir?

Und von all dem war noch eine Steigerung möglich, denn am Sonntagmorgen bei einem Frühstück, das Herma bereitet hatte, legte sie mir wortlos ein kleines blaues Heft auf den Tisch. Darauf stand „Mutterpass" und darunter „Bundesausschuss der Ärzte und Krankenkassen". Diese Buchstaben brannten sich in mein Hirn und hinterließen dabei eine Gänsehaut auf dem

Kopf. Mein Herz zog sich zusammen, blieb für ein paar Sekunden stehen, um dann wie wild zu schlagen. Mir wurde eiskalt, dann heiß und mein ganzer Körper begann zu prickeln und zu brennen, als hätte mich jemand mit einem Nagelbrett geschlagen. Einem plötzlichen Impuls folgend wischte ich mit einer Hand das Frühstück vom Tisch. Teller krachten zu Boden und zerbarsten in tausend Stücke, doch ich hörte kein Geräusch, nur das Pochen in meinen Ohren. Ich sprang auf und verließ die Küche, rannte in mein Schlafzimmer und warf mich auf mein Bett. Dort schüttelte mich ein Weinkrampf, der in Schreien überging und in einer Hyperventilation endete, die meine Hände krampfen ließ. Worst case.

Herma stand im Türrahmen und beobachtete mich. Falls sie etwas sagte, hörte ich es nicht und ich wollte es auch nicht hören. Auf gar keinen Fall sollte sie aussprechen, was offensichtlich war. So als würde die Wahrheit von selbst verschwinden, wenn man sie verschweigt. Ich rollte mich ein wie ein Embryo, zog die Decke über mich. Vor meinen Augen wurde alles schwarz, die Welt hörte auf zu existieren, meine Gedanken schwiegen still und ich verlor das Bewusstsein.

## 23

Ich war nicht mehr in der Lage zu sprechen. Das ging schon seit Tagen so. Ich beobachtete meine Umgebung, hörte die Menschen, doch ich konnte kein einziges Wort herausbringen. Auf Fragen antwortete ich mit Nicken oder Kopfschütteln, bestenfalls kam ein Grummeln aus mir heraus, das, mit viel Fantasie, als Wort gedeutet werden konnte.

Meine Wohnung veränderte sich. Jeden Tag stand etwas Neues im Flur, um dann im Wohnzimmer zu verschwinden. Herma stellte es extra sichtbar hin, sodass ich darüber stolpern musste. Es war offensichtlich, dass sie mich zwingen wollte, der Realität ins Auge zu sehen. Gestern war es eine Wickelauflage, vorgestern ein riesiges Paket mit Höschenwindeln. Vor ein paar Tagen hing ein Mobile mit Sternchen, eindeutig vom Sperrmüll, an der Garderobe. Das ganze Wohnzimmer war sicher schon voll von Babysachen. Ich wusste es nicht, denn ich betrat diesen Raum nicht mehr.

Ich funktionierte wie ein Roboter, stand morgens auf, putzte dem Mann im Spiegel, den ich nicht kannte die Zähne und rasierte ihn, ging zur Arbeit, kam abends heim, aß und trank und schlief. Meine Wahrnehmung der Umwelt war stark eingeschränkt und das war eine Gnade. Die Welt mit all den

Anforderungen, die sie an mich stellte hatte mich schon immer überfordert, nun versuchte ich einfach, diese Welt aus meinem Leben rauszuhalten. Auch Elisabeth nahm ich kaum wahr. Sie war vollends verstummt, ich hörte weder ihre noch die Stimme meiner Mutter. Sie lag auf meinem Bett, seit Tagen nicht umgezogen, trotzdem schön wie immer und lächelte. Ich berührte sie nicht, war dazu gar nicht in der Lage, fühlte mich vollkommen impotent. Um mich herum spannte sich ein Kokon aus Schweigen, Wut und Trauer, der mir jegliches Verständnis für die Lebenden nahm. Bisweilen wähnte ich mich im Reich der Toten, sah meine Mutter und Frau Kosic nebeneinander auf einer Bank im Jenseits sitzen, lächelnd und einander an den Händen haltend. Am liebsten würde ich dort in der Mitte sitzen, zwischen den beiden Frauen, die Augen schließen und verzeihen. Doch diese Momente, so beglückend sie auch waren, hielten nur kurz, um mich mit geballter Kraft zurückzuwerfen in mein Elend.

Eines Abends, ich hatte den ganzen Tag mehr oder weniger unkonzentriert mit meinen Zahlen verbracht und den Bus verpasst, kam ich spät nach Hause. Ich schloss die Eingangstür zu meiner Wohnung auf, betrat den Flur, schaute kurz auf und in diesem Moment gefror mir das Blut in den Adern.

Buchstäblich. Von der Decke hing ein Seil. Es war eine Art Strick mit einem klassischen Henkersknoten und an diesem Knoten hing Elisabeths Baby, beziehungsweise die Puppe, die ich ihr einmal gekauft hatte und die unsere kleine heile Familie unterstützen sollte. Durch den Luftzug baumelte das Baby hin und her. Wer tat so etwas? Wer brachte einfach mein Baby um? Es war, als schlug mich eine Faust in den Magen und meine Knie begannen zu zittern. Vor Wut! Das konnte nur Hermas Idee gewesen sein, ich wollte sie umgehend zur Rechenschaft ziehen, jetzt war das Maß voll, nein, es lief über, die ganze verdammte Zeit mit ihr baute sich zu einer riesigen Wand auf, die nun einstürzte und mit Krachen und Getöse auf mich herabfiel. Ich horchte. In der Wohnung war alles still. Ich polterte ins Wohnzimmer und suchte Herma, doch sie war nicht im Raum. Nur ihre Aura in Form der vielen Gegenstände, die alle etwas mit ihrer Schwangerschaft zu tun hatten bevölkerte das Zimmer und ließ sie mehr als präsent sein. Ich brüllte wie ein Stier und begann alles in dem Zimmer zu zerreißen, zerschlagen, hinunter zu werfen, aus dem Schrank zu ziehen, darauf herum zu trampeln. Ich griff mir ein Messer, das auf dem Tisch lag und stach in die Wickelauflage, in Hermas Kleidung, zerstach einen lächerlichen rosa Plastikball und ein paar Gummitierchen. Ich gab mich völlig der Raserei hin, bis alles, wirklich alles zerstört auf dem Boden lag. Ich hätte weiter gemacht, doch ich hatte keine Kraft mehr. Schwer atmend mit Herzklopfen, das von außen hörbar sein musste schleppte ich mich mit letzter Kraft in mein Schlafzimmer, das Messer immer noch in der sich verkrampfenden Hand haltend.

Das Bild, das sich mir dort bot konnte schlimmer nicht sein. Kein Alptraum, der mich jemals heimgesucht hatte kam an das heran. Der ganze Fußboden war übersät mit rosa Stücken aus Silikon, dazwischen blonde Haare, abgeschnittene Finger und vor meinen Füßen sah mich ein Augapfel direkt an. Im Bett saß Herma, irre grinsend mit aufgerissenen, funkelnden Augen und hielt eine große Schere in der Hand, weiß Gott, wo sie die her hatte, aus meinem Haushalt kam sie jedenfalls nicht. Ihr in den Armen lag Elisabeth, beziehungsweise das, was von ihr übrig war. Ihr wundervoller Körper war bis zur Unkenntlichkeit zerstört, aus den Resten von Silikon schaute das blanke Metall, das ihre Knochen gewesen war. Herma war gerade dabei, Elisabeths Zähne aus dem Mund zu holen und mit einem Knacken zu zerdrücken. Dabei sah sie mir direkt in die Augen.

Ich fühlte mich wie eingefroren. Mein Körper unbeweglich, aus Eis, hart und schwer, doch innerlich tobte ein Vulkan. Ein paar Sekunden lang, die zur Ewigkeit wurden, konnte ich nichts tun, als mit angehaltenem Atem auf diese grauenvolle Szene zu starren. Dann löste sich die Starre plötzlich und ohne, dass ich darüber nachdachte und auch nur eine bewusste Regung dazu tat, stürzte ich mich mit dem Messer in der geballten Faust auf Herma. In dem Moment, als mein Messer fast widerstandslos zwischen ihre Rippen glitt, spürte ich einen heißen Schmerz in der Herzgegend und begrub blutend und röchelnd die Reste meiner geliebten Frau Elisabeth mit meinem Körper.

# Epilog

*Gegenseitig erstochen*

*Wie erst heute bekannt wurde, ereignete sich in Kroningen vor zwei Wochen offensichtlich eine Beziehungstat. Ein 35 Jahre alter Mann und seine etwa zehn Jahre ältere, schwangere Lebensgefährtin sind in der Wohnung des Mannes tot aufgefunden worden. Als Einsatzkräfte der Feuerwehr und der Polizei einem Hinweis der Nachbarn folgend die Wohnung aufbrachen bot sich ihnen ein schauerliches Bild. Die beiden Leichen lagen übereinander im Ehebett, sie hatten sich gegenseitig mit einem Messer beziehungsweise mit einer Schere erstochen. Zuvor hatte die Frau eine lebensechte Puppe aus Silikon mit der Schere zerstört. Auch das Wohnzimmer des Paares war komplett verwüstet worden. Die Polizei geht von einer internen Beziehungstat aus und schließt ein Fremdverschulden aus.*